JN066775

Chara

虹色の石と赤腕の騎士

花降る王子の婚礼3

尾上与一

キャラ文庫

この作品はフィクションです。
実在の人物・団体・事件などにはいっさい関係ありません。

目次

虹色の石と赤腕の騎士

口絵・本文イラスト／ｙｏｃｏ

1

きらめく水が跳ね上がる。

夏の日差しを受けて、砕いた硝子《ガラス》の欠片《かけら》のようだ。

「ほら！　ヤエル、こっちのほうが冷たいよ！」

「かあさま！　かあさま！　濡《ぬ》れちゃう！」

きゃあきゃあと歓声を上げる幼い皇太子に、衣装の裾《すそ》を腰で結んだ皇妃——と言っても男なのだが——リディルは、ふくらはぎを露《あら》わに、浅い泉の水面を蹴《け》った。

青空に、キラキラと水が弾《はじ》ける。ヤエルの笑い声もきらめいている。泉の底に貼られた、花の形に張り合わされたタイルが光を含んだ波のように揺れる。

泉の中心にある人丈ほどの柱から、ふんだんな水が湧き出ていた。

足元で掻《か》き混ぜられる泉は、とても澄んで、甘そうだ。

ずっとずっと地の奥深くから、リディルが『魂《ラウフ》』を呼んで湧き上がらせた泉だった。子どもの膝下《ひざした》くらいの浅さで、ヤエルが転がり回っても十分な広さがある。

ヤエルも褐色の小さな足で、花が浮かんだ水を蹴った。バシャンときらめく飛沫《しぶき》が上がる。

今度はリディルが白いつま先を大きく跳ね上げた。

空で弾けた水粒が、ヤエルの上に落ちてきて、ヤエルは自分の頭を両手で押さえながら、一際高い歓声を上げる。

武強国イル・ジャーナ帝国宮殿の中庭に、明るい声が響く。一面の芝が広がり、青々とした垣根が庭を囲むように立っている。しなだれる桃色の花。枝を飾る赤い葉。たわわというほどではないが、この乾いた国では珍しいほど、潤いの多い情景だ。

「かあさまみたいにする！　こう！　こうよ！」

ヤエルは幼い手に掬《すく》った水を空に向かって撒《ま》いている。

「私のようだ。ほら！」

リディルが指先から魔法の花を零《こぼ》してはしゃぐと、嬉《うれ》しそうな顔をしたヤエルは、今度は大きく両手を挙げて、バシャンと手で水面を叩いた。

ヤエルのくせっ毛の黒髪も、リディルの尻に垂れる金髪の巻き毛もびしょびしょだ。帝国の皇后という身分を忘れたように、子どものように頭から水を被《かぶ》って、身体に髪や白い遊び着を張りつけている。水がかからない場所で見ている側仕《そばづか》えのイドもすっかり呆《あき》れ顔だ。

「かあさま、もっとお花を出して！」

「よぉし！」

上げた両手のひらに、魔法の元になる《魂》を握って花を降らせようとしたとき、木陰の椅子に座った、一際立派な様子をした男が話しかけてきた。

ゆるく編んだ長い黒髪に、黒曜石のような黒い瞳。精悍《せいかん》な顔立ちを褐色の肌が彫刻のように引き締めている。

金の刺繍《ししゅう》の襟、指には幾重にも宝石の指輪が嵌《はま》っている。金緑石の重厚な首飾り。涼風のように、シャラシャラと音が鳴る耳飾りが広い肩の上で揺れる。鳥のような鮮やかな青い衣は、長い手脚を包み、豊かな襞《ひだ》を描いて地面に垂れている。

リディルの伴侶《はんりょ》、イル・ジャーナ帝国の皇帝グシオンだ。

「楽しそうだが、ほどほどにせぬと身体を冷やすぞ？」

リディルは、濡れそぼった前髪の間から、翡翠《ひすい》色の瞳を輝かせてグシオンに笑いかけた。

「王もこちらにいらっしゃいませんか？　新しく湧いた井戸の水がとても美しく、気持ちがいいのです。甘やかで、心まですっきりするような！」

「とうさまも！　とうさまもお水をかけましょう？　吾《あ》は、顔に水がかかっても泣きません！　イドが、まだ七歳なのに泣かないのはすごいって言いました！」

リディルの故国から付いてきた側仕えであり、ヤエルの教育係でもあるイドは、すました顔で頷《うなず》いている。

グシオンはゆったりと立ち上がり、こちらに歩いてくる。リディルはヤエルと顔を見合わせ、指先から水面にたくさん赤い色の魔法の花を撒いた。リディルの魔法だ。元魔法国の王女、魔法使いのリディルは感情のままに指先から魔法の花を零すことができる。ヤエルもリディルの花に負けないよう、懸命に歓迎の水を上に飛ばした。揺れる冷たい水に、花と光が揺れて目の奥がキラキラするほど美しく見える。

「さあ、こちらへ！」

「こちらへ！」

二人で泉へ招くが、グシオンは水の飛び散った芝で立ち止まった。

「また明日にしよう。ヤエルは唇が白い」

グシオンの言葉に、布を広げたイドが静かに近づいた。泉の縁の側まで来ていたヤエルの前で身体をかがめ、「よくお昼寝をなさるでしょう」と微笑《ほほえ》みながら彼を包む。

リディルが、水を引き上げるように遊び着が纏わりついたつま先を泉の縁にかけると、グシオンが側まで歩み寄ってきた。

「そなたも、唇が白くなりかけている。さぞかし水が冷たいのだろう」

「ええ。気持ちがいいくらいに。暑さなど吹き飛んで、肌が魚のように――」

「そこでやめておくのがいい按配《あんばい》だ。さあ」

優しく伸べられた手をリディルは取ってグシオンを見た。彼の瞳があまりにも黒いから、鏡のように、深い緑を圧縮したようなリディルの瞳の色まで映しそうだ。

「本当ですね、王よ。あなたの手がいつもより温かい」

　グシオンを見上げると、彼の指が顔や首筋に張りついた髪を摘まんで除《の》けてくれる。女官が、遠慮がちにリディルに布を差し出し、肩にも着せかけてくれる。その上から、グシオンが優しく抱きしめてきた。

　リディルは戸惑ったが、王の着替えなどいくらでもある。身体に金髪を張りつかせながら、グシオンに濡れた頬《ほお》を擦《す》りつけて抱き返した。

「風邪をひく前に止めてくださってありがとうございます、我が王よ」

　グシオンは、いつも自分たちを見つめてくれている。他国が怖れる歴代きっての魔術王《ソーサラー》、イル・ジャーナを建国した初代ザガンドロス王の生まれ変わりとまで言われる、雷帝グシオンが、これほど優しく賢明な王だと知ったら、周りの国は驚くだろう。

「いいや。これ以上見ていたら、余も泉に入りたくなってしまう」

「そうなさればいいのに。それでは明日は、初めからいっしょに入りましょう」

「帝国の、王と妃がこの小さく、浅い泉に？」

「ヤエルもいっしょに」

　グシオンがたまりかねたように破顔した。

「そう。そうしよう。それがいい」

「約束ですよ？」

「いたしかねるな」

「グシオンは一人で大人のようなことを仰《おっしゃ》る」

リディルが頬を膨らませると、グシオンは笑ってリディルの頬に口づけた。

「身体まですっかり冷えているようだ。温めてやろうか？　我が唯一の大魔法使い。我が妃、リディルよ」

そんな囁《ささや》きに、手に幸せ色のオレンジ色の花弁が溢れ、グシオンに体温を分け与えられるまでもなく、かっと身体が熱くなる。


おかしいな、と思いながら、リディルは廊下を歩いた。

すぐに女官が着替えの服を持ってくると思っていたが、誰もあとを追ってこない。まだだろうかと思いつつ、グシオンのあとに付いて歩いていたら、もう寝室に着いてしまった。

リディルは、ぽたぽたと雫《しずく》を落とす髪の毛先を握りながら、扉の取っ手に手をかけるグシオンの背中に声をかけた。

「申し訳ありません、王よ。着替えてからと、思ったのですが」

リディルの白い衣は濡れそぼったままだ。泉から上がってすぐに、女官から乾いた布を渡され、髪を絞るのを手伝ってもらったから、着替えが必要なことは承知しているはずなのだが、リディルの研究室のほうに行ってしまったのか、それとも忘れているのか。

「かまわぬ。そのままで」

「……はい。どうせ脱ぎますものね」

グシオンに、寝室の扉に招き入れられながら、びしょ濡れのリディルは彼を見上げて、にこりと微笑んだ。

外遊び用の薄く白い布を重ねた服は、庭でしっかり水を絞ってきたし、褥の横にある脱衣入れは壺《つぼ》の素材でできている。

腰の辺りに落ちる、リディルの体温で温《ぬる》んだ水滴を気にしながら、褥の横で裾を持ち上げようとしたら、グシオンに濡れた衣ごと浚《さら》いあげられた。

「グシオン！」

声を上げた次の瞬間には褥に降ろされている。

「どうせ濡れる」

「あ……。……でも、女官が」

「放っておくよう、庭で言いつけておいた」

それで誰も来ないのか、と安心するような、してはならないような――。

「グシオン」

グシオンの分厚い身体がのしかかってくる。戦士にも見まがうほど鍛え抜かれた身体は、皇帝になって、より激しく行う訓練で維持されている。リディルもけっして痩せっぽちではないが、元々イル・ジャーナの人々は全体的に身体が大きく、骨がしっかりしている。その中でも背が高く逞《たくま》しいグシオンの側にいると、リディルは小柄な王妃に見えるらしい。

「あ……」

グシオンは、リディルの肌に張りついた、生ぬるい布の上からリディルの脚を撫《な》でた。奇妙な感触だ。グシオンの手のひらの体温が遅れて伝わってきて、しばらくぬるい余韻を残してゆく。肌にグシオンの耳飾りが触れて冷たい。

唇をリディルの首筋に埋める、グシオンの呼吸が荒れてゆく。

「布に透ける肌が美しかった。腿《もも》にも布が纏わりついて、あれでは何も着ておらぬのと同じ、いや、何も着ておらぬより悪い」

「そんなことは……」

確かに、肌に白い衣装が張りついて身体の形は露わになる。白いから、肌の色や、乳首や脚の間など、色づいたところは透けて見えるかもしれない。だが、動けば布は剝《は》がれる。そもそも布があるのだから裸ではない。白い服などみんな着ている。

「外で、あのような格好なのは問題である」

「問題などありません。小さい頃からあのように遊んでおりました」

「子どもはこのような、ことを知らぬ」

グシオンはリディルの脚の内側を撫で上げながら、リディルに口づけをした。

「あ、……う」

熱のある唇を何度も押し当て、舌先でリディルの唇を割る。いつも熱いグシオンの唇は今日、驚くほどに特別熱くて、どれほど自分の唇が冷えていたかを今更リディルに思い知らせた。

グシオンの厚く、弾力のある唇が、リディルの頼りない口腔《こうこう》をまさぐる。一方で、グシオンの熱く乾いた手のひらが、リディルの内腿から脚の付け根の奥、尻のほうまで丹念に撫で上げてくる。

その心地よさと、肌をぞくぞくと期待に波立たせて喘《あえ》ぐリディルの唇を、グシオンのしっかりとした唇が丹念に吸い、奥を嬲《なぶ》っていった。

「熱……い、グシオ……ン」

息をするのがやっとだ。

舌をふれあわせたまま、隙間《すきま》から息を吸い、代わりに甘い声が漏れる。それすらグシオンの肉厚の舌に舐《な》め取られてゆく。

「ふあ……──」

あまりの熱さに酔いそうだ。

「そなたの肌が冷たいのだ」

切なそうに、熱に潤んだ目を細めたグシオンに、濡れた衣の上から身体を撫でられ、奇妙な感覚に混乱する。身体がざわざわと騒ぐ。

「あっ……！」

濡れた布越しに乳首を摘まれ、リディルは、ひ、と息を呑んだ。まだ、肌は重みのある衣にびっしょりと覆われているのに迷わずグシオンは、リディルの小さな乳首を指先で挟み、こりこりと捏《こ》ねてくる。

「あ。どう、して……！」

「赤いのが透ける。今も尖《とが》っておるのが見える」

冷えているから最初から硬い。いつもよりももっと重たい摩擦越しに摘まれる乳首が、痛いほど感じて、リディルは思わず声を上げた。

グシオンの指が優しく、濡れた胸元の布を分けてゆく。濡れた肌が、暖かい空気に触れるとなぜかひやりとする。そこをグシオンの焼いた鉄のような滑らかな肌が擦っていくと、戦慄《せんりつ》のような震えが腰に走った。

甘やかな苦痛に、勝手に背中が浮き上がる。目を閉じてリディルがそれに溺《おぼ》れようとしたときだ、グシオンの唇が、リディルの小さな突起を口に含んだ。

「や。だ、ん……！」

手の温度でさえ焼けつくようなのに、口に含まれるとほとんど痛みに近いような刺激がある。

「余の言うことを聞かぬからだ。こんなに冷えておる」

「そこ……は、まだ。温まりきれないだけ、で」

身体の芯《しん》は燃えてきたのに、つま先とか、耳の端とか、花芽のような乳首の先端は、まだ水に体温を取られたままだ。

「ん……。痺《しび》れ、ます、王よ」

温まるまで、唇で舌で嬲られ、グシオンの口内に温められる頃には今度はじんじんと快楽を訴えてくる。

グシオンの長く、波打った髪を撫でると、彼はリディルに口づけで返してくれた。

頭の芯がとろりとしてくるまで口づけをしながら、リディルの濡れた髪を手のひらいっぱいに摑《つか》んで、絞るように握った。毛先からもグシオンの体温が伝わってくるのは、魂が行き交うからだ。二つの身体の中にある魂が、早く溶け合いたいと、血の巡りが速くなるほどに求め合っている。

「リディル……」

髪が張りついた首筋に口づけられると、自然に喘いでしまう。

「髪が、……冷たく、ありませんか?」

「いいや、心地よい」

そう応えながら、濡れた髪の先に唇を押し当て、濡れた衣を除けて、リディルの雪原のような腹の窪《くぼ》みから、くびれた腰辺りを大きな手で撫でる。

「だが、このままでは風邪をひく」

「グシオンが連れてきたのです」

知らぬ間に女官を遠ざけ、水で透けた衣を楽しむために。

「あなたも入ればよかったのに、王よ」

想像すると、楽しい橙色《だいだい》の花が手から零れた。初めは小さく色づくばかりの花だったが、どんどん赤く、官能的な甘いにおいを立ち上らせる。いつでも同じ温度でいたい。温めあい、熱しあいたい。同じ美しい水に浸りたい。

「……温めて」

リディルは切なくグシオンに囁きかけて、彼の首筋に腕を伸ばした。

「ふ」

抱き返されると、背中の魔法円がふわっと熱くなった。リディルの魂がグシオンを欲している。グシオンの魂を呼んでいるのだ。

リディルの背中には、一面の魔法円がある。生まれつきにある、背中の幅いっぱいに、魔法の言葉とそれを彩る魔法の図形がちりばめられた三重の同心円の痣《あざ》だ。黒い筋で画かれた紋様は、古い神の文字だと言われている。地上で使われている文字はここから発生しているとされていた。

風の紋、火の紋、水の紋、癒《い》やしの紋。数え切れないほど多様に魔法円の紋様はある。リディルの紋は癒やしの紋だ。大魔法使いを表す均整の取れた美しい癒やしの紋で、出生時、母親の紋を継いだととても祝福されたのだそうだ。

背中の紋は魔法使いの証《あかし》だ。この世に満ちあふれる魂を一身に集め、それを魔力に変換する王族の力の根源だった。

エウェストルム王室に生まれた子どもは、高い確率で背中に魔法円を持って生まれ、魔法円は魂から魔力を紡ぎ出すから《魔法使い》と呼ばれている。リディルもその一人だった。

魔法使いは魔法円を使って、魂と繋《つな》がり、引き出した魂を魔法円に通して増幅させ、魔力に変える。魔法使いと契った王に魔力を差し出すことができる。

紋は濃く、大きく、美しいほど力がある。リディルの紋は、誰もが見とれるほど、美しくかぐわしい紋様だった。

その魔法円の一部を裂く白い傷痕を、よりはっきりと黒い筋が繋いでいる。

リディルの魔法円は、小さい頃の不幸な事故が原因で、イル・ジャーナに輿入《こしい》れしたときは使えなかった。グシオンを愛して、奇跡的に魔法円が回るようになり、今は魔法使いとして、精いっぱい彼に捧げる魔力だ。自分では見えない魔法円には、イル・ジャーナに輿入れしてからの——グシオンとの思い出がぎっしり詰まっている。

グシオンは、褥の側に整えられた棚から油の瓶を取りだした。彼がたっぷりと手に零すと、とたんに甘く、煮詰めた果物のような濃厚で、官能的な香りが広がる。

敷布に滴る油を纏った指が脚の奥に入り、小さな窄《すぼ》まりをそっと撫でる。期待でそわそわする場所に、指を含まされると、安堵《あんど》のようなため息が零れたが、それも少しのことだ。

「駄目、グシオン……！」

下腹にある小さな実を、グシオンの長い指が簡単に探し当てる。腹の中からくすぐられるように撫でられると、性器がビリビリするほどの快楽が走って、反射的にグシオンの肩に手をついた。

「そこは……あ。すぐ、に、駄目……なる……から……！」

快楽が凝《こご》ったような点がある。それはグシオンが指先であやしただけで、すぐに熱を持って中身を溶かしそうになる。

油をたっぷり纏った、彼の節立った長い指が二本、その場所をこする。ちゅくちゅくと吸う音を立てながらゆっくり出し入れされると、その動きに合わせるように、リディルの硬くなった性器からとろみが零れた。すぐに絶頂に引き上げられそうだ。

「もう。グシ……オン……」

逞しい首筋に縋《すが》りついてねだるが、グシオンは返事の代わりに甘い口づけをするだけだ。

「冷えた身体は念入りに開かねば怪我《けが》をする」

「もう、大丈夫……！　あ——！」

グシオンの舌が乳首に伸ばされ、リディルは息を呑んだ。

「いいや、まだ冷たい」

「そんな……！　さっきと、違、あん、う。……あ」

堅く尖らせた舌が、リディルの乳首を抉《えぐ》り出すように色づいた場所を捏ねる。

「こちらは、少し、いいな」

先ほど体温を与えられたのと反対側の乳首を、指先で摘まみながらグシオンが喋《しゃべ》るたび、濡れた場所に吐息がかかって、肌がビクビクと震えた。

「そう、申し……っ、しまし、た……！」

やわらかい身体の粘膜を擦る指を、きゅうきゅう締めつけながらリディルが訴えると、グシオンはようやく指を抜いてくれた。

物足りずにヒクヒクしている尻の狭間《はざま》に、グシオンの肉槍《にくやり》が押しつけられる。

「グシオン……」

彼はそうしたまま、涙目のリディルを見下ろしながら、リディルの半勃《はんだ》ちの性器を持ち上げ、その隙間に油を流した。そして子どもの腕のようなグシオン自身の杭《くい》にも、惜しげもなく油を零す。

ゆっくりと、重い剛直がリディルの中に沈んでくる。

慣れても苦しいグシオンの性器だ。腰骨がみしりと軋《きし》み、息ができないくらい、粘液がいっぱいに開かれてゆく。

「ん――……ん、ん。あ――……は。あ」

押し開かれるだけで、たらたらとリディルの性器の先端から蜜《みつ》が零れ、痙攣《けいれん》する粘膜が震えて快楽を訴えてくる。

「う。ぐ」

腿を大きく開かされ、苦しいグシオンの根元まで含まされてもまだ、彼はリディルの腰を持ち上げるように奥まで押し込んできた。

「熱……い」

荒い呼吸をしたグシオンが、覗《のぞ》きこむように身体を屈め、リディルの唇に口づけた。

熱い舌がリディルの口内を舐め、形のはっきりした大きな唇がリディルの唇をたっぷりと吸う。水音を立てて舌を吸い合った。

「そなたの中も。愛《いと》しい妃」

冷えた肌と、グシオンを含んだ体内の温度差に目が眩《くら》む。だがグシオンが触れたところから、生き返るように身体が熱くなって、肌が同じ温度で馴染《なじ》むのはもうあっという間だ。

「ひ……！」

ゆっくりと動くグシオンと抱き合って、口づけをした。口づけの間に、彼の黒髪の毛先を取って口づけをし、彼の光るほど滑らかな肌に、祈るように唇を押し当てる。

腕を上げさせられ、二の腕の下を吸われた。身体中に唇を押し当てられ、チクチクとする刺激で肌を吸われて、リディルは腰を震わせた。

頭の横に握った手に花が溢れる。熟れた橙。燃えるような紅。心臓から溢れるような桃色。感じるままに散らしていたら、褥中が花だらけになる。

ひとしきり睦《むつ》み合ったあと、グシオンはリディルの脚を入れ替えさせた。胸を支えて身体を起こさせると、彼の腰に背中抱きにされる。

「わ――あ、う！」

今までよりももっと深い場所に、ぬうっとグシオンが押し込まれる。自分の身体の重みが、グシオンの深さを増させてリディルは目を瞠《みは》って高い声を上げた。

グシオンは、リディルの濡れた髪を横にまとめ、胸の前に垂らさせた。

「ひゃ……！」

濡れて存在感が増した髪が、乳首をくすぐるのに、リディルはぞくぞくと背を震わせる。

グシオンは、味わうように、リディルの首筋に唇を押し当てる。グシオンの口づけが背中の魔法円に降りると、魔法円がふわっと温かくなった。呼んでもいないのに、魔法円を魂が巡る。いつでもグシオンに魔力を供給できると――魂で、グシオンと繋がりたいと欲してしかたがない。

握った手に、欲情した赤い花が溢れて止まらない。白い褥に橙色の小花が散り、ときどきぽとりと蕩《とろ》けそうな赤い花が落ちる。

快楽と喜びで、もう手から零れる花が止められない。

グシオンに導かれ、褥に手をついて這《は》う姿勢を取ろうとして、リディルは下腹にふと、目を留めた。

真っ白な腹に、真紅の花弁がついている。

「あ。ま……って。ここにも花、が」

指先で落とそうとしたが、それはグシオンの口づけの痕だった。


水で冷やされ、肌で熱せられた午後の身体は、甘く、だるく、重い。

「どうぞ、リディル様」

「ありがとう、イド」

そこに熱いお茶を流し込むと、堪《こら》えきれなくなるような心地よいため息が漏れる。

よい、ひとときだった。

いつもは夜に、掛け布に隠れるように密《ひそ》やかに交わす愛の行為だが、昼日中から肌を晒《さら》して抱き合うと、滑らかなグシオンの肌、その黒い瞳の深さ、シャラシャラと鳴る繊細な細工の耳飾りが日を弾く様子がこの瞳に悉《つぶさ》に見えて美しかった。表情の一つ一つ、流れる汗の一筋、睫《まつげ》の一本一本まで、炎の灯《あか》りに照らされて影を落とす様子にも恋い焦がれるが、今日のように、濡れた毛の艶《つや》まで見えるような交歓もまた素晴らしいものだとリディルは思っていた。

窓の外でバサバサと鳥が羽ばたく音がする。

ことん、とグシオンが音を立てて文鎮をずらす。

先ほどの情熱に乱れた、若い獣の様子は鳴りをひそめ、今は湖のように凪いだ、王らしい泰然さでこの部屋を満たしている。

昼下がりの執務室だ。

王の政務を行うグシオンの机の斜め向かいの椅子で助言をするのが、皇妃であり、『花の大魔法使い』であるリディルの仕事だ。

世界は魔法国と武強国で成り立っている。

リディルの故国、魔法国エウェストルムは、世界屈指の魔法国だ。

今日の泉のように大地の魂《ラウフ》を呼んで、乾いた土地に地下水をふんだんに湧き上がらせたり、一輪しか咲かないはずの木に魔力を分け与えて枝いっぱいの花を咲かせたり、水の魂《ラウフ》に働かせて泥水をきれいにし、風の魂《ラウフ》の力を借りて穀物の病気を撫でて払い、病を癒やす。悪霊を退け、国内を清浄に保つ。

自然の魂《ラウフ》を集め、力にしたものを魔力《エーテル》、魔力を自在に精製して操れる人を魔法使い《マギ》と呼ぶ。

エウェストルムはマギの国だ。国民は魂の恩恵を受け、王族はそれを集めて操る。

周辺国から見れば奇跡の国なのだそうだ。エウェストルムほど豊かで平和な国はなく、疫病に見舞われず、飢饉《ききん》も知らない。自然の国力に恵まれた国だが、その代償として武力がない。

魔力の供給量だけは世界中のどこよりも突出していても、魔力が大きなだけで、それを武力として持ち変える能力がない。

ともすればよってたかって食い尽くされそうな、豊かで弱い国なのだが、他国に魔力を供給することによって、その国々から保護されている。

具体的には結婚だ。

武強国の王は、魔力を持たない代わりに、神話の精霊の血を引いている。彼らは火や雷の力を血に宿し、そこに魔力を注ぐために魔法使いを欲しがる。

魔力《マギ》を持った王女が武強国に嫁いで、魔力を武力に換えて戦う王家に魔力を供給する。

王妃の力は二代限り。魔力を与えられた王とその子供で、孫に力は現れない。

自国で魔力を増やすことができない武強国は、王妃が死んだら二世代以内に、再び魔法国から王妃を娶《めと》らなければ魔法武力が維持できない。そして、魔法国の中でも傑出して優秀な魔法使いであるエウェストルムの王女は『大陸の宝石』とまで呼ばれ、協定を結ばなければならないほど、奪い合いの対象になっている。

だから武強国は順番を待ってでも、エウェストルムから王妃を娶ろうとする。差し出さなければ国を潰《つぶ》すと脅迫する一方、大陸中で、その約束と順番が守られるかどうか見張り合いながら――。

リディルの父王は、武強国、このイル・ジャーナという国に、第一王女を輿入れさせると約束していた。先々代からの約束だ。

その第一王女ロシェレディアは、リディルが生まれる前、元々約束があったイル・ジャーナを押しのけて、アイデースという帝国に武力闘争の末、略奪された。そしてその代わりに第二王女として育ったリディルがイル・ジャーナに嫁ぐことになった。

イル・ジャーナはもちろん王女を望んでいる。婚姻の誓いが成ってから、男の身体ということを打ち明け、自分の命と引き換えに、国民の命を助けてくれと、懇願するためにリディルはイル・ジャーナに向かった。

しかし、そんなリディルを、我が王グシオンは許し、伴侶として迎え入れ、新しい王国を築いた。その後にも幾度かの大きな戦禍を乗り越え、今、グシオンは帝国皇帝、自分はその妃として生きている。

イル・ジャーナは、リディルの輿入れをきっかけに、より大きな形の平和を取り戻した。小さい頃、悲しい事故で無くしていたリディルの魔力も戻り、長い旅ののち、大魔法使いの中でも傑出した魔法使い、自然の名を称号に持つ『花の大魔法使い』としての才能が花開いた。

広大な領土を持ち、安定したリディルの強大な魔力をグシオンの剣に送ることができる。イル・ジャーナは最早《もはや》揺るぎない帝国、そして『魔装武装国』だ。平穏と安寧の国。この貴重でまだ若い帝国を、自分たちは丁寧に育てていかなければならない。

イル・ジャーナの乾いた風を頬に感じながら、リディルは茶器を机に戻した。

輿入れ前の自分に教えてやりたいと、ときどきリディルは思い返す。

故郷エウェストルムで過ごした最後の一月は、どのようにしてグシオンに謝れば国民を、エウェストルムを見逃してもらえるか、そればかりを考えていた。父王が首を斬《き》られない約束を、美しい故郷が焼き滅ぼされないための交渉を。八つ裂きにされて死ぬのはどれほど痛いだろうと、震えながら眠ったこともある。

それがどうだ。これほど幸せで、穏やかな生活を送っている。それもグシオンの広い心と慈愛のおかげだ。そればかりか兄弟国から次代の王――皇太子として迎えたヤエルは健康で利発だ。それを教育係のイドや多くの従者や学者たちと共に育てる喜びと言ったら、毎日大輪の花が咲くようだった。

グシオンの斜め後ろには、彼の右腕、カルカという最年少の大臣が立っている。榛《はしばみ》色のさらさらの髪、肌は軽く浅黒い男で、とにかく神経質で合理的、地位に相応《ふさわ》しい優れた男で、彼がいなければグシオンの仕事周りは成り立たないと言われるほど評価されている。イル・ジャーナ生え抜きの若手で、将来は位人臣を極めることを嘱望されている。

リディルの側仕え、エウェストルムから付いてきてくれたイドは部屋の端に盆を戻して、リディルの背後に戻ってきた。

「ヤエルは？」

書類に目を落としながら、グシオンがイドに問う。

「お昼寝をなさっております。カルカ殿の授業の前までには目を覚まされるでしょう」

茶色いくせっ毛のイドは、リディルの側仕え兼ヤエルの教育係だ。年の頃はカルカより二、三歳上だが、イドがやや童顔だから同じくらいに見える。

「そうか。どうだ？　カルカ。ヤエルの様子は」

「私がご進講申し上げている筆記のほうは捗々《はかばか》しく進んでおります。計算はお歳の頃よりかなり優秀、カンチャーナ文字のお跡《て》もムラはありますが、皇太子殿下に相応しい、堂々とした字を書かれます」

「何しろ文字は私がお教えしておりますので」

イドが誇らしそうに胸を張る。カンチャーナ文字とは王族とその限られた側近、宗教機関の高位の者しか読み書きできない文字だ。それ自体が王族と、王に近しい者の身分を示す。学術を生業とするエウェストルム風のカンチャーナ文字は特に高貴とされ、リディルの側仕えとして育ってきたイドもその名手だ。すかさずカルカが口を挟んだ。

「イド殿のカンチャーナ文字はやはり優しげなエウェストルム風ですから、武強国イル・ジャーナ帝国に相応しい筆致にただしておりますのはこの私で」

「確かにエウェストルム風ですと、いささか風雅すぎますので多少の無骨さは必要です。あなたが教える計算方法には無駄が多いので、私が合理的な解き方をお教えし直したように。ねえ、カルカ殿？」

「ええ。そうですね。しかしまあ、総じてあなたが基礎をつくり、私がイル・ジャーナ風に整えたということで、ヤエル様はわたくしの理想の通りの皇太子殿下にお育ちになって」

「いいえ、私の描く一番良い通りに」

「いいえ、我がイル・ジャーナにとって一番良い」

「わかったわかった」

少し呆《あき》れたようにグシオンが割って入る。

「そなたたちの尽力のおかげで、ヤエルは申し分の無い皇太子として育っておる。身体は丈夫で、よく食べ、よく走り、よく笑い、よく学ぶ。太刀筋もいい」

「それはわたくしの」

身を乗り出すイドを、リディルは軽く手を上げて制した。ヤエルの剣の指南役でもあるイドの剣の腕は、誰もが認めるところだ。文官にしておくのは惜しいと言って、この国の将軍からも軍属しないかと今も誘われ続けている。

イドが気を取り直したように言い足した。

「最近はスマも召し上がられるのです」

スマというのは、血が濃くなるという根菜だ。兵士が怪我をしたら真っ先に食べる野菜で、紫色でねっとりとしていて栄養はあるが、酸味と渋さでかなり癖がある。

「それはいい。余など十歳《とう》まで食べられなかった」

笑うグシオンに、リディルはにこにこと笑い返して黙った。自分は我慢すればなんとか食べられるが、ときどき残すこともある。

「次の春には、馬に乗る稽古《けいこ》をさせよう。良い駒《こま》を探さねばならんな。優しい馬がよい」

「早速、心当たりに声をかけましょう」

カルカが得意げに言うのに、背後でイドのため息の音がしたときだ。扉が三度、叩かれた。

「入れ」

入ってきたのは若い武官だ。深刻な顔つきで、大股で王の前まで歩み寄った。

「ダサル大将から伝令です。西のほうに少数の軍隊がおります。まとまった数で、辺境隊では手こずりますので増援をお借りしてよいかと」

軍の要、ヴィハーン将軍は今、東方の視察に出ている。西の守りは偵察程度だ。治安を守り、賊を払うくらいなら十分だが、数が多いと対応できない。

「残党か。余が出よう」

「私も」

グシオンの答えに、リディルも立ち上がった。

ガルイエトとの戦から早二年が経つが、遠征軍だったガルイエトではなく、元々地付きの残党がいるのだ。

新しくイル・ジャーナの領土になった土地の中には、古い国の残党がいる。未《いま》だグシオンの治世を認めず、隙あらば王の首をすげ替えようと虎視眈々《こしたんたん》と狙《ねら》っている少数組織だ。

　国内は落ち着いていて、飢饉もなく、そこに暮らす人々のほとんどは穏やかだが、前領主に忠誠を誓う、生き残りの兵が森に潜んでときどきこうして飛び出してくる。あと十年すれば落ち着くだろうと言われているが、今はまだ残党も数多く、兵装しているからあっという間に村が占領される。略奪した物資でまた彼らは生きながらえ、戦力を蓄えるのだ。

　兵がまとまりきらぬうちに叩いておかなければ、すぐにひと戦をするほどの小ぶりな軍隊になる。とはいえ、イル・ジャーナの大軍隊を出せば戦地となった村が踏み荒らされる。少数精鋭で当たるのが正解だ。ヴィハーンが城を空けているときは、魔法武装した雷王グシオンが出るのが早い。

「宝物庫から、シャダルの剣を取りだして来てくれ」

　グシオンは、手許《てもと》の紙に短く書きつけると、王の印を捺《お》した。宝物庫には番人がおり、王の命令書と印がなければ誰も開けられない。

　カルカはその紙を受け取ると、チラリとリディルを眺めて扉へ向かった。

「王よ……」

　新しい宝剣を使うつもりだ。戦慣れしたグシオンの剣技は突出していて、形の違う剣も平気で扱う。戦場では剣が折れたら敵兵の剣を奪って戦うのが常だったのだそうだ。

「たいしたことにはならぬ。念のため、普通の剣も持ってゆく」

「はい。それでは私は胸当てをつけてまいります。玄関でお待ちしております」

「わかった」

グシオンが文官を連れて先に出る。リディルはイドを従えて部屋を出た。

グシオンは王でありながら、軍隊の主戦力として、雷使いの魔法王として軍の先陣辺りで敵と戦う。リディルは後方にいて、彼の稲妻の威力を増すための魔力を送り続けている。そうしてきたのだ。これからも命が続く限りずっとそうする。

リディルが決心し直して、唇を強く結んだとき、向こうから女官を連れたヤエルが走ってきた。

「父王さま！　西が大変なのですか？」

廊下の向こうに数人の兵が行き交っている。連絡の会話を耳に挟んだのだろう。

「いいや、たいしたことはない。すぐに戻る」

走ってきて、グシオンの腰に抱きつくヤエルの黒髪のくせっ毛を、グシオンがくしゃくしゃに撫でた。襟足だけ長くした髪を尻尾《しっぽ》のように結んでいるヤエルは、寝起きとは思えないほど輝いた顔をグシオンに向ける。

「吾もいきます。かあさまの馬の後ろに乗せてもらうから」

「それは心強い。だが、そなたが戦に出るのは立太子が済んでからだ」

女官が優しくヤエルを退けるのに、リディルはグシオンとヤエルの間に挟まるようにして床

に片膝をついた。寝起きで温かい頬を撫でながら囁く。

「ありがとう、勇敢で優しいヤエル。すぐに戻る。約束する」

「でも、吾は、父王さまとかあさまが心配なんだ。吾もだいぶん雷が出るようになったのよ」

「大丈夫。父王さまもかあさまも、イル・ジャーナ軍も強いから」

「あっ、そうだね！　雷帝グシオン陛下と、花の大魔法使い様！」

「そう。ヤエルはキュリと共に城を守っておくれ。いいね？」

「わかりました！　イド！　吾の剣を持ってきて！」

「はい。城内でお抜きになりませぬよう」

イドに目配せを残して、リディルは自室に向かった。

イル・ジャーナのために、そして残党そのもののためにも、戦の残り火は早く消さなければならない。

私兵の粗末なまとまりに、大魔法使いを連れた雷帝の圧倒的な力を見せつける。怖れて散ってくれればそれ以上追いはしない。

「妃殿下」

「ご用意ができております」

女官たちが、部屋の扉を大きく開く。金色の長い巻き毛を靡《なび》かせながらリディルは、様々な防具や服が広げられた部屋に入室した。

「ありがとう。軽い鎧《よろい》を出しておくれ」

攻撃はグシオンに任せておけば大丈夫だ。彼はこの国の隅々まで知っている。どこで戦えばいいか、どの程度の威力で雷を放てばいいかを熟知している。

――問題は自分だ。

リディルは、胸の前でぎゅっと手を握り合わせた。

自分の魔力がグシオンに伝わる。グシオンはそれを剣に溜《た》めて雷を呼ぶ。

力をよくよく制御しなければ。

目を閉じて、噛《か》みしめるように自分に言い聞かせつつ、女官が差し出す、地模様の入った金色の胸当てに手を伸ばした。


曇り空に、金色のひびが入る。

それは一瞬遅れて光と共に地で轟《とどろ》き、目を開けたときには地に倒れ伏す馬や人を眺めおろすことになる。

「！」

どうか、と馬上からリディルは、前方にいるグシオンに目を凝らした。側に添っているカルカが、王に新しい剣を渡しているのが見える。

やはり駄目だったのだ。

鬨《とき》の声が上がる。兵たちが逃げる残党たちを追う。残っているのはグシオンとカルカ、十人弱の近衛兵だ。

「王！　王よ！」

騎士たちに守られながら、リディルは馬でグシオンの馬に近づいた。グシオンが軽く振り向く。

「あとは兵に任せよ。引こうか」

折れたほうの剣をカルカに渡しながら、少し寂しそうに彼は言った。

「やはり折れたのですね。気をつけてみたのですが、申し訳ありません、王よ」

胃の腑《ふ》がきゅっと縮みそうな痛みを覚えながら、手綱を握りしめると、心許ない凍えた紫色の花がまばらに生まれてくる。

リディルは本来の魔力を取り戻した。困難を超えて、大魔法使いとなった。世界の真理に触れ、魂の流れから自在に魂を取り出し、人智を超える魔力を王に与えられるようになった。

我が王、グシオンは類《たぐ》い希《まれ》なる純度を持った雷の精霊の血族で、リディルが与える魔力を余すところなく雷に変え、王として正しい道理で存分に振るって見せた――が、その高い魔力に剣が耐えられない。

まだ魔力が不安定な頃、何度か弾けるように剣が飛び散った。

恐ろしい負荷がかかるのは自明だ。偶発的な事故として、しかたがないと王は剣を取り替えた。だが、大魔法使いとしてリディルの力が安定してきても、相変わらず——いや、もっと頻繁に、最近では出るたび必ずと言っていいほど、魔力を通すとグシオンの剣を折ってしまう。魔力の純度が上がったのも原因だ。

今日も持ち出したのは、魔力に耐性があるという、王室に伝わる宝剣だった。魔力に鋼を馴染ませる宝石が埋められ、剣には魔力の方向を示す魔法の文言が刻まれている、リディルもずいぶん慎重に魔力をグシオンに渡したつもりだが、それでも剣身は四つに砕けて折れたらしい。

グシオンは、カルカに持たせていた予備の剣を腰に佩《は》きなおし、こちらに馬で歩み寄ってきた。

「そなたのせいではない。大魔法使いが伴侶なゆえの悩みだ。咎があるなら、そなたがくれる魔力を存分に活かせる剣を用意できない王にこそだ」

「そんな……」

遠く眺め見る戦場では、グシオンの雷で上手く立ち上がれない敵兵を、イル・ジャーナの兵が次々捕縛し、縄に繋いでいるところだった。

グシオンは、敵兵を動けなくするための弱い雷になるくらいでいいと魔力の加減を注文するが、その実、自分に気を遣っているのかもしれない。剣の丈夫さを慎重に見定めながら、背中の魔法円から引き出す魔力の強さを調整する。それでも一度、あるいは最大三度目までには剣が折れてしまう。

絞り出すほどの全力で魔力を渡すより、加減をするほうが遥《はる》かに難しい。

「大丈夫だ、リディル。無事に敵は鎮圧できた。もう以前のような大きな戦はないはずだ。武力でも十分に戦えるのだから、剣のことは追々考えていけばよい」

「はい……。王よ」

実際リディルにはどうにもできない。リディルの魔法円を通して呼び出される魂の純度の問題だ。混じりけのない魔力は、剣の不純物を咎める。それが摩擦になってグシオンの剣を折る。最も幸《さきわ》うべきグシオンの変換力の高さが仇《あだ》になっているのだ。何か考えるとするなら、リディルの魔力を呼ぶ力に何らかの枷《かせ》をつけるか——最高純度の鋼で打たれた、折れない剣を探してくるしかない。

だが大魔法使いの力を通して平気でいられる金属などあるものだろうか、と考えて、リディルはそっと天を仰いだ。

鍾乳石《しょうにゅうせき》のような乳白色の雲の裂け目から差す光に、目を閉じる。

一つ、思い当たるものはあるが、手に入れるのは現実的ではない——。

グシオン王の隊は神出鬼没だ。

大魔法使いを抱えた王の特権、飛び地という、リディルの魔法を使って鏡から入り鏡から出るような移動方法で、王と、その手勢の小隊くらいを遠方に飛ばすことができるのだ。飛び地の入り口と出口に、魔力で鏡のような壁を立て、そこから入って魂の隙間を経て、目的地にある鏡から出る。

三日かかる距離も一瞬だ。リディルほどの、自然の名を冠した大魔法使いなら、最大数百人程度の軍隊を馬ごと飛ばせる。

今日もカルカをはじめ、グシオンとリディルの周りを守る騎士を数名引き連れ、西の軍隊と合流した。

帰りも、来た者だけを連れて飛び地で帰る。

城下の広場に戻り、王城まで馬で軽く駆けた。対処が早かったから村を傷つけずに済んだ。戦場の始末も、あの規模の手勢がいれば手早くすませられるだろう。

「疲れたか？　リディル。顔色が悪い」

「大丈夫です。少し喉《のど》が渇いたので、冷たいお水が飲みたいですね」

頭の中に、昨日の泉の水の味が蘇《よみがえ》る。甘く澄んだあの水を飲み、埃《ほこり》まみれの重い身体を洗い流したい。頭のうちに渦巻く、雨雲のような曇りを払いたい。

馬を歩かせながら、心配そうな顔を向けてきたグシオンに笑い返し、ふと、宮殿の玄関に目を遣《や》ったとき、文官と二人の女官が階《きざはし》で身を乗り出しているのが見えた。

他にも玄関辺りが騒がしい。どうしたのだろうと思って目を凝らしていると、文官が待ちきれないように階段を駆け降りて、自分たちの馬まで駆け寄ってきた。

「どうかしたの？　イドはどうしたんだ？　カルカは先に戻っただろう？」

迎えが出るのは普通だが、イドとヤエルの姿が見えない。困った顔をした彼らは、馬に縋りつくようにして声をひそめた。

「そ、それが。陛下たちがお留守の間に、デルケム殿下がおいでになって、明けの広間でお待ちでいらっしゃいます。ヤエル様は、念のためにお部屋に」

リディルは悲痛な心持ちを隠しきれなかった。

グシオンは、滅多にないような嫌な顔で、天を仰いでいる。


デルケムというのは先のイル・ジャーナ王の弟、つまりグシオンの叔父だ。

継承権からは離れ、グシオンに次ぐ身分を持った王族の一人として、小高い丘にある旧迎賓用の豪華な離宮で優雅な王族暮らしをしている。

『残酷王』『癇癪《かんしゃく》王』、暴君の名を恣《ほしいまま》にした兄を崇拝し、それと比べてグシオンのやりかたがぬるいと文句を言う。大魔法使いの王妃を得たのだから、早く近隣諸国を侵略せよと朝夕かまわず怒鳴り込んでくる。感心するほど絶え間なく文句をまくし立て、横槍、我が儘《わまま》、嫌みを大きな声で撒き散らす皇室の困りごとの一つだが、先の戦で少々活躍し、怖い目に遭ったからか『この先は魂を清め、湖のような平らな心で精霊のように過ごすんじゃ。もう余は働いた。これからは守護神として崇《あが》めよ。年寄りを敬え。静かな森のような環境を整えろ。余の心を乱す者は容赦せぬ。騒がしくするヤツは片っ端から口を縫いつけてやる』と言ってしばらくおとなしかった。

今日の来訪の理由について、グシオンにも心当たりがないそうだ。

たっぷりの贅《ぜい》は与えている。先王の弟で、皇帝《グシオン》の元摂政として下にも置かぬ扱いをしているはずだ。

グシオンはずっと苦い顔だ。今更デルケムにできることはないとはいえ、面倒事に違いない。むしろ来訪そのものが面倒事だとため息をついた。

謁見の間がある二階の廊下で、リディルは立ち止まった。

「私もお供しましょうか？」

「いや、いい。暖炉に薪《まき》をくべるように、とりとめのない暴言が増えるだけだ。万が一にもそなたに手を触れられようものなら、今度こそ叔父とて容赦はせぬ」

そう言われれば、リディルは困り顔で首を傾《かし》げるしかない。

輿入れしてすぐの頃、一度、彼にベールを払われたことがある。そのくらいなんともないが、デルケムは、未だリディルが男だとは知らない。バレるとは思っていないが破格に面倒くさいことになることくらい、想像しなくてもわかる。

「それでは……、お部屋でお待ちしております」

「わかった。どうせたいした用ではあるまい」

「はい……」

先の戦がかなりこたえているようだと聞いていたが、美しい離宮暮らしで心が澄んで、本当に穏やかにグシオンの機嫌伺いにでも来たのだろうか。

期待とも心配ともつかぬリディルの思案は、早々に打ち砕かれることになった。

廊下の途中で、最上位の応接室の扉越しに大きな声が漏れ聞こえてくる。

「ああ、皇帝自ら戦場に出るとはなんたることか！　いつまで雑兵のような戦をしておる！　王の自覚がない！　帝国を村か何かと勘違いしておるのだ、恥ずかしい！　まるで田舎者じゃ。相手の兵が驚く！　我が誇り高きイル・ジャーナ大帝国がド田舎だと思われてしまう！　兵は何とかならんのか！　何人がタダ飯を喰ろうておるのだ！　余がほんの少し休んどる間に軍隊も作れぬ腑抜けな国になった！　ああ、嘆かわしい！　みっともない！」

まったく相変わらずのようだ。

グシオンと軽く視線を交わし、顔を逸《そ》らして俯《うつむ》きながら息をついた。

「やはり、お供します」

グシオンは力なく首を振って、リディルの腰に手をかけ、向こうへ行けと廊下を引き返すように促す。

リディルは眉をひそめたが、肩を落として息をついた。

「……お気をつけて」

自分が同室しても文句の語彙《ごい》が増えるばかりだ。グシオンの背を見送るしかない。

喧嘩《けんか》にならなければいいが、と思いながらリディルが廊下の端まで歩くと、窓の向こうに一羽の梟《ふくろう》が枝に留まっているのが見える。小柄で、飛び出しそうに大きな目をした梟だ。

リディルは小走りで窓に寄った。

「キュリ。迎えに来てくれたの？」

自分たちが出発したときは、居間の止まり木でうとうとしていた。

水を掬うように両手のひらを差し出すと、キュリは枝から軽く羽ばたいて、山盛りの砂のように、リディルの手のひらに収まった。

王室の印が彫られた純金の足輪。耳のようにたった毛がぴょこぴょこしている。見上げてくる黒い瞳の奥底が、光の粉を振ったようにきらきらと輝く。

「ただいま。ヤエルはおとなしくしていた？」

問いかけると、膜のような目蓋《まぶた》を見せながら目を細め、きゅるきゅる。きゅくくく……と、喉の奥のほうでかわいらしい声を転がしている。顔の毛は白く、見上げる漆黒の瞳の奥には無数に金銀の粉が散っていて、星空を填《は》め込んだようだ。

「せっかくのところ悪いんだけど、助けてくれる？　キュリ」

デルケムに対して自分は無力どころか、足を引っ張る要素にしかならないが、どうしてもやはり、グシオンが心配だった。

キュリを空に放ち、居間に戻って、寝室の隣の部屋に駆け込んだ。

そこには、人の二人の腕でようやく回るような、口の側まで水が張られた大きな瓶がある。

リディルが壺に触れて、軽く魔力を送ると、波紋もできない静かな水面がキラキラ光り出した。光が収まった水鏡に、赤い部分と茶色い部分が浮かびはじめる。天井の反射ではない。キュリが見た景色だ。

ホシメフクロウのキュリは、魂の契約で、あのキラキラとした黒い目に映ったものを、今リディルが張りついている瓶の大きな水鏡に投影することができる。

別名、覗き見フクロウ。窓の外から覗いたり、王宮の高い梁の上に留まったりと、秘密の会議を覗き見することもできる。政治の場でも何度もキュリに救われてきた。

魂を仔細《しさい》に感じ分けられるリディルは、耳を澄ませば音さえ立ち聞きすることができる。

枝葉と窓枠が見えはじめた。奥に家具のようなものが見えはじめる。

キュリは、窓の外から室内を眺めているようだ。もう少しよく見たいと思ったリディルの心が伝わったように、ぴょんぴょんと跳ねて、窓の隅からランプをかける突起の飾りに留まりなおす。

キュリがまばたきをするたびに、だんだん鮮明に像が結んでくる。赤いのは絨毯《じゅうたん》、茶色い部分が椅子と人だ。

デルケムとグシオンが、椅子に向かい合って座っている。何を話しているのだろうと、水面に耳を寄せた途端、喚《わめ》くような大声がした。

――何じゃ！　戦に出ておったそうだの！　皇帝ともあろう者が手下の一人もおらんのか！　朝からずうっと待っておって、日が暮れるかと思ったわい！　ああ背中が痛い、腰が痛い！　馬から落ちてもおらぬのに、腰骨が折れたらどうしてくれるのだ！

城を出発したのは午後だ。グシオンは、驚きもせずにゆったりとした、だがやや不機嫌そうな声で「その頃は、城におりましたが」と答えた。激しい言い合いに慣れていないリディルは聞いているだけでドキドキとして、嫌な汗が滲《にじ》んでくる。

――いいや、いなかった！　余は、日が上がってからすぐに城を――。

――ところで、今日のご用件はなんでしょうか。

いつもは話を切ると、態度が悪いとか、話を聞かぬのは生意気だとか荒ぶるデルケム叔父は、今日はやけに機嫌がよさそうに、椅子の背もたれに深く背中を預けた。

――実はな。アヒムが八歳になった。

アヒムというのは、デルケムの孫だ。だが息子と仲が悪いそうで、孫といっしょには住んでいないと聞いている。

――それはおめでとうございます。息災ですか？

――……雷が散るようになったのだ。

もったいぶった笑顔でデルケムは言った。そしてバネのように身を乗り出す。

――聞いておったか⁉　雷が散るようになったのだ。余の孫に！

――血筋的には当然でしょう。ヤエルも雷が出ます。

グシオンの父の弟の孫だ。グシオンがこれほどの雷使いなのだから、グシオンほどとは言わずとも、親族のどこに雷の血族が出ても不思議ではない。

デルケムは、いつもにはない慎重な話しぶりで、さらに身を乗り出した。

――だとしたら、前王とより血が近い、アヒムがそなたの跡を継ぐべきではないか？　ヤエルなどほとんど他人ではないか。何しろ余は前王の弟なのだから！

わかりやすい話だ。グシオンの世継ぎ問題が起こったとき、デルケムの子や孫には雷使いがいなかった。だからグシオンの傍流となる血筋――ゾハール家の血流、兄弟国リリルタメル王国に生まれたヤエルを皇太子として引き取るのに何の問題もなかった。なのにデルケムの孫が八つになって、雷の気配があるから皇太子の座を譲れと言うつもりらしいのだ。

グシオンは表情も変えずに問い返した。

——父の弟として、国の咎を背負われるつもりなら。

先代のイル・ジャーナ王の暴虐は、大陸中で有名だ。どれほど咎められても侵略と惨殺をやめず、卑怯《ひきょう》とされる夜討ちを当然のごとく重ね、滅ぼし、攻め込まれ、また攻め返し、外交の場で暴言を吐き、罵倒《ばとう》を浴び、禍々《まがまが》しい呪《のろ》いをかけられ、最後はそれをグシオンに押しつけて亡くなった。

今、グシオンがこの国の王としていられるのは、彼が玉座を継ぐにあたって、前王に仕えていた者たちを皆処分すると他国に約束し、実行したからだ。ほとんどが国外に追放され、弟のデルケム、文官の老ザキハ大臣をはじめとする、最低限国を保つための、一握りの臣下が残されたと聞いていた。故にデルケムは、先王の弟で、グシオンがまだ幼いというのに王位を一度も継げなかった。

——だから玉座を継ぐのは余ではない。アヒムなら、実質お前の子と言って差し支えないのだぞ？

——いいえ、アヒムは叔父の孫。それ以上遠くもなく近くもない。

——近いわ！　余の孫だぞ、余の！　余にも顔が似ておるが、兄王の面影もある。つまりそなたと似ていると言うことだ！

——似ているだけなら、ヤエルのほうが似ている。確かにあなたは我が父の弟です。しかし神聖なる先々代王からすればヤエルとアヒムの王の血の濃さは同じ。大きな功績を成した先々代王の血を分けた弟、リリルタメル国王の孫を我が兄弟国が、次の世の王にと差し出したのです。これ以上尊いものがどこにあるでしょうか。

——し、しかし結局ヤエルはよその国の子ではないか！　アヒムはイル・ジャーナで生まれ、イル・ジャーナで育った。ヤエルはリリルタメルで生まれた子だ！　まったく王には相応しくない。他人だ、他人！　そんなよそ者に人心が集まるものか！　そなたとは最早ほとんど他人、貰ってきた子ではないか！

イル・ジャーナ王家の内情にさほど詳しくないリディルでも、そんな横槍が通るわけがないと思う。それでも嫌な緊張が胃の辺りに満ちて、壺の縁を摑む手が震えてきそうだ。だがグシオンは相変わらず冷静だった。

——いくら叔父上でも、我が国の皇太子を貶《おとし》めるのは許さない。ご自分の血を否定なさるのですか？

イル・ジャーナは先祖に近いほうが尊いという考えだ。魔法円が重要視されるエウェストルムと違い、初代イル・ジャーナ王に血が近いほうが、王になるべきという考えらしい。ヤエルを否定するということは、ヤエルの曾祖父を否定するということだ。つまりヤエルの曾祖父の父、初代により近いイル・ジャーナ王を否定し、自らの血筋を否定することになる。

デルケムは、足をばたつかせて慌てるそぶりを見せた。

——そ、それが嫌なら、後宮を抱えてお前の子を産ませればいい！　それなら誰も文句は言わぬ！　そもそもお前の妃が子を産まぬのが悪いのだ。早々に諦《あきら》めてリリルタメルから養子など迎えよって、何とも根性のない、お前の父王が聞いたら情けないと嘆くに違いないのだ！

喚いて、側にあった卓の足をがしゃんと蹴った。上に乗せていた果物の皿が床に落ち、床に実が散らばる。

――そなたの父など、城に溢れんばかりに妾妃《しょうひ》を抱えておった！　住まわす宮殿が足りないからと言って、何度も増築までして！

――必要が無い。

グシオンはため息をついて、額に零れていた髪を軽く後ろに撫でつけた。

そして冷えた声で唸《うな》る。

――その結果何が起こったか、叔父上も覚えておられるでしょう？

デルケムが息を呑《の》んだように見えた。

――ふ、ふん。例えばの話だ。例えばの！

喚いて乱暴に立ち上がる。

――この、石頭めが！　そんな生意気は子を十人も産んでから言うがいい！　今の世に合った政ができねば取り残されるわい！　何が帝国だ！　何が皇帝だ！　これだから権力を振るうしか能の無い若造はいかんのだ！

唾《つば》を飛ばしながらグシオンに怒鳴りつけて、扉のほうに歩いてゆく。

――大魔法使いが何だ！　子を産まぬ妃など、縄で巻いてエウェストルムに返してしまえ！

そんな捨て台詞《ぜりふ》を残し、扉を手のひらで激しく叩いてから、デルケムは部屋を出ていった。

デルケム様、と叫んで、控えていたメシャム大臣が彼を追って部屋を出てゆく。

廊下のどよめきがここまで伝わってくる。

「……」

デルケムの暴言はただの言いがかりだとわかっていても、胸の痛む話だ。

グシオンは当初、イル・ジャーナ王家を自分の代で廃し、兄弟国、ヤエルが生まれたリリルタメル王国王室に国ごと譲るつもりでいた。イル・ジャーナ王グシオンに子が生まれれば、グシオンから皇太子《そのこ》に呪いが移る。

その、グシオンの呪いが解けた。解いたのはリディルだった。

だからヤエルを我が国の皇太子として養子に迎え入れられたが、呪いの正確な範囲は未だ不明だ。呪いは完全に読み解かれる前に、その核たる邪悪な呪いの品を、リディルが剣で砕き割ってしまった。

幸いヤエルは無事だ。もう呪いは消滅したと考えるべきだろう。だが王家の未来にまつわる呪いなのだから、もっとよく読み解いてから砕けばよかったと後悔するが、それは今だから言えることだ。あのときはまだ大魔法使いではなく、ロシェレディアたちの助けも借りられなかった。即座に破壊するしかなかった。グシオンの命がかかっていた。

リディルは下腹の上で両手を組んで、奥歯を噛みしめ、ぎゅっと目を閉じる。

獣の呪い——今思い出しても背筋が震えるような酷《ひど》い呪いだ。

月を浴びると獣になる、禍々しく、いたわしい、グシオンの尊厳を根こそぎ抉り取ってしまうような残酷な呪いだった。

ひしゃげた咆吼《ほうこう》、人の倍以上はある毛むくじゃらの大きな獣身に、黒く鋭い爪、血を滴らせそうな牙《きば》のある口。どれほど苦しかっただろうかと思うと、今でも心臓をねじ切られるような心地がする。

グシオンが実子を得ても、消滅した呪いはもう何も呪わない。後宮を抱えても誰も反対しないだろう。それでもグシオンは必要ないと言ってくれた。

ヤエルはかわいらしく、皇太子に相応しい。何よりグシオンが自分の妃はリディルだけだと言ってくれる。

「……」

リディルは、動揺の紫の花が手に溢れてくるのを握りつぶして顔を上げる。

王の愛情に応えなければならない。ヤエルを皇太子として育て、自分は大魔法使いとしてイル・ジャーナを守護しなければ、誠実なグシオンの心に応じきれない。

そのためだったら何だってすると思うのに、今日も王の剣を折ってしまった。雷を見せつけるためだけの小さな争いだったからいいようなものの、何かもっと危険なことがあったとき、あれではグシオンを危険に晒してしまう。

　バサバサ、と羽音がして、はっとリディルは我に返った。

　キュリがベランダの手すりに留まるのが見えた。それと同時に背後で扉の音がする。

「……王よ」

「キュリ越しに聞いていたのだな?」

　グシオンは、咎めるでも呆れた様子でもなく、まっすぐこちらに近づいてきた。立ち上がったリディルを守るように腕に抱き包んだ。

「叔父はああして喚くしかないのだ。讒言《ざんげん》など誰も耳も傾けぬ」

　それもグシオンに聞いている。摂政の位にあったが実際の権力はなく、ましてやグシオンが成人した今となっては、彼には何の影響力もない。王室の問題に直接口を出せるわけもなかった。彼が厚遇されているのは、先祖の血を尊ぶ宗教観のせい、この国の人々の道徳観のせいだ。そして先の戦で少々活躍した功績もある。

　安心しろとグシオンは言うが、それでもひとつ、リディルの心に引っかかる言葉がある。

「『その結果』、とは……?」

　グシオンの父王の後宮が有名だったことはリディルの耳にも入っている。今や建物すら残っておらず、そのような気配もないのだが、街ほどもあったという後宮が、どうなったかはリディルは知らない。

グシオンは、「ああ」と、ため息のような返事のような、曖昧《あいまい》な声を零した。そして静かにリディルから腕を解《ほど》き、窓のほうを見やる。

昼下がりには戦場にいたとは思えない、穏やかな空だ。小鳥の鳴き声が短く聞こえる。

「余には、昔、何人もの兄弟がいた。何人いたかははっきり知らぬ」

そう言いながら、ベランダのほうに歩み、長い腕をキュリに差し出す。

「どういうことでしょう」

「王宮には、余と、三つ年下の弟が住んでいた。後宮には、妾妃の子が何人も生まれていたという」

キュリは軽く羽ばたいて、グシオンの手先に留まりなおした。

初めて聞く話だ。半身を見せるグシオンの、静かな告白をリディルは動けないまま聞いている。

「戦が増えてきた頃だ。父王はある日、『どの子が自分の子かわからなくなった』と言って、後宮にいる子と母を全部処刑した」

「な――――！」

「本当にそう思っていたのかもしれぬし、ただ飽きたのやもしれぬ。父の後宮が娼館《しょうかん》のようだとあざ笑われたのが耳に入ったせいかもしれぬ」

「で、でも、それはご自分がなさったことでしょう？　どうして、どうしてお子様たちを

「……！」

「自分がしたことだから、嫌だったのだろう」

「だからといって……人を殺して、自分の行いを無いことにしようだなどと」

驚愕《きようがく》を超えて、呆然《ぼうぜん》としてしまう。

輿入れ前、エウェストルムの人たちは自分がイル・ジャーナに行くことをひどく怖がっていた。初めは自分が殺されるからだと思っていたが、今ならわかる。前王の暴虐ぶりを知っていてイル・ジャーナという国の荒々しさを怖れていたのだ。

グシオンは寂しそうな目で自分を見てから、またキュリに目を向ける。

「第二王子──弟が病で亡くなったのは、その呪いだとも言われている」

キュリが止まり木に行くのをぼんやりと見送りながらグシオンは続ける。

「たった五つだった。いつも、兄上と呼んで追いかけてきてくれて、かわいらしかった」

「そんな……」

身体が震えて涙が溢れた。

「今思えば、ヤエルによく似ていた。……呪うなら余にすればよかったのにな」

「それは違います、王よ！　あなたの呪いが解けたのだって、あなたが優しく、誠実だったからです！」

「王よ」が十五年も呪われていて、呪いの痕が残らなかったのがその証拠です！」

グシオンの思い込みを、隅から隅まで解こうと一所懸命言いつのるリディルの側にグシオンが戻ってくる。

大きな優しい手で、グシオンはリディルの髪を撫でた。

「そなたら兄弟が仲良くしているのを見ていると、慰められるようでもあり、羨《うらや》ましく思うこともある。そなたの兄上たち、そして弟のことも大切にいたせ」

アイデース皇帝妃、ロシェレディア、エウェストルムにいる身体が弱い二番目の兄、ステラディアース。母親が違う、エウェストルム皇太子イルマトは、今九歳だ。来年にも立太子の儀が行われ、祝福に来てほしいと願われている。自分とロシェレディアがエウェストルムから離れたのでなかなか会えないが、みんな大切な兄弟だった。

グシオンの指先がリディルの頬の涙を拭うのに任せて、リディルは彼に訴えた。

「私があなたの兄弟になりましょう」

優しいこの人がかわいそうでたまらない。父の戦死により、たった十歳で呪いと同時に重い玉座を受け取った。大陸中から打ち据えられ、守りを剝ぎ取られ、呪いを抱え、人を遠ざけ、自分の一生を諦めながら生きてきた。それなのに王女と偽って嫁いできた自分を許した。

そんな人をひとりにはできない。

「もちろんだ。我が友、我が兄弟、我が想い人、それらをすべて集めて、我が妃と呼ぶ」

リディルはいつもと変わらぬ、静かに微笑むグシオンの頬を、指先から悲しみに濡れた薄青色の花びらを散らしながら撫でて慰めるばかりだ。

たぶん、それがきっかけだったと思う。

人々がヤエルを見る目が奇妙になった。

哀れんだ顔を向けてきたり、励ますような、妙な笑顔で見つめてきたり、値踏みするような視線を向けてきたり。

「まったく影響力はないのですが、面倒くさいことです」

王の執務室の窓際で、他人には見せられない、面倒くささを煮詰めきったような表情で、鼻を摘まみながらカルカが言った。内々の話をするならこの部屋が適切だ。

それでもリディルの不安は解消されない。

「そうだろうか」

「ええ、もちろん。風邪のようなものです。人々の間でぱっと流行ってすぐに忘れてしまう。そんな、あり得もしない馬鹿馬鹿しい話」

部屋の端のソファで、ヤエルの相手をしているイドが、チラリとこちらを見る。

城中で、にわかにアヒムの存在が噂《うわさ》になっているらしい。

グシオンが、エウェストルムから魔法使いを娶ったので、次にエウェストルムからイル・ジャーナの妃として魔法使いを迎えられるのは何世代も先になる。

長い長い順番待ちの間、イル・ジャーナの皇太子は城に出入りする普通の女性を娶るか、政略結婚を主な目的として有力な他国の姫を娶るか、さして有名ではない他の国から、力が微弱な魔法使いを娶ることになるだろう。

当然その王の代には魔法の加護は弱まるが、皇太子、あるいはその兄妹の誰かに一代限り、母たる魔法使いの力が遺伝するものだから、二世代目の魔法使いの力が使えるうちに国を安定させるという、魔法使いを娶ったことがある国では、最早常識となっている定石がある。

だがヤエルはリディルの実子ではないから当然魔法使いの能力は引き継がれない。政治力だけで国を治めるというには、グシオンの実子ではないから綻《ほころ》びが出やすい。未だ、小さな兄弟国リリルタメルをイル・ジャーナの属国として蔑《さげす》み、イル・ジャーナに保護され養われている厚かましい弱小国という認識が、人々の心から消え切れていない（そして、それがまったくのデタラメでもないところが、人々を強く納得させられない理由でもある）。

——それでは年上で、先代王と血が近いアヒム様のほうがいいのではないか？

と、誰が言いはじめたのかわからない——いや、この話題を知っていたのはメシャム大臣だけだから、火元はそこに違いないのだが——噂がにわかに広がっているという状況だ。それに乗っかる形で、ヤエルの代になるまでもっと版図を広げたほうがいいという声も聞こえてくる。そしてアヒム擁立を否定する形で、アヒムではなく、グシオンと血の繋がった皇子が生まれるにこしたことがない、という実子を望む声になっているのだ。

「そんな世迷い言を本気にする者などおらぬ。退屈凌《しの》ぎの戯《ざ》れ言《ごと》は結構だが、そろそろ止《とど》めておかねばならぬな」

噂話がヤエルの耳に入ったというのだ。

――次の王さまは、吾じゃない人になったの？

どこで耳に挟んだのかわからないそんな言葉をヤエルが言ったから、イドが真っ青になって駆け込んできたのだ。

そんなことはないと否定した。ヤエルの実の両親はリリルタメルの王と王妃であること、その曾祖父が、三代前の王と血を分けた兄弟であるから、間違いなくヤエルは正統な王家の血筋であること、彼らに必ずヤエルを次期イル・ジャーナ王とすると堅く約束し、強く望まれてリリルタメルからやって来たことを、ヤエル自身に話しておいてよかった。

――みんなが心配しなくていいよう、吾は、父王さまのように、強くていい王さまにならねばね。

と健気《けなげ》に言うヤエルに胸が貫かれるようだった。さすがに看過できないとして王に知らせた。するとカルカも王もすでに調査済みだったというわけだ。

「ヤエルは問題ない。我が国にとって、これ以上優れた皇太子もいない。版図の問題にしろ、相応というものがある。イル・ジャーナは帝国と呼ばれるほどの国土を得たが、幸い背後を山で囲まれている。港もある。必要なのは守る術だ。違うか？　リディル」

「……いいえ、その通りです」

残党を払い、長く安定させ、不可侵の国として隣国に知らしめるのだ。広がらなくていい。だが国民は隅々まで守ってみせるというのがグシオンの目指すところだ。

「乾燥した荒れ地を手に入れても、守る場所が増えるだけだ。国境も荒れていないならそれでいい。今はリディルの魔力に大きく依るところである。帝国というには盤石の決め手に欠ける。余が王の間に、これを成さねばならない」

「『ヤエルとこの国が戦をしなくて済むよう。この国を政で守っていけるように』」

「そうだ」

以前のグシオンの言葉を繰り返すと、グシオンは小さく頷いた。

「国をつくるには時間がかかる。焦るな。我が意が、澄んだまま隅々まで行き渡ろうはずもない。広がる途中で埃にまみれ、汚れに曇るものである。周りが皆、理解者ばかりだと思うのも甘い話だ。反対勢力と理解し合ってこそ、本当の強さと行くべき道が見える」

「……そうですね、王よ。まったく仰る通りです」

自分を悪く言われるのはいい。だがグシオンやヤエルのこととなると、つい悪いほうに考えが引っ張られてしまう。

ぺち、と手のひらで自分の頬を叩いた。手の下から、ぱらっと、萎《しな》びて元気のない花が散る。

しっかりしなければ。自分は王妃であり、ヤエルの母親だ。そしてヤエルを守り導くグシオンの伴侶だ。

　頬と手のひらの間にグシオンが、自分の手を差し込むように撫でてくれる。

「苦労をかけるな、リディル。我が唯一の妃よ」

「あなたの苦労に比べれば。我が王よ」

　小さい頃からのんびりしたエウェストルムで暮らしてきたリディルは、イル・ジャーナに来るまでこんな心が軋むような継承者問題に触れることがなかった。グシオンがたった十歳で王となったときからこれをずっとひとりで耐えてきたと思うと、リディルは余計寂しい気持ちになる。


　リディルの研究室は北側にある。星を読むのは北のほうがいいし、太陽の光が強く差し込むと、瓶の中に入れた魂がびっくりして消えてしまうこともある。

　広い部屋で、左側は全面本棚になっている。それでも棚が足りずに、床にいくつもの卓が置かれ、その上にも書物が溢れて床に積まれ、その側に巻物が寄せられている。

　リディルが研究室に戻って机に着いていると、お茶を持ったイドが入室してきた。器用に本の山を避けながらこちらにやってくる。夕餉《ゆうげ》前の最後のお茶だ。

「ヤエル様には特に変わったご様子はありません」

「そう」

この時間は女官とすごしている。イドにはヤエルをよく観察してほしいと頼んでいるが、本人が大丈夫そうならむしろ、こちらの様子がいつもと違うことを悟られてはならない。

イドは、窓辺の卓に盆を置き、手際よく茶器を広げてゆく。

「正直、ヤエル様の性格には救われるところがあります。前向きというか、鷹揚《おうよう》というか。『王の教育』とはこのようなものでしょうか」

ヤエルの美徳のひとつだ。活発で、優しく、人なつこい。一歩引いて見守る余裕があり、動じにくい。赤子の頃からグシオンが、努めてそのような心構えでいるようにと教育しているせいでもあるが、だからこそそんなヤエルが、口さがない噂で傷つくのが嫌なのだ。

リディルは息をついて、筆記用具を机に置いた。

「生まれ持ったものもあると思う。ヤエルのこういう良いところは、皆から見えにくいのかもしれないね」

アヒムはすでにひとりでメイヤーを剣で斬り殺し、兵と共に狩りにも出ていて矢もよく当たるという噂だが、表層に出にくいところに、ヤエルの良さはあると思うのだ。なのに人々は、ヤエルの温厚さを頼りないと言う、我慢強さを意気地が無い、ヤエルの優しさをひっこみじあんで消極的と評価するのだ。

――ああ、また囚われそうだ。

もうそのようなことは考えないと決めたのに、油断するとするりと入り込んで、頭の中を灰色に曇らせる。

両耳を覆ったリディルを、イドが心配そうに見ている。

わかっていたが、他でもないイドの前だ。リディルは取り繕うことはせずに、暗い表情で、長いため息をついた。

「リディル様。少しお疲れなのでは?」

「うん……」

噂のことばかりでなく、リディル自身、少し疲れている。

グシオンの武器の研究が行き詰まっている。グシオンと自分の間には何の問題もない。ただ剣が魔力に耐えきれず、弾け折れてしまうのだ。普通の剣に比べれば、魔力が練り込まれた宝物の剣はいくらか耐久力があるが、三度も雷を降ろせば折れてしまうし、この調子でイル・ジャーナの宝剣を使い尽くすわけにもいかない。

人がつくる鉄は、どうしても魔力を通すと魔力と鋼の間で摩擦が起きてしまう。摩擦を和らげる物質をまぜて剣を打つにも、鉄に合う素材が見つからない。ただ剣の丈夫さを奪ってしまうだけになりそうだ。

それを探してついつい徹夜が続いている。休もうとしても頭から離れず、結局ずっと考え続けている。そこにヤエルの問題が湧いてきて、集中力が散漫になってさらに研究を滞らせている。

──『神の心臓』があれば、解決するのに──。

ほとんど逃避のような夢見事しか思いつかないが、今根を詰めて考えても良い考えは浮かびそうにない。

『神の心臓』というのは、その名の通り神の心臓だ。

古代、まだ人間がこれほど地上にはびこる前、地方ごとに神々が住んでいた。北の神は大地を凍らせ、雪を作り、南の神は風を吹かせて泉の神と仲睦まじくして果物を増やした。山の神は岩を切り立たせ、風を防いで人の住む石壁を与え、海の神は魚を増やし、ときどき嵐で掻き回しては宝物を陸に打ち上げ、人々に与えた。

古代の神は姿を持っていたという。

神の強い魂は、肉眼で見えるほど強靭《きょうじん》で、蛇の元だったり魚の元だったり、鳥の元だったり、獣の元だったりした。

神は気まぐれに人々に恵みを与え、人々はそれを受け取り、ときには怖れながら生きてきた。精霊たちが神と人との中間に立ち、神を宥《なだ》め、人に諭してきたとだいたい建国の書には、それぞれの国の王の出自として記録されている。

やがて人が増え、自由に暮らしはじめたときだ。自然を通して荒ぶる厳しい神の仕打ちに不満を抱いた人間が、精霊を通さず、神たちをつくった魂の神に告げ口をした。

怒った魂の神は神々を打ち倒し、二度と魂の流れに戻れないよう神々の魂を流れから断絶した。その際神々の身体は破壊され、溶け残った心臓が砕け、花火のように爆《は》ぜて飛び散った。それが世界中の地に落ち、今も自然の源となって、雪を降らせ、魚の子を生み出し、風を吹かせているという。

それは単なるおとぎ話や言い伝えではない。実際に『神の心臓』を得た人間がいる。どんな盾にもなり、どんな剣にもなるまさに神の金属、あるいは金属じみた液体、ときには宝石のようにも見えるという。だがその力ゆえ、手に取れる人間は限られている。そして手に取れる程度の小さな破片となった『神の心臓』はすでに誰かが持ち去ったはずだ。

イル・ジャーナの宝物《ほうもつ》の中には、神の心臓は存在しなかった。新しく手に入れると言ったって、この時代になって容易に手に入れられる《神の心臓》が残っているとは思えない。

そういえば、アイデースのイスハン王は――ロシェレディア兄様はどうなさっているのだろう。

ふと思いついて、リディルは記憶を掘り起こした。

アイデース帝国、炎帝『爆裂王イスハン』の妃は、リディルの兄――表向き第一王女として嫁いだのだが――『氷の大魔法使い』ロシェレディアだ。元々イル・ジャーナに嫁ぐはずだったものを、イスハン王に略奪されたということになっている。しかし本当はもっと複雑な事情があり、イスハン王は兄ロシェレディアをひどく大切に扱っているし、ロシェレディアもイスハン王にすべてを捧げるほど恋い慕っている。

先の戦でイル・ジャーナがガルイエトの襲撃を受けたとき、アイデース軍が助けに来てくれるという出来事があった。そのとき彼らの戦い様を目にしたが、イスハンの偃月刀《えんげつとう》はロシェレディアの魔力を易々《やすやす》と受けて、途方もない爆炎を放っていた。

火の粉の中で微笑む、氷の気配を纏わりつかせたイスハン皇帝の姿は、頼もしさと少しの禍々しさを持ってリディルの目蓋の裏に焼きついている。

今思えばあれはどう考えても《神の心臓》からつくられた武器だ。どのようにして手に入れたのだろうか。

アイデースは歴史の長い大帝国だ。元々《神の心臓》を所有していても不思議ではない。それとも――。

――想像してもしかたがない。

リディルは窓に視線を移した。果実の形をした白い月が、色褪《あ》せてゆく日暮れの空に浮かんでいる。

ロシェレディアに会えるまで、まだ四日ほどある。

悩ましいが緊急でもない。多分、イスハン王の武器は『神の心臓』からできたものに違いないが、もしそうだとしても、自分たちが使える『神の心臓』は手許にないのだ。

やはりヤエルのことは、グシオンが言うとおり、長い時間をかけて周りの理解を得てゆくしかない。

それより今はむしろ武器の問題が解決するまで、グシオンが前衛に出なくていいような配置を、軍の総大将ヴィハーン将軍と相談したほうがいいだろうか。

そう考えていたとき、扉が三度、叩かれた。

イドが応対に出る。扉の隙間から手紙を差し出す文官の姿が見えた。

誰からだろう、とイドを見たとき、イドがぱっと明るい顔をした。

「リディル様」

近づいてくる足も早足だ。

リディルは手を伸ばして巻紙を受け取り、特徴のある封印を見てあっ、と顔を輝かせた。

「どうしたんだろう、急に」

手紙はエウェストルムからだ。

差出人は――ゼプト・アリ・シャディア。二番目の兄、ステラディアースに仕えている、彼のただ一人の騎士だった。

2

そのときが来たら、潔く諦《あきら》めようと思っている。

静かに修復をやめて、本当に息ができなくなり、身体の外郭が保てなくなって、唇が溶けて言葉が発せなくなってしまう前に、ゼプトに今までずっとありがとうとお礼を言って、最後だから父様を部屋に呼んでもらって長年の詫《わ》びとお礼と、あなたの子に生まれてよかったと伝えて、最期にエウェストルムの美味しい水を飲んで、できれば太陽の気配をたくさん含んだ花を抱いて消えてしまおうと決めていた。

「ん……！」

じわじわと亀裂が下がってくる繭《まゆ》を、ステラディアースは痩《や》せた手で一生懸命押さえる。ロシェレディアがつくってくれたドロドロとした月光色に輝く粘液のようなものを、器から細く薄い手のひらに掬《すく》い、ヒビに押しつけて、固まれと念じながら魔力を込める。

「ステラディアース様……！」

側近の騎士、ゼプトが繭の外から悲痛な声で自分を呼ぶ。

「大丈夫、もう治まる。この繭を諦めてしまったら、もう外が見られなくなってしまう」

部屋の中に無数に垂れ下がる、人が五人も立っていられるほど大きな白い繭は、ほとんど潰《つぶ》れてぼろ布のように垂れ下がっている。残っているのはこの辺りだけだ。これより向こうは踏めば壊れ、そもそもステラディアースの命を守れる力がない。

窓があるこの繭が潰れたら、もう一生外が見られなくなってしまう。それにここは繭の核、『ゆりかごの繭』が近い――。

自分は、満足な人の身体――魂《ラウフ》の殻を持たずに生まれてきた。母の胎《はら》の中で肉体をつくるのを忘れ、水とも光とも言えぬ、人の素となる魂の塊の姿で生まれてしまったのだ。あっという間に溶け流れてしまうところを助けてくれたのは、兄、生まれつきの大魔法使いであるロシェレディアだった。

まだ幼かった彼は、魔法で赤子が入るくらいの小さな繭をつくり、そこにステラディアースを注がせた。それでようやく自分は、世界に溶け散ってしまうことを免れた。

少し大きくなって、その繭が窮屈になる頃、自分でもどうやって学んだかは覚えていないのだが、ロシェレディアがつくってくれた繭から魂を繋《つな》げて、魔法で適切な大きさの繭を新しくつくり出せるようになった。

成長するにつれ、少しずつ繭を増やし、繭の数に合わせて部屋を拡張した。繭が増えるほどに自由になった。一番多いとき、繭は三百ほどあったと思う。

外には出られないが、繭の中では安定して過ごせると思っていたが、ある時期を境に、急に繭に綻《ほころ》びが生じはじめた。

原因ははっきりわからない。

ロシェレディアが身体を失ったせいか、それとも繭が増えすぎたのか、自分が弱ったのか、そのどれもかもしれないし、単に作った繭が時間と共に劣化して、これらの繭を支えられなくなったのかもしれない。

この部屋を埋めるすべての繭は、ロシェレディアがつくってくれた『ゆりかごの繭』をよりどころとして発生している。ステラディアースは新しい繭をつくれるが、『ゆりかごの繭』はステラディアースにはつくり出せない。

新しく繭がつくれなくなり、以前つくった繭も弱ってゆく。

繭の劣化に気づいてからはあっという間だった。

あちこちの繭がぼろぼろと壊れ、表面がぼそぼそに毛羽立って剝《は》がれ、しわしわに乾いて亀裂が内側にまで入りはじめる。実際割れてしまった繭もあるし、底が抜けて、しぼんでぼろ布のように垂れ下がってしまったものもある。『ゆりかごの繭』から遠い繭から崩れはじめ、今は『ゆりかごの繭』に近い寝台まわりと、休憩の部屋とその周《まわ》りという、たった十ほどの繭が広い部屋の一角に残るばかりだ。

「う……」

もう一度器から、光る魂の粘液を掬い、壁のヒビに押し当てる。ゼプトに助けてもらいたくても、魔法使いでもない彼がこの繭に踏み込めば崩壊が早くなるだけだ。

この繭は、自分の身体の輪郭の代わりだ。自分はこの繭を出たら、あっという間に人の形を保てなくなって、この粘液のように溶けて、魂に還ってしまう。

拳《こぶし》を握りしめて震えている彼に何か声をかけてやりたくても、ステラディアースはヒビを止めるのに必死だ。

「――っ！」

悲鳴を上げても誰も助けに来ない。助けられない。

自分を心配して誰かが駆けつけてくれるとしても、それは自分を弱らせる原因にしかならない。

だけどしかたがない。元々生きていられる自分ではないのだ。今生きていることが奇跡だ。

誰もが知って知らぬふりをするしかない。こんなに死にそうに必死になっているのは、エウェストルム城のほんの一角でのことだ。自分が消えてもこの部屋が空になるだけで、何の差し支えもない。

「止まって――……！」

濡《ぬ》れてボソボソになった白銀の髪を壁に押し当て、泣き声のようになる声で言って、ステラディアースは繭のヒビに粘液を塗りつけた。

元々身体は強くない。泣くだけで弱ってしまって起き上がれなくなる。不完全ながら魔法円を背中に持って生まれてきたものの、こんな身体では王太子になれるはずもなく、王女が珍重されるこのエウェストルムで王女の役目を果たすこともできなかった。そのせいで、あろうことかどうせ長く生きられない自分の代わりに、弟のリディルを王女としてイル・ジャーナに行かせてしまった。

幸せに暮らしていると聞いてほっとはしていたけれど、罪の意識はなくならない。

奥歯を噛《か》みしめながら、ヒビに粘液を塗り重ねたとき、左側に新しい亀裂が入った。ひっと喉《のど》が鳴る。

「ステラ様！」

そちらのヒビに手を伸ばしたくても、手の下のヒビはまだ止まっていない。

——もう駄目かもしれない——。

振り向くとゼプトが血走った目でこちらを見ている。

癖のある栗毛《くりげ》色の髪。額のまん中で分けた髪の下にある、落ち着いた色で光る琥珀《こはく》色の瞳は、宝石をそのまま嵌《は》めたようだった。身分は騎士でも、来客がないときは文官のような格好をしている。

背は高いが、魔法国の騎士らしく、すんなりとした体つきだと言われるのを聞いたことがある。一度見た武強国のイル・ジャーナ王より、細身であることは確かだ。

彼を少年の頃から知っている。ずっと、ずっとゼプトが側《そば》にいてくれた。自分を犠牲にして、この部屋に来てくれた。いちばん多く側にいてくれたのがゼプトだった。話し相手、笑いを分け合える人、生きる希望、安らぎ。

これも私から引きちぎられるのだろうか。

彼を目の当たりにしてそう思うと、胸の奥が恐怖でビリビリと震える。

消えると言っても大いなる魂の流れに戻るだけだ。痛くない。苦しくもないはずだ。土に、風に木々の梢《こずえ》になってずっとみんなを見守っている。

なのにどうして喪《うしな》うと思うのだろう。なのにどうして悲しくて恐ろしいのだろう。

もしも本当にこのまま繭が壊れてしまうなら、最期はこの繭を飛び出して、彼に抱きついて消えてしまおうか。最期に伝えるのは感謝？　それともお詫びだろうか？　それとも——。

「ステラ様！」

彼がこちらに手を伸ばした。それに応えるように反射的に腰が浮く。床に濡れた手をついて、頼りない脚の膝《ひざ》を浮かせて繭を飛び出そうとしたとき、ふっと花の香りがした。

「ステラ兄様ッ！」

悲鳴と共に、噴き出す花弁の間から飛び込んできたのは——。

「リディル!?」

イル・ジャーナ皇帝の妃《きさき》となった、弟のリディルだ。

リディルは裸足のままこちらにタタッと駆け寄ってきて、自身の周りにふわりと花を撒《ま》いて身を清めると、ただの容れ物に上がり込んでくるように繭の中に入ってくる。繭の中を見渡すなり、嘆息するような声で言った。

「ああ、これは酷《ひど》い。ここは私に任せて。兄様は奥へ」

「どうして――どうして……？」

どうしてリディルがここに来たのか。普段会いに来るにしても、ちゃんと王宮から入ってきて、訪問の先触れをくれて、この部屋を守る何枚もの扉をくぐって慎重にやってくるのに、いきなり部屋に飛び込んでくるなんて。

リディルは、今までステラディアースが手を入れていた器に手を入れ、中の粘液を手で掬った。

「よかった。ロシェレディア兄様は、魂の修復材をこんなに用意しておいてくれたんですね。大丈夫、なんとかなります」

金の髪をきらきらと輝かせ、強く頷《うなず》くリディルを呆然《ぼうぜん》と見つめ返し、湧き上がってくる考えに顔が歪《ゆが》む。

ステラディアースは恐る恐る背後を振り返った。

眉根を寄せ、厳しい顔でゼプトが立っている。

「まさか、お前……！」

何の方法を使ってかは知らないが、リディルに報《しら》せたのか。

苦しそうな顔をしたゼプトは、慇懃《いんぎん》に目を伏せた。

「罰なら何だって承ります」

繭が全体的に壊れかかっていることは、ロシェレディアもリディルも知っている。なんどか修復にも来てくれた。だがこんなに急に崩壊が進みはじめたのはこの月になってからだ。報せずにいるつもりでいた。持ちこたえるだけで、もうこの繭には完全な修復はないのだ。リディルたちを悲しませたくないから、報せなくていいと彼にも言っていたのに。

「ゼプトを叱《しか》らないで兄様。もしゼプトが報せてくれなかったら、私は一生ゼプトを恨んでいた」

早速粘液に魔力を込めて、ぎゅっと繭のヒビに塗り込めているリディルが背中を向けたまま言った。

「グシオンの許しは得てきました。私にできることは何でもしてきてほしいとも言われています。修復は早いほうがいいのです」

裂け目の下のほうからぎゅっと押し込むたびに、足元に花が散る。だが、弱々しくステラディアースが塗り込めていたのとは違う、粘液を押し込んでしっかりと魔力で固めながら、反対の手で裂け目を寄せて、またそこに粘液を埋めてゆく。見る見るうちに、自分が押さえるのがやっとだった裂け目が、腕の長さほども埋まっていった。

「お休みになっていないのでしょう？　ここはなんとかしますから、兄様はまず、横になって。

ゼプト。兄様を奥へお連れして」

「はい」

リディルに返事をして、近づいてくるゼプトをステラディアースは睨《にら》みつけた。

小さい頃から彼を——彼だけは信用していたのに、自分の精一杯の覚悟を裏切ったのだ。

「奥へ参りましょう、ステラディアース様」

そう言って、彼は皮膚が削り取られたような、火傷の痕のような赤い腕を差し出した。繭が壊れかかり、それに連れて自分が体調を崩すようになってから、頻繁にここに入るために、彼の手はすっかり皮が剝《む》け、ところどころ血が滲《にじ》んでいる。

だからこそ彼は、自分がどんな罰を受けてもと、リディルに連絡を取ったのだ。


イル・ジャーナに届いた手紙はゼプトからだった。ステラディアースの繭の崩壊が急に進み、自分たちではどうにもならないので助けてもらえないか、という内容だ。

手紙を握ってグシオンのところに走っていくと、グシオンはステラディアースを助けるようにと言ってくれた。

手紙がここに着くまでの時間差もある。一刻も早く、とリディルは飛び地でエウェストルムに飛んできたのだ。

エウェストルムの夜は楽しげだ。

窓の外では風が踊り、草花がそよいで歌っている。

リディルは用意された水の入った壺《つぼ》で、手を洗った。

一晩遅れていたら、この繭は崩れていただろう。ロシェレディアが魂の修復材を多く用意していてくれたから助かった。後ろで一つに縛った、金の巻き毛がバラバラに乱れ落ちている。衣装は粘液で濡れ、手や頬《ほお》で固まった粘液がキラキラ光っていた。

ふう、と手首の裏で額を拭《ぬぐ》い、リディルは背後を振り返った。

ステラディアースが長椅子に、ぐったりと身体を凭《もた》せかけている。ゼプトの手を拒んで、リディルの作業を見守ると言って聞かないのだった。日に当たったことのない白い頰は水面のように青く、つま先も、指先もかわいそうになるくらいの白だ。

「終わりました。兄様。さしあたり、というところですが」

ヒビは埋まったが、またすぐに新しいヒビが入るだろう。だがこの亀裂は止まった。ひと息つけるはずだ。

「リディル……」

弱々しく菫《すみれ》色の目を開け、手を伸ばしてくるステラディアースの手を取った。

「私のために、すまないね。もう大丈夫だから、夜が明ける前にイル・ジャーナにお帰り」

「いいえ。あと四日はここでお手伝いをさせていただきます。ロシェ兄様が顕現するまで持ちこたえれば楽になるはず」

ロシェレディアが現われるまで——満月まであと四日だ。

ロシェレディアは、彼の王、イスハンと国を守るべく、莫大な魔力を扱うために、魂を取り出す限界でもある肉体を放棄してしまった。文字通り、彼の肉体は消滅し、今は、彼自身が魂で、あるいは扉の向こうにある大いなる魂の流れそのものだ。

だが月に一度、たった二日間だけ、二つの満月から魂を強く引き出して仮初めの肉体を得ることができる。彼が来てくれたら当面の崩壊は凌げる。

「一国の妃を留めっぱなしにするわけにはいかない。グシオン王にも申し訳ないよ」

「安心してください。それも許しを得ております。ご無事でいてくださって、本当によかった」

リディルが答えると、ステラディアースは目を潤ませて頷いた。

しおれる洞窟《どうくつ》の花のようなステラディアースを、静かにソファに横たえる。目の下には青いくまがあり、皮膚に艶《つや》がない。前回会ったときよりさらに痩せた気がする。胸を使って浅い息を繰り返している。

ステラディアースは疲れ切ったように、白く長い睫《まつげ》に縁取られた目を細く開いてリディルを見た。

「もう、駄目だろうね。あとどのくらい保つものだろう。リディルには会えたからいいけれど、ロシェ兄様や、父王にも最後に一度お別れを言っておきたい」

「そんなことはありません。ステラ兄様は大丈夫です。この繭も私や、ロシェ兄様がきっと――」

「慰めよりも、本当のことが知りたい。後悔したくないんだ。教えておくれ、リディル。あとどれくらいこの繭を保っていられるのだろうか」

問われればすぐに胸に数字は浮かぶけれど、唇をほどきたくない。結んだ唇がわななないた。目に力を入れても、目蓋《まぶた》に涙が溜《た》まり、手が震えてくる。

ステラディアースは細い、銀色の眉を寄せ、頼りなく微笑《ほほえ》んだ。

「困らせて、ごめんね。でもどうしても知りたいんだ。したいことや話したい人を数えなければならないから」

「兄様……」

「ロシェレディア兄様と、お前の魔法の質が違うから、お前では補修しかできないのはわかってる。お前が繭を作り直してくれるとしても、長年ロシェ兄様がつくった繭で暮らしてきた私の身体は、お前が織ったゆりかごの繭に適応できるかわからない。そうだね？」

ステラディアースは、自分自身に刃を当てるような言葉を淡々と並べてゆく。

「ロシェ兄様には相談するが、満月を待たなければならないし、兄様自体が身体を失ったから、もう、根本的な修復は無理だ。間違っていたら言ってくれ」

「で……でも、でも、ロシェ兄様ならきっと、何かいい知恵を出してくれます！」

ステラディアースの言うことは本当だ。ずっと考え続けても解決策が思いつかないのも事実だった。でも希望は捨てられない。ロシェレディアが何か思いついているかもしれない。

ステラディアースは菫色の目を細め、悲しそうな微笑みを浮かべた。

「ロシェ兄様は身体を失ったというのに、私だけここにいていいはずがない。イスハン王にも申し訳が立たない」

「ステラ兄様……」

ロシェレディアが、最愛の王、イスハンに会えるのも顕現できる二日間だけだ。どれほど寂しいか、どれほど悲しく、自分を責めるか、その貴重な二日間を自分のために使うのが申し訳ないと、ステラディアースは言う。

「教えておくれ。リディル。お別れも言えないまま、突然いなくなるのは嫌なんだ」

ステラディアースの言いたいことはわかる。もしそんなことになったら、彼にとってこれ以上なく残酷なことになるだろう。

根拠のない希望は最悪の形で彼を傷つける。

リディルは汗で、頬に金色の髪を張りつかせたままうなだれた。ずっとずっと、一度も腰掛けることなく自分たちを見守っている背後の気配を、リディルは髪の間からそっと垣間見た。

「ゼプトは出てくれないか。つらい話になる」

硬く、蒼白《そうはく》な顔でずっと自分たちを見守っている彼にリディルは言った。目の前で大切な人が苦しんでいるのに、助けるどころか側にいることもできない。どれほど恐ろしいか、どれほど歯がゆいか、その辛《つら》さは、同じく愛《いと》おしい人を持つリディルには察してあまりあるほどだ。

ゼプトは、つらい表情で首を横に振った。

「いいえ、聞かせてください。ステラ様のことは、どんなことでも」

「そうか。そうだね。お前がステラ兄様の側に一番長く、いてくれたのだものね」

特別な環境でしか生きられないステラディアースの側にいるためには、日常の多くのものを捨てなければならない。

魂の器としての、人の外郭が極端に弱いステラディアースに触れるためには、皮膚まで剝ぎ取ってしまうような、魂の水で手を清めなければならない。そのせいで、彼の両腕は肘《ひじ》の辺りまで真っ赤だ。彼が来るまで、あまりのつらさに三十日とステラディアースの側仕えが務まった者はいなかったのに、もう十四年、ゼプトはステラディアースに仕えてくれている。

リディルは、一度目を閉じて決心をすると、言い聞かせるようにステラディアースに囁《ささや》いた。

「確かに、繭全部の回復となると難しいかもしれません。でも、私の力で外から強化する方法を研究しています。しばらくはもっと繭の数を減らして過ごせばいくらか楽になるはずです。それに、ロシェ兄様だって他の方法を考えてくださっているはず」

「帝国の大魔法使いが二人も私を想ってくれているなんて、心強いね」

「関係ありません。兄様だから。どうか負担に思わないでください、ステラ兄様。兄様が生きていてくださる以上にいいことなどないのです」

リディルにとってステラディアースは、一番近しい兄だった。

リディルが背中に魔法円を持ち、魂に清められやすい体質をしていたから、ステラディアースに会うのは他の人間よりも簡単だった。幼児の頃「ステラ兄様に会いたい」と言って、扉の前で大泣きしたことも覚えている。

父はいつも具合が悪く、母は自分たちが物心つくかつかぬかの頃に亡くなり、ロシェレディアは嫁いでしまった。彼の体調次第で会えなくても、会えば話をして、本を読んでくれて、ステラディアースがつくった城の模型を見せてくれた。そんな兄が苦しんでいるのに、それを助けるのに何の見返りを求めるだろうか。

「ロシェ兄様が来てくれたら——それまであと何日か、どうにかして」

「これ以上、兄様の貴重な時間を奪うことはできないよ」

「そんなこと言わないで。何とか考えましょう。今はどうか、お休みになって」

さしあたりの危機は去った。自分がいればしばらくは修復もできるはずだ。

繭の亀裂と疲れのせいで、ステラディアースはひどく弱っている。目の周りは黒く落ちくぼみ、唇も乾いてかわいそうなほどだ。話し終えるとぼんやりと俯《うつむ》き、薄い肩で息をしている。

ゼプトが「手を清めて参ります」と言うからリディルは止めた。寝台はすぐそこだ。

腕も上げられないステラディアースをリディルが支えて、彼を褥《しとね》の中に入れた。昔から痩せた人だが、今はもっと、肉体というにもあまりにも軽く、今にもほどけて散ってしまいそうな、儚《はかな》い重みしかない。

痩せた胸の上に、薄くて軽い白布をかける。

「私がついていますから、安心なさって。兄様は、何もご心配なさらずに」

そう囁いてステラディアースの青い額をそっと指で撫《な》でた。

ありがとう、と、言い終わらないうちに銀色の睫が閉じ、気を失うように眠りに沈んでゆく。

リディルは、粘液に濡れて重たくなった髪を後ろに払いながら、繭の出口へ向かった。

リディルが見ても恐ろしい光景だ。ステラディアース本人からすればどれほど心細いだろう。

一番繭が多いときは、白く輝く張りのある繭が、この部屋をみっしり埋め尽くすほどだったのに、今では繭の核とその隣にある褥、窓際に一つと、未熟なまま朽ちている繭がぽつぽつとぶら下がっているだけだ。

見る影もない――。

繭から出ようとすると、ゼプトがリディルに手を差しだしてきた。

その手を取って、床に降りる。

「リディル様には大変なご無理を申し上げました。叶《かな》えていただき、心より、御礼申し上げます」

「いいや。お礼を言うのはこちらだ、ゼプト。よく報せてくれたね」

ゼプトの忠義は最早疑うべくもない。どちらかの命が尽きるまで、ゼプトはステラディアースの側に添ってくれるに違いないのだ。今回だって、ステラディアースは腹を立てるに違いないが、ゼプトがそれを怖れて報せてくれなかったら、本当にステラディアースを失うところだった。

「ありがとう、ゼプト。兄様のただ一人の騎士、赤腕の騎士よ。おいで。腕を治してあげよう」

ずっとステラディアースの具合が悪かったのだろう。いつにも増してゼプトの両腕は真っ赤だ。かなり痛むだろう。以前からゼプトが気の毒で、会うたび表皮だけでもと癒《い》やしていた。昔よりも魔力も増したし、兄を支えてくれた心からのお礼がしたい。

「いいえ、このままで」

ゼプトは、右手で左手を抱えて首を振った。

その痛みがステラディアースが生きた証《あかし》というなら、少しでも長く残しておきたいと、ゼプトが思うのもリディルには理解できる。

まるでステラの記憶を焼きつけようとするようにゼプトは治療を拒んだ。

頭にかかった眠りのベールが静かに取り去られて、人の気配がしていることにステラディアースは気づいた。

乳と果物の甘い香りがする。

目を開けると、見慣れたゼプトの背中が見えた。いつもの清めた白い布服に腕を通し、水差しやコップを卓の上に置いている。

出会った頃よりずいぶん大きくなった。そのときも大人のようだと思っていたけれど、あのとき彼はまだ十三歳だった。まだ半分子どもだったのだなと思ったのは、それから彼が、若い木のような成長を遂げたからだ。

なかなか大人になれない自分と違って、見る見るうちに背が伸び、肩幅が広くなった。鼻筋がしっかりとして、誠実な瞳は鳥のような生気に満ち、腕が硬くなった。

それは輝くような魅力で、多くの人を惹《ひ》きつけただろうに、自分が彼をこの部屋に閉じ込めて、日が当たらない、薄暗いところに隠してしまった。

まだ少しぼんやりと滲んだ視界でゼプトを見ていると、ゼプトがこちらに気づく。

ゼプトは褥の側までやって来て、床に片膝をついた。

「申し訳ありません」

「とても怒っている。リディルに報せるなと言ったはずだ」

「それは怒ってくださって結構です。俺には、あなたに危険がこれほど迫っているというのに、何もできることがない」

　繭が壊れはじめてから、ゼプトはいつもそう言う。

「確かにそうだ。お前に繭の修復はできない。木を打ち付けるわけにもいかないしね。――だけど、私が絶望せずに生きられたのはお前のおかげだ」

　繭が壊れる日が来たら、諦めなければならない命だ。それが当然だと思って生きてきた。でもいよいよその日が迫ると、寂しく、苦しいのだ。ゼプトと離れるのが怖い。さんざん彼に差し出させてきて、彼に犠牲を強いてきたのに、まだ側にいたいと思ってしまうのだ。それは自分が絶望しなかったせいだと思っている。ひとりぼっちで繭の中で生き、誰にも知られず魂に還ると思っていたのに、ゼプトが笑わせてくれて、お日様のような笑顔を向けてくれて、たくさん話をしてくれたから、こんなに寂しいのだ。

「……ごめんね」

　手を伸ばして、寝台にかけられた赤く削れたゼプトの手を撫でる。目を真っ赤にしたゼプトを見ていると、愛《いと》しくてかわいそうになってしまう。

「本当は、リディルたちにするように、抱きつきたいのだけれど」

　一生の夢だ。リディルたちにするように、思い切りゼプトに抱きついてみたかった。でも魂の水で手を洗うと、とても痛いと聞いている。繰り返すと指先を浸《つ》けることもできないくらい痛いとも言う。それで全身を洗ってくれとは言えるはずもなく、ステラディアースの願いは叶わないが、本当に一度だけでいい。具体的に言うなら、そのまま消えてもかまわないから、一度だけ彼と抱擁をしてみたかった。

「いいえ、ステラディアース様は、ここにいてくださるだけで何よりも尊いのです」

ゼプトの真心も、今はステラディアースを優しく隔て、少し寂しくするものに他ならない。自分はゼプトに何もしてやれないまま一生を終える。そしてゼプトも自分に何も期待していないのがわかってつらかった。

ステラディアースは、悲しい笑顔のまま魔法の布で織られた敷布の間から、木でできた小鳥を取りだした。昔、ゼプトが彫ってくれたものだ。子どもの手のひらに載るくらい小さな木彫りで、羽を畳んだ丸っこい姿をしている。

「これをね。誰にも捨てられないように、仕舞える場所を探してくれないか」

ゼプトがくれた宝物だ。

遠い山の美しい小鳥。

ゼプトの話に出てきた、高い山にしかいない碧い小鳥を見てみたいと戯れに呟いたら、ゼプトが彫ってくれた。似ていないと言って恥ずかしがって、彫り直すと言ったけれど、ねだり倒してステラディアースのものにした。

「こんなものを、まだ持ってらしたのですか」

「当たり前だよ。宝物だもの」

自分が消えたあとも、この世界にいられるように、誰かが誤って捨ててしまったりしないよう、仕舞える場所をつくってほしいのだ。

寝台に、しゅるっとのぼってくる白い紐《ひも》のようなものがあった。

「ごめんごめん、お前もだ。私の大事な宝物」

ステラディアースの枕元から覗《のぞ》くのは、真っ白で細長い紐のような獣だ。目が真っ赤で、つんと尖《とが》った桃色の鼻先には真っ白の髭《ひげ》がたくさん生えている。

「シャムシュ。ゼプトにかわいがってもらうんだよ？　たくさんヒュテの実を取ってくるよう、約束しておくから」

ステラディアースの部屋に迷い込んだ動物だ。胴体と尻尾《しっぽ》が長く、短い手足が生えている。ゼプトが言うところによるとプルメルという山の動物で、極東のほうから来る芸人などが、オコジョという名で連れていることがあるらしい。

にょろりとした長い身体は触れるとつるつるとしていて、手からおもしろいくらいすり抜ける。

「ごめんね。シャムシュを本当にひとりぼっちにしてしまうね」

プルメルは冬の毛は白く、夏の毛は焦げ茶色だ。だがシャムシュは夏になっても毛が白いままで、外に出すとすぐに鳥や獣に襲われてしまう。大きくなったら治るかもしれないと手許《てもと》で育ててきたが、結局シャムシュの体毛は自分と同じ、真っ白なままだった。外に出られない同志としてずいぶん仲良くしてきたのだが、シャムシュを残していなくなってしまうことになるだろう。

「私がいなくなったら、この子を頼むよ？」

水のようにくるくる動いてかわいらしい子だ。ポッピの実のような、真っ赤な目が無垢《むく》で愛くるしい。シャムシュがいれば、きっとゼプトも癒やされ、慰められる。

そしてもうひとつ、言い残さなければならないことがある。

「そこの壺に刺さっている巻物」

「こちらでございますか」

「取らなくていい。中身はわかっているだろう？」

少しずつ書き溜めるところを、ゼプトは見ていたはずだ。

エウェストルム城はもう古い。何代も前の王が建てた城に、建て増しを繰り返して広げたものだ。

武強国に守られて、およそ堅牢《けんろう》さなど見も知らないものとして、長閑《のどか》に、成り行き任せで開放的につくられてきた城だが、もし機会があるなら――弟が――エウェストルム王太子イルマトが王位を継ぐとするなら、もう少ししっかりした城にしたほうがいい。

……いや、それは詭弁《きべん》だ。

「まだ書きかけだけど、城の設計図だ。できるだけ最後まで書くつもりだけれど、途中で私がいなくなってしまったらイルマトに渡して、参考にしてもらってくれ」

ずっと生きていられるなら、将来、こんな城が建てたかった。

その夢をイルマトが叶えてくれるといい。

「ステラ様……」

「誰も恨まずに、消えて行けるのはお前たちのおかげだ」

リディル、ロシェレディア。イルマト、そしてゼプト。

残された時間は少ないとしても、生まれてきた意味と十分に引き換えられるほど、あまりに貴重な心と思い出を得た。

それがもし、城という形で故郷に残るなら、他人《ひと》に無理を言って城を研究した甲斐《かい》があるというものだ。

3

もう何年前の話だろう。

十三年、いや十四年前になるか。

数字で考えれば長いような短いような――だがゼプトの体感ではずっとずっと昔の出来事のような気がしている。

その朝、母がつくったスープを食べ、いつも通り朝の礼拝に出た。家に戻って、すっかり物がなくなって、がらんとした自分の部屋を確認して扉を閉じた。天窓から差す朝日、空の本棚と敷布のない褥。妙に広々とした床板が今も目に焼きついている。

薄緑色の旅用の法衣、背中には背負いの革袋。

――精いっぱい勤めてきます。

見送ってくれる母や弟妹に手を振って、ゼプトは実家を出た。

ゼプトの家――シャディア家の長男は、十三歳になったら聖堂に入ることになっている。

エウェストルムは自然信仰で、主に国の背面にある山の自然を神――神の恵みとして信仰する。花が咲けば喜びを伝え、実りの時期には収穫物を捧げて宴を開く。神官はその儀式を継承し、細々《こまごま》を書き留める、あるいは王室と神とを繋ぐ儀式を整える、王室は国の流れを書き留め、神官は神との関わりを書き留める文官のような仕事だった。

ゼプトの家は、魔法機関のある魔導の谷の集落にあり、代々神官を務める家柄で、基礎の修練が終わったら城に修業に出されるのだ。

魔導の谷で育ったゼプトは、十三歳になったその日、叔父に連れられ、王宮にあがった。

聖堂は王宮の敷地内にあるが、はっきりと小径《こみち》で区画が区切られ、門も別門となっている。

ゼプトたちは王宮を遠目に見ながら聖堂に向かっていた。よく晴れた風の気持ちいい日だったから、出会う人出会う人に、いい旅立ちになると祝福してもらった。

隣を歩く叔父も、十三歳から王宮の聖堂に上がっていて、今は若い神官をまとめる職に就いている。ゼプトは本家の子息だから、彼のすぐ下の階位から始めると聞いている。期待は重いが、それなりの修練と覚悟はしてきたつもりだ。

「しばらく見ない間に、本当に大きくなったよなあ。背が高いほうだろう？　ゼプト」

「はい。もうすぐ父さんに追いつきます」

年の若い叔父にゼプトは笑い返して、石畳を歩いた。

噂には聞いていたが、エウェストルム王宮の美しさは比類ない。

緑と岩の絶景と名高い魔導の谷だが、王宮はさらに花に溢《あふ》れ、草木が生き生きとしている。緑は碧く、日陰には蝶が飛び、短い芝までがきらきらと輝く。どこからか花の甘い香りがする。

時折新鮮な水のにおいが鼻を掠《かす》める。土に満ち満ちた魂が、城全体を潤しているのだ。生きているように彫刻された白い大理石、紅色の蔓花《つるばな》は、緑門に巻き上がってなお溢れている。

その中に聳《そび》える白亜の城が、エウェストルム城だ。

武強国に比べれば小ぶりな城で、特別豪奢《ごうしゃ》というわけでもない。だがその緑が、空気が、風を渡る精霊のきらめきが、他の国では考えられないほど豊かなのだった。

神との約束により、代々背中に魔法の紋を持った魔法使いが生まれ、王女は神の恵みそのものとして珍重され、この国の守護と引き換えに、武強国へ嫁ぐ。その王女たちが神に、魂に恵まれますようにと祈るのも神官の役目だ。

まずは聖堂に到着の挨拶《あいさつ》をして、一度、生活の塔に入ってから、改めて聖堂側に挨拶に回ることになっていた。王への謁見は、月が変わってからの予定だ。

聖堂で神官として働く者は五十名程度、だが城とのやりとりが多いから、挨拶は百人くらいに及ぶだろうと言っていた。

日暮れまでに終わるだろうか？　そんなことを考えながら叔父の隣を歩いていると、二人の神官を引き連れた老人が、小径を歩いてくるのが見えた。叔父が礼を取る。ゼプトもまねて手のひらを合わせた。

「おお、これはシャディア家の若様ですな？　大きくなられて。今日からこちらに来ると聞いておった。それはそれは」

薄青の衣に身を包んだ白髪を長く後ろに結んだ老人は、しわしわの顔でゼプトに話しかけてきた。

「ゼプトです。よろしくお願いいたします」

「おお、おお、あの赤ん坊が一人前の挨拶をなさる。儂《わし》も歳を取ったものじゃ。そなたは指を摑《つか》む儀式で、真っ先に儂の指を握ったのを覚えておるか？　聡《さと》い、いい子じゃと褒めたらケラケラと笑いおって」

さすがにそれは無理だと思いながら、ゼプトは老人にゆるく笑い返した。モズグル導師。聖堂に入ったらこの老人を頼れと言われ、早い順番のうちに挨拶に行くつもりでいた。聞いていたとおり、優しい、いい人のようだ。

「『清廉なる一族』名門シャディア家の若様と聞いて、有望株だと皆期待しておる。将来は、御祖父殿のように、碑に名を刻まれるほどの立派な神官になって、王室に仕え、ひいては王に認められた大神官の――」

「気が早いです、モズグル様」

たった十三年しか生きていないゼプトには、モズグルの想いの馳《は》せぶりは想像もつかないのだが、確かにそうなればいいなと、美しい風景の絵を見るような気分で思っている。

このエウェストルムに住まう人間の多くは、他の国の人々より多くの魂に恵まれ、微《かす》かな魔力を持っている。

梢を微かに動かしたり、庭の風を集めたり、鍋の沸騰を宥《なだ》めたりと、自分の身体の外に魔力を出せる者も少数ながら存在するが、そのほとんどが身体の内側に働く。

魂が満ちた食物をとり、自ら魂をよく巡らせるから歳を取りにくいらしく、大きな流行病がない。

中でもシャディア家の一族は、呪《のろ》いを消化する力があった。名指しや一対一のような激しい憎しみや恨み、悲しみで練られた呪いは無理だが、場に溜まる澱《おり》のような漠然とした呪い、呪われた人が放つにおいに似た呪いを身体に溜め込まず、消化することができる。

シャディア家の男子が神職に重用されるのはこれが理由だ。どこに行っても呪いに染まらない。長く汚れた場所に置かれても呪いに汚染されない。小さな呪いなら年月をかければ消化することもできるらしい。ゆえにいつも清らかでいられるというのだ。

モズグル老は叔父に、一通り数十人にも及ぶ一族の安否を尋ねたあと、山で採れる木の実の話に突入した。だいぶん長くなりそうだ。

これも修業だと思いながら、ゼプトがため息を我慢していると、叔父が下のほうでゼプトの手を軽く払った。

「先に荷物を置いてきなさい。終わったら西門のところへ。城の魔法機関の方々にご挨拶へ行くことになっている。モズグル様にも改めて」

「ごきげんよう。これからどうぞ、よろしくお願いいたします」

ゼプトが腰をかがめて礼をすると、老人はゼプトの手を両手で握って、ゆるく上下に振ってくれた。

ゼプトは叔父を置き去りにして、生活塔の方向に向かった。道の曲がり角で振り返るとまた叔父と話している。急いでいるときは要注意だな、と思いつつ、生活塔の敷地に入った。

生活塔の入り口で名乗ると、すぐに部屋に案内してくれた。寮のような造りの、二階の角部屋だ。ゼプトのために窓が開けられ、寝具が整えられている。

荷物を袋ごと椅子に置き、中から階級を示す布と、バッジなど最低限身につけるものだけを腰の小袋に押し込む。階段を降り、入り口で教えられたとおり、壁にかけられた自分の名前の木片を、左の枠から右の枠に移して建物を出る。

一度建物に入って庭に出ると、改めてその自然に圧倒される。

王宮は奥まるほど魂が濃い。どこを見ても目が眩《くら》みそうな鮮やかな植物だ。

「西門。……西門」

初っぱなから叔父を待たせてはならない。多分こっちだと思いながら石畳を進むが、周りの景色が花だらけだから、だんだん方向がわからなくなってくる。道から離れてしまった気がして、垣根を横切るとまた緑だ。時折建物と城とを見比べながら方角を確かめて進むが、西門に続くと思って曲がった小径の先には、広い庭が広がっていた。

「あ、あれ……？」

周りを見渡すが、庭で行き止まりだ。

間違えた、と思ったのは、そこが他とは少し違う雰囲気の庭だったからだ。

ぽっかりとどこにも行けない庭だった。位置的には裏庭だが、とても美しい庭だ――。

ゼプトは庭から、蔦《つた》の這《は》う白い壁、その上に広がる青空までを眺めた。どんな宗教画でもここまで美しい様子はなかなかお目にかかれない。

右手には城から続く小さな建物。生け垣で囲われた庭はまるで箱のようで、どこよりもたくさん、ひしめくほどに花が咲いている。庭木の刈り込みに意匠が凝らされている。見たことがない青い花が咲いている。弓形の飾り門《アーチ》にはかわいらしい蔓花が巻きつき、白い大理石の門の間は、水晶のような紫色の花が寄せ植えされている。

美しい模様の蝶が瞬き、マダダという羽虫がきらめきながら帯を成して飛んでいる。

何の庭なんだろう？

ゼプトは恐る恐る、区切られたようなその庭に踏み入ってみた。

とても手入れがされた美しい庭だが、王宮の裏側だし、王族の住む建物とも違う。従者のための庭というには生活感がなさ過ぎる。来客のためというには奥まりすぎていた。場所的には捨て地と思うような位置だが、庭も、植木も特別華やかに、かわいらしくつくられている。

不思議なほど静かだった。草木がそよぎ、遠く小鳥が鳴いている。靴の下で、やわらかい芝がさくさくと鳴る。

優しくて、贅沢《ぜいたく》で、華やかで、穏やかで——なのにどこか、寂しい。

不思議な場所だ、と、周りを見渡したときふと、ゼプトは視線に気づいた。

あっちから——建物の、窓の奥から誰かが見ている。

濁った窓に、白い手のひらがイモリのようにぺったり張りついていて、その間から視線が注がれている。

手のひらは子どもの大きさだ。

誰だろう?

そう思ったとき、はっと我に返った。中の人は気になるが、それを確かめる暇はない。挨拶の待ち合わせの途中だ。来て早々、叔父や魔法機関の人々を待たせたりしたら大変なことになる。

まだ窓に手は張りつき、こちらを見ている様子だったが、ゼプトはこの奇妙で愛らしい庭を去らなければならなかった。

庭に背を向け、小径に踏み出した。慎重に城の方向を見ながら来た道を戻ると、西の方角に石造りの小さな門を見つけた。

あそこだ。見知らぬ人が手を振っている。隣に叔父の姿がある。

ゼプトは急いでそこまで走っていった。

「遅かったな」

「迷子になってしまって」

軽く息を弾ませながら、白衣の、待ち合わせの数人を見回したが特に怒った様子はない。

「初めまして。これからよろしくお願いいたします。ゼプトです」

「挨拶は向こうに着いてから改めて」

叔父が促すと、迎えに来た人々は、にこにことゼプトに微笑みかけた。

「では行きましょうか」

太陽の様子からして、予定は少し遅れているようだ。

彼らの後ろを歩きながら、寮の部屋の位置を話し、迷子になった詫びを伝えた。先ほど見かけた庭のことも、その奥の部屋の位置も。

「あの、あの建物。どなたが住んでいるのですか？」

「いいや、誰も？」

叔父はそう言うが、そんなはずはない。子どもがいた。ということは、親もいるということだ。

「聖堂の人間が入っていいのは、この小径からこちら側だ、ゼプト。王宮側に行くには、あの渡り廊下を通らねばならない」

叔父は言外に、入ってはいけない庭だったと言うが、咎《とが》めることはしなかった。

そうしているうちに、城内の魔法機関の建物に辿《たど》り着く。

魔法機関の本部は魔導の谷にある。ここは王室を助けるための分室だ。機関員は、ここと本部を繰り返し配置換えになるから、皆魔導の谷のことをよく知っている。

彼らは父母のことも知っていて、気さくに、家族のように自分を迎えてくれた。うちのひいおばあさんの妹が、シャディア家の曾祖父の兄弟の分家に嫁いだなどという話も聞いた。

白い制服。普段は、鼻から下は白い布で覆っているが、ここにいて実験をしない間は皆素顔だ。

「ようこそ、ゼプトさん」

「食堂の食べものが足りなかったら、魔法機関にいらっしゃいね」

「ありがとうございます、よろしくお願いします」

「さっそく、実験器具を見ていくかい？　ちょうど新しいのが入ったんだ。大きいのを組み立てるぞ？」

「いいえ、魔力の測定を先にしましょうよ。魔導の谷から来た直後からの魔力の変化を研究してるの。うちはホイラの石を使った精緻《せいち》測定ができてね。わずかにでも魔力があれば反応があるの」

新しい環境はどれも新鮮で、花の季節の城中はどこを見ても美しく、青空に聳える城は想像よりも遥《はる》かに美しかったけれど、どれもゼプトの心を魅了しつくすことはできなかった。

あの美しい不思議な庭と、窓に押しつけられた子どもの手が忘れられない。


数日経って、もう一度あの庭を覗いてみることにした。

あそこは王宮から続く最も西側の部屋で、誰も使っていない部屋なのだそうだ。

庭は来たときの記憶の通り、むやみに木々と花が多く、箱の中に、職人が植物を一本一本押し込んで飾りつけたようだった。

その庭に面した建物を眺めているとおかしなことに気づく。

こんなに美しい庭に面しているのに、窓はひとつっきりしかない。それも小さくて、黄濁するほど分厚くて、壁にめり込むように奥まっている。

他には出口もなければ扉そのものがない。離れた場所に小さな扉があるが、あれば別室の裏口と考えたほうがいいだろう。場所も王宮側から来ればまったくの袋小路、建築の常識からすれば、物置か何かのような位置にある。

この庭自体に何か意味があるのか。それともあれは何かを観測するための窓なのか――？

周りに誰もいないことを確認して、ゼプトは静かに庭に入ってみる。エウェストルムでは色鮮やかな草花も澄んだ水も、空気のようなものだと言われるけれど、それにしたってこの美しい庭を見るための、大窓もテラスもないなんて――。

そう思っていると窓にまたぺたりと、小さな手が押しつけられた。

またいた。

そう思っていると、中から窓を叩く様子が窺《うかが》えた。音は聞こえない。ずっとこちらを見ながら、小さな手が窓を叩いている。

様子を窺いながら、ゼプトは恐る恐る近づいてみた。

精霊か、それとも子どもが誤って閉じ込められでもしたか。

鏡くらいの窓だ。ゼプトが背伸びをすると、肩と頭が収まるくらいの円い窓だった。

近くから見ても濁っていて、レンズのように分厚い。

嵐が来ても割れないような厚いガラスが嵌《は》め込まれているが、嵌め殺しでまったく開きそうにないし、がたつきもしないくらい頑強に固定されている。

目を凝らすが、黄色く曇って奥がよく見えない。だが小さな子どもの顔が——真っ白な顔に、真っ白な髪。精霊のような子どもが、菫色の瞳でこちらを覗いている。

——お前はだれ？

と口が動くのが見えた。

声は聞こえない。声が小さすぎるのか、よほど窓が厚いようだ。

——ゼプト。

と答える。首を傾《かし》げるから、鏡文字でゆっくり、窓に指で名前を書いた。

奥の子どもは、あっ、と明るい顔をした。伝わったようだ。字が読めるらしい。

——どうしてそこにいるの？　大丈夫？

と窓に書く。子どもは答えない。

——出られないの？

尋ねると、子どもは頷いた。

助けを欲してる様子ではなかった。でも、こんなに美しい庭に出られないのはかわいそうだと思った。

ゼプトは、窓から離れると、向こうにある桃色の花と橙《だいだい》色の花を手に握れるほど摘んで、窓辺に戻った。

窓辺で待っている子どもの前に置く。

子どもは窓に両手のひらを当てて、とても喜ぶ顔をした。

——温かいし、寒くない。出ておいで。

と窓に書いたが、子どもは首を振るばかりだ。

それ以上、どうすることもできなかったので、ゼプトは手を振って窓辺を離れた。庭に入ってはいけないと言われているので長居はできない。

お城の子どもだろうか。どうしてあんなところにいるのだろう。

庭の端のほうで振り返ったが、窓にはまだ、小さな手が張りついている。

今日はいるだろうか、と思いながら、ゼプトはまたこっそり庭にやって来た。

あれから何度も庭を訪ねたけれど、子どもはもういなかった。

親のところに帰ったのか、別のところで暮らしているのか、と残念に思ったが、窓ひとつしかない薄暗い部屋は窮屈だろうからゼプトも少しほっとした。

それでも何となく、人目を忍んで庭に通い続けてしまった。

単純にこの庭が美しかったし、城の一番奥だからほとんど人も来ない。なのに確実にこの庭は誰かが非常に丁寧に手入れをしているのは明らかだったから、何かを祀《まつ》っているとか、誰かの墓所とか、本格的に人が立ち入ってはいけない庭ではないはずだ。

あの子、外に出てきたりしないだろうか——。

周りを見渡しながら庭を進むと、またあの窓に手が張りついている。あの子だ。

近づいて、窓を叩いて挨拶すると、ゼプトはまたこの間のように、今度は紫と、黄色の花を摘んで窓際に置いた。

子どもは内側から窓を叩いてとても喜んだ。

天気がいいよ、出ておいで、と窓に書いたが子どもは首を振り、ただただ分厚い窓越しに花を見て喜ぶだけだった。

翌日も庭に行ったが、子どもはいなかった。その翌日も、次の日も。だが、どこかに行ったのかなと思いつつ、子どもが通りかかって眺めたらいいなと思いながら、ゼプトはときどき花を摘んで、窓際に置いた。

そのうち、昨日置いた花がなくなるようになった。

それまでは、いつも枯れた花が窓辺に残っていたのに、最近は持ち去られたかのように、きれいに何もない。

風に吹き散らされたのだろうか？　窓の奥に持ち去っているのだろうかと思うが、嵌め込みの窓は開かない。

数日してまた、窓の奥に子どもがいた。花を置くととても喜んだ。

また数日子どもの姿はなく、そろそろ誰かに、あの子どもは誰かと尋ねてみようかと思いはじめた頃だ。

子どもの姿はなかったが、ゼプトはいつものように、よく咲いた花を見繕って窓辺に置いた。そのときだ、背後から「ゼプト！」と呼ぶ大声が聞こえる。

叔父だ。自分を捜していたのかもしれない。

まずいな、とは思ったがたいしたことにはならないだろうとゼプトは思っていた。入るなと言われた庭に入ってしまった。何度も花を摘んだ。でも子どもに会ったが窓越しだ。何も禁じられるようなことはしていない。

「ここは入ってはならない庭だ！　話したはずだ！」

だが、ゼプトの予想に反して叔父は激高した。普段、誰よりもおおらかな叔父がこんなに怒るのを初めて見た。

ゼプトは正直に話した。子どもの姿を見かけて、花を届けていた。すべて窓越しで、いっしょに遊んだなどの事実はない。勝手に王宮の花を摘んだのは申し訳なかった、だが誓って他には何もしなかったと素直に謝った。

「あの子は、ときどきあそこにいるようですが、閉じ込められているのですか？　あんな小さな子を、ひとりで？」

あの窓から、他の人間の顔が覗いたことはない。ずっといるのか、たまに来るのかはわからないが、あの部屋にはあの子しかいないのは明らかだった。閉じ込めているなら虐待だ。自由が尊重されるエウェストルムでは子どもの監禁は罪だ。

叔父は、暗く悲しい顔でため息をついた。

「……あれは、第二王女ステラディアース様だ」

「王女殿下？　それが王宮ではなく、あんなところに？」

訝《いぶか》しくゼプトは問い返す。

あの建物は確かに王宮の一角だが、物置か従者の部屋のように奥まって離れた場所にある。彫刻された壁は美しく豪華だが、濁った丸窓しかない建物は、箱か、牢獄のようだ。

「そうだ。ひとりぼっちで、一生あそこからお出になれない。気の毒に」

「どうしてですか？　かわいそうすぎます」

王女――五、六歳くらいに見えた。そういえば十年くらい前に王女が生まれた祝いの儀式があった。

国を挙げての華やかな祭りになるはずの王女の誕生なのに、魔導の谷や聖堂で祝いの儀式があっただけで、聞いていた話よりずいぶん寂しかった記憶がある。ゼプトが小さいとき、父から第一王女ロシェレディアが生まれたときの祝いの話を聞いた。三日間鐘が鳴り止まず、城は旗で満ち、毎晩炭焼きの老人にまで食べきれないほどのごちそうが振る舞われ、城下町には市が立ち、異国の品物や旅芸人で溢れたそうだ。

それからすれば期待外れに思うくらい、寂しく静かだ。村には旗や布が飾りつけられ、食卓にごちそうは出たが、ささやかな喜びの様子も、翌々日には潮が引くようにさっと消えてしまった。

それっきりぱったりと王女の話を耳にすることはなかった。代わりに翌々年、次の王女が生まれたときは、聞いていたとおりの盛大な祝い事となった。祝いの宴が幾晩も続き、祈りの儀式で着飾った父たちが谷から王宮まで歩き、谷中が色布で飾られ、一日中鐘が打ち鳴らされた。その前の、第二王女は、人知れず亡くなっているかもしれないと、誰かが噂しているのを聞いたことがあるくらいだ。

「極端にお身体が弱くてな。人と会うこともままならない。お付きの者とも最低限にしか過ごせず、最近はお一人で、城の模型をつくっておいでだそうだ。お労《いたわ》しい」

自然に眉根が寄る。外に出られぬ子ども。だからあんなふうに庭の花を喜んでくれたのか。

「だからな、ゼプト。お前が置いた花を大層お喜びになって、喜びすぎて弱ってしまわれるのだ。このようにされては王女の身体に障る。だから犯人捜しをしていたのだ」

「喜びすぎて……?」

「そのくらい弱いお方だよ。嬉《うれ》しくとも悲しくとも、お心が揺れただけで弱って寝込んでしまう。たくさん話したと言っては息ができなくなってお倒れになるのだ」

「花よりも弱いお方なのですか」

「ああ。しかも最近はよくお世話をする人間がいなくて、余計哀れな様子で、弱っていらっしゃる」

それは理不尽だと、ゼプトは思った。

「あの子ども——いえ、お小さく、お気の毒な王女殿下をお一人で放置しているというのですか? 女官は何をしているのです。もしかして、あの暗そうな建物が恐ろしいのですか? それでは俺が警護に参ります。俺ではだめですか?」

自分は神官候補だが、神官だって剣の稽古《けいこ》くらいする。窓ひとつきりの部屋が恐ろしいと言うなら自分が行く。邪気が王女を蝕《むしば》むというなら自分が祓《はら》う。王女を、王女に仕える女官を守る。

「尊い心だ、ゼプト。だが、あの御方にお仕えするとなると、聖堂の仕事は疎《おろ》か、いっしょに閉じ込められて、あそこから出られなくなってしまう」

「どうしてですか……？」

さすがにその説明では、何の想像も湧かない。

叔父は、右手で左の手首を揉《も》みながらゼプトを見た。

「一度、窓の奥を覗くことを許そう、ゼプト。中を見ればお前も諦めるだろう。あの部屋がなければステラ様は生きられない。一切の穢《けが》れを嫌い、洞窟の花のように弱る」


今、王女はあの窓の、ずっと奥のほうの部屋で眠っている時間だそうだ。

叔父に教えてもらったように、庭の窓の下、足元に木箱を置き、その上に上がると、言われたとおりガラスの右上のほうに親指大の平たく削られた場所があった。できるだけ王女に負担をかけず、中の様子を覗くための仕掛けだそうだ。

正面から見るとぼんやり暗いばかりの部屋の奥は、そこから覗くと絨毯《じゅうたん》の模様がわかるくらい、はっきり見えた。

――普通の部屋というには様子がおかしい。

窓の周りは白い壁で狭く区切られている。天井は大人の背丈よりは高そうだが、広さは人が横になれないほど狭い。壁には穴が空き、奥のほうにもまた、白い壁が続いているようだ。

今度は左上のガラスの平たいところから、覗きこんでみる。その異様な光景に、ゼプトは思わず息を呑《の》んだ。

室内は大きな白い珠《たま》でぎっしりと埋められている。さっきの白い壁は珠だ。人よりも大きな、天井から楕円形《だえんけい》の繭のようなものが無数にぶら下がっている。先ほど覗いたのはその内部、あの子どもがいたところだ。

もう一度右上から覗く。床にはおもちゃが散らばり、奥に大きな城の模型が見える。

――身体というのは魂の器だ、ゼプト。第二王女は肉体が――器の外郭が、乳の表面に張る膜よりも薄いのだ。中にある繭がステラ様の身体の代わりなのだ。あの中から出たら、身体に魂を湛《たた》えきれずに地面に散って消えてしまう。

城の厚い壁の中で、白く奇妙な繭に守られながらステラ王女は生きているのだ。

一生外に出ることもなく、泉に入って飛沫《しぶき》を上げて遊ぶことも、埃交じりの風に吹かれることも、緑のにおいをかぎながら草を掻《か》き分けて走ることもない。そんな王女は、この小さな窓から自分を見つけた。そして花を差し出されて喜んだのだ。

何ということだ――。

心臓が転がり落ちそうな驚きと痛みだった。ゼプトは泣くのを堪《こら》えて聖堂に戻った。叔父に、中を確かめたことと、理由がわかったことも告げた。それでもひとりぼっちにしておくのはかわいそうだとゼプトは訴えた。

「ステラ様は、人の生気にも耐えられない。人の肉の気配や呼気が、あの方には毒なのだ」

「そんな……」

「中には一人の女官しか入れない。ステラ様がご成長なさって、お世話に難儀しているらしいが」

「俺では駄目ですか。相応《ふさわ》しくありませんか？」

「いいや、よくよく考えればお前ほどの適任はおらぬのだ。だが、お前は聖堂にとっても貴重な存在だ。シャディア家から出された神官として、聖堂を中心となって支える人間に育ってもらわねば困る。おまえなら必ずそれもできる」

「しかし、王女ともあろうお方が、あのような寂しい、不自由なお暮らしをなさっているのを見過ごすわけにはいきません」

「ゼプト」

「はい」

「それゆえだ。他人と絶たれ、城に引きこもって生きる。本来の人間の生き方からはかけ離れすぎている。ステラ様はそうせざるを得ないが、一人の人間が――未来のあるお前が、身体を清めながら、人生を捨て、ステラ様のみに添って生きるのは、この国の損失で、そして――残酷すぎるのだ」

「それでもステラディアース様はおひとりなのでしょう？」

ゼプトは迷わなかった。

もし、神がいるのなら彼女を救わないのはおかしい。神が彼女を救えないなら、神官が助けるべきなのだ。

「側近が男なのがいけないというなら、俺は部屋の扉を守りましょう。それも駄目ならあの庭を。毎日ステラ様のために花を摘みます。洗濯でも、荷運びでも、必要なことなら何だって」

「……ゼプト……」

叔父は困り果てた顔で、ゼプトと同じ色の髪がかかる額を抱えた。

しばらくして叔父は、苦々しい顔をして呻《うめ》いた。

「修業と思って尽くしてみるのもよいかもしれないな」

「本当ですか⁉」

ゼプトが身を乗り出すと、叔父は、ゼプトの腕を軽く叩《たた》き、聖堂のほうへ戻るようにと促した。

「ゆっくり話そう。しかしお前が中を見て、やはり無理だと言ったときには、ステラディアース様がどれほど傷つくかわからない。やめるなら正式にお話を受ける前に」

「わかりました」

あの小さい王女が、がっかりすると思うとそれだけでかわいそうだ。自分にできることとできないことをしっかり分けて、叶うことならあの王女を、窓辺の花を見たときのように喜ばせたい。

話を聞くと、いよいよ見過ごせなくなった。

生まれてから一度も外に出たことはなく、女官も最低限、何しろ人と話すだけで弱ってしまうから、誰も王女が満足するほど遊んでくれないというのだ。

王女が住まう、西の宮殿には誰もいなかった。

がらんとして何もなく、入り口の扉だけがやたらと分厚い。それが間隔を空けて三枚も続いている。

三枚目の扉の前に、銀の桶《おけ》があった。中には光る水が入っている。揺れてもいないし、風もないのに水面がさわさわと震えている。

「これは?」

「ステラ様に触れる前には、必ずこの水で手を清めるのだ」

器の中に、キラキラと光っていた。水と言えば水に見えるが、明らかに水ではない何かが溜まっている。

「魂の井戸からくみ上げた特別に濃い水を、魔法機関がさらに濃縮したものだ」

城の最も深い井戸からは、魂の流れに直接繋がる水が採れるという。酒を発酵させ、病魔を洗い清める。だが薬と同じで濃度を間違えば内臓が魂と混じって溶ける。その井戸に落ちたら身体ごと魂に還ってしまうと言われている。

叔父は先に器に手を浸し、左右順番に手首の上のほうまで洗い清めた。同じようにしろと促されてゼプトはその水にゆっくり手を浸す。

「……毎日?」

思わず零《こぼ》れた。経験したことのない感触だ。光る水は浸けた瞬間骨まで濡らしそうに皮膚に入ってきて、皮膚が邪魔だとばかりにビリビリと食い破ろうとしてくる。堪えられるくらいの痛みだが、これを毎日――。

「そうだ。お目にかかるたびに。一日に、何度でも。続けると、皮膚がなくなる。日々、手を洗うだけの短い時間の我慢だが、毎日となるとかなりの苦痛になる。やがてすべての者が、この水に手を浸けられなくなる」

そういう叔父の両腕には、皮膚が薄くなった痕《あと》があった。彼にもまた、ステラディアース王女を救おうと試みてくじけた過去があるのか。

手を清め、碧い羽根を束ねた箒《ほうき》で身体中を払う。上から被《かぶ》る白い布を着る。

分厚い赤い扉を開けたとき、ゼプトは思わず口を開けて息を呑んだ。

室内とは思えないほど明るくランプが灯《とも》された部屋一面に、大きな楕円形の繭が奥に向かって無数にぶら下がっている。

叔父は繭の前で靴を脱ぎ、持ってきた特別な履物に履き替えて、踏み台を使って繭の中に上がった。ゼプトも同じようにする。

「こっちだ」

繭は手で触れると、ふんわりとしていてほのかに温かい。

大人が身体をかがめずに歩ける高さの繭がくっつき合い、穴で繋がっている。

それぞれの繭の床は、繭の材質と同じ、ふわふわのもので埋められていて、何とか歩くことができる。左手の奥のほうの繭には、木でできた城の模型が見える。

奥に進むと、レースなのか、薄い繭の一部なのかわからない、カーテンのようなものが垂れ下がっている繭があった。

その奥には寝台があった。

中にはあの子どもが休んでいる。

薄緑色に染められた褥の中に、銀の巻き毛を散らばして子どもが眠っている。

繭の中の姫、そのものの姿だ。

皮膚は透けそうなくらい白く、銀髪の先のほうだけが薄紫色をしている。唇が桃色だから、かろうじて精霊と区別がつく。

眠っていると思っていた王女がうっすらと目を開けた。白銀の長い睫。深い井戸を覗くよりも澄んだ、菫色の瞳が潤んでいる。

薄桃色の口が動いた。

「初めまして……。ゼプト、やっと会えたね」

側近になるとは言えないので、誤ってステラディアースの庭に入ってしまった、新しく来た聖堂の若者が、お詫びとご機嫌伺いに来るという体だ。それでも、楽しみにしすぎて寝込んでしまったと聞いていた。

ゼプトは、寝台の横に片膝をつき、深く頭を下げた。彼女に息がかからないよう、慎重に唇を開く。

「先日は、王女殿下のお庭とは知らず、ずいぶんな無礼を働きました。どうかお許しください」

囁きかけると、王女ははあはあと音のする息をしながら涙を浮かべた。そしてそれっきり黙り込んで目を閉じてしまった。

「それでは、失礼いたします、ステラディアース様」

叔父はそう言って繭から自分を追い出そうとする。

まだ何も話していないのに、と思いながら振り返った王女の寝台の側には、乾いた花束が——たぶん、ゼプトが摘んで窓辺に置いた花が——置かれていた。

繭を二つ離れた頃、ゼプトは叔父の背中に呼びかけた。

「叔父上。まだ俺は、姫様に何も」

「今日は一層お弱りのようだ。おかわいそうだが、出なければ」

そう言われてはしかたがない。

寝台を振り返りながら繭を出るとき、王女がこちらを見ているのがわかった。今にもしおれそうな花が褥に埋もれているようで、ひどくかわいそうになった。


本当に花のような人だった。

薄く、白い衣装に、寒くないよう襟元と手首のところにふわふわの綿毛のようなものがついている。

膝の裏まである白銀の髪は、ある日は薄紫、ある日は薄緑色に染まる。ステラディアースに集まる魂の性質で髪色が決まるそうだが、それだけ彼が魂と近い存在にあるという証明だ。

「これ。ここが王の間。だけど、これは構造的に見て囮《おとり》だ。なぜならみんなぐるぐるここからのぼってきて、ここに兵を集められるけど、逃げ場がないでしょう?」

自分でつくった城の模型を、細い棒で指し示すステラディアースは王子らしい——と言うか、王子だった。

彼は本来、王太子として生まれてきたが、生まれた瞬間魂に戻りそうになって、到底これを王太子として扱うことはできなかった。故にさしあたり王女として公表したのだが、この国の王女には特別な運命がある。とはいえそれも果たせそうになく、生死をやんわりごまかされながらあやふやなまま、ここに閉じこもっているというわけだ。

そんな事情があるなら、盛大に祝えなくても当然だ。生まれたのはいいが、誰もがどうしていいかわからないまま今に至る。だから表面上は王女で、生死もはっきりと語られず、城内でもその真相を知るものなどほんの一握りという、噂話よりももっと存在感の薄い存在となった。

結局、ゼプトは正式にステラディアースの側近の役目を受けた。

シャディア家からは父が直接説得に来て、叔父も、親戚も考え直せと言った。聖堂の神官たちからも代わる代わる呼び出されて引き留められた。

王室の側近——ましてや王子の側近となると、身分は破格の出世とはなるが、一方で聖堂界では一切の身分を失い、将来聖堂の長となる資格も失われる。

それでも、ゼプトの中の正義が、ステラディアースの手を離してはならないというのだ。この命を見捨てる自分を、神がお許しになるはずがない。精霊だって、自分の後ろめたさを見抜いて、どれほど無垢な精霊も、一切自分に助言をしてはくれなくなるだろう。

それにシャディア家の血が、王女のためにとてもいいこともわかった。

人は知らぬ間に、日常から得る些細《ささい》な呪いを身体に溜め込む。溜まりすぎると病になったり、呪いの症状が現われたりする。

エウェストルムの国民は、呪いが浄化されやすい環境と暮らしを得ているが、中でもシャディア家に生まれた者は段違いだ。

環境に洗われるのではなく、それが『体質』なのだ。体質的に呪いを消化できるゼプトの一族は、どれほど呪いに穢された場所に行っても、呪いがまったくと言っていいほど身体に溜まらない。一時的に呪いに冒されたとしても時間が経てば消化して自然に排出してしまう。

それゆえシャディア家の長男には順当な修業を積みさえすれば、神官の地位が約束された。

そしてこの体質は、通常、人が持つ程度の穢れさえ、恐ろしいまでに嫌うステラディアースにとっては、この上なくよいものだ。

粘り勝って、王の許しを得た。一方で、ほとんど苦役として扱われたステラディアースの世話を希望する人間を、王室は喉から手が出るほど欲しがっていた。

ただ、やはり聞いた以上に清めの魂の水は苛烈《かれつ》だった。

たった半月もしないうちに、物に触れないくらい手がひりつき、赤く皮が剝けはじめた。魂の水は肉を溶かして取り込もうとし、血管に忍び込もうとする。それに耐えようとして血管が硬くなり、さらに痛みが増す。爪の先からも水が刺さって、器の中の水面を見つめたまま動けなくなってしまい、息が止まる。

指紋はとうになく、手が乾くと余計ヒリヒリとして痛い。

ステラディアースの側に上がってもうすぐ一年。最高記録なのだそうだ。

「見て、ゼプト。このバルコニーの下。本物みたいでしょう？　見たことないけど」

だがこの気の毒で愛らしい彼を、見ぬ振りをすることができるだろうか。幼い頃は乳も飲めず、花の夜露で育ったそうだ。寂しがってもなかなか抱いてもらえず、母王妃が抱き上げたのも数えるほどらしい。

そして人嫌いならまだしも、人なつこく人恋しがるのが余計哀れを誘った。

ゼプトはステラディアースから少し離れた位置で、彼の話を聞いていた。

彼が唯一遊べるのが木片で、積み木に熱中していた彼に、昔の側仕えが城のことを教えたそうだ。それ以来、細々と木片を削り、大きいところは大工に命じて外でつくらせ、繭の中で組み立てているらしい。

ずいぶん精巧な城で、遠くから見たら本物にも見えそうだ。驚くべきことにまだ十歳だというのに、彼はある程度の城の図面が引ける。これもその次の次の側仕えが、城作りが上手くいかないと言って泣いていた彼に教えたらしい。短い間だが、彼は人に愛される。それゆえ懐いた人が次々に離れてゆくのは、幼心にも苦しかっただろうとゼプトは思っている。

「素晴らしいですね。この後ろのほうはこれからつくられるのですか？」

城の前面は風景画のように精密に作られているが、側面は積み木のような、溶けた山のような、ぼんやりとした造りだ。

「ん……。そこは、……そのままで、終わりなんだ」

「終わり？　そうですね。確かに前から見れば十分立派な城で――」

言いかけたゼプトの前に、ステラディアースは紙を差し出した。

炭で、丁寧に城の正面が写生されている。

「写してきてもらったんだけど、後ろのほうがよくわからなくてね」

少し決まりが悪そうに、白い小さな眉を凹《へこ》ませて笑う。

そういうことかとゼプトは理解した。ステラディアースは城の誰かに写生を頼み、それを元に模型をつくっているのだ。だいたい写生は見栄えのいい角度から描く。そうすると背面は当然描かれない。

「でも、これまでたくさんつくってきたからだいたいの構造はわかるんだ」

「すごいですね。まるで建築家のようです」

「本当にそう思う？」

「ええ」

お世辞抜きでもステラディアースの模型は筋が通った造りをしていた。建築の本や、建築家が書いた図面もだいぶん持ち込まれていたが、これでもっと後ろのほうがよくわかったら理解が進むのではないか。

ある日、ゼプトは馬小屋で馬を借りた。

ステラディアースと会うためには、なるべく他人との接触を避けなければならないが、一人で外を出歩くにはあまり制限がない。出かけた後、身体をよく洗い、服をすべて着替えれば事足りる。

出先から戻り、身体を清めて口をすすぐ。入り口で手を清めて、清潔な布で拭ってからステラディアースの繭のほうへ寄る。

ゼプトが繭の中に入るのは、ステラディアースの具合が悪いときなどに限られる。普段は繭に空いた穴の前で彼と接した。

ゼプトは、繭の前に膝をつき、目の前に立っているステラディアースに重ねた紙を差し出した。

「これでいくらか詳しくなるでしょうか」

「わ、あ……！」

菫色の目がまん丸に見えるくらい、ステラディアースは目を見開いて、紙とゼプトを何度も見比べた。

「これはゼプトが描いたの⁉」

「はい。聖堂のほうでは建築の勉強もしますので。城を回り込んで後ろのほうも写してきました。いかがでしょうか」

尋ねると、ステラディアースはぱっと顔を上げてゼプトを見る。瞳が濡れて輝き、いつも真っ白の頬が薄桃色になるくらい喜んでいる。

「すごくいい！　すごくいいよ！　わあ、こんな風になってるんだね。ここは何だろう。ああ、こんなところに溝が」

建物の肝となる場所、そして複雑になっている部分は、別に大きく描いたり、角度を変えたりして部分的に描いている。

「ありがとう、ゼプト！」

「いいえ」

ステラディアースの、こんな生気のあるキラキラした顔が見られるならお安いご用だ。

「あ、あ、あ、あの！」

興奮で肩で息をし、紙を薄い胸に抱きしめながら、ステラディアースは前のめりになった。

「今度はヒルドガ城を写してきてくれないか」


どこまでが忠誠心で、どこまでが正義感で、どこまでが親切で、どこまでが憐憫《れんびん》で、どこからが恋で、どこからが唯一になったのかは、ゼプト自身にもわからない。

ゼプトは程なく『騎士』という称号を与えられた。神官には与えられない階位で、だが神官の務めや修業も許され、ステラディアースの護衛の役目も果たす、王と聖堂の名の元に与えられたゼプトだけの特別な地位だ。

ステラディアースのために神に仕え、ステラディアースの最後の盾となるべく、騎士と剣を交えて本格的な剣士の訓練もした。幸い、剣の稽古に自分は向いていて、打ち据えられた日も、ステラディアースが騎士がカッコいいと言って笑ってくれたら疲れも身体から追い出されてしまう。他には女官の仕事、給仕の仕事、文官の仕事もステラディアースに関わることはすべて、ゼプトが行う。

出かけた先できれいな花を見つけると、ステラディアースが喜ぶ顔が脳裏を過《よぎ》り、城の造りを(ときには偵察兵と間違えられるほどに)念入りに確認するようになったとき、あるいは手を浸《ひた》せばビリビリと皮膚をちぎり取る魂の水にためらいなく手を浸《つ》けられるようになったとき、勤めではこうはなるまいと、何となくゼプトは納得した。

だが騎士と王女の恋が実るのは、ものがたりの中だけだと決まっている。

どれほど自分が彼を想っても、彼が自分に懐いてくれていても成就しない恋だ。ここエウェストルムでは、魔法使いの王族で、しかもそれが王女ともなると、他の国の身分差からしても格段の隔たりが生まれる。

いくら虚弱でも、『大陸の宝石』と呼ばれるエウェストルムの王女と、身分もあやふやな一介の騎士だ。普通にしていれば目通りすら叶わなかっただろう。

だがそれでいいとゼプトは思っていた。ステラディアースが自分に微笑み、自分が彼の生活をつくる。これ以上の幸福はない。

懸命にゼプトはステラディアースに仕えた。

谷に住む美しい小鳥を見たことがないと言ったステラディアースのために、ゼプトが小刀で木の小鳥を切り出した。本当はクチバシの尖った美しい鳥なのだが、ゼプトが彫ると少し丸っこくなってしまった。彫りなおすと言ったのだが、彼はそれでいいと言い張って、懐に入れるほど喜んでくれた。

そしてステラディアースの枕元にずっと乾いた花があることも、城の大きさに合う、ステラディアースと多分、自分だと思われる手作りの人形が隠すように置かれていたので十分だと思う。そして、視線を気取られたあと、ステラディアースが花弁のように真っ赤になってしまったのも――。

† † †

それは、女官の問いかけがきっかけだった。

ゼプトがここに来てから一年――ステラディアース《彼》が十一歳の頃だ。

「ステラディアース様は、本当はどのくらいお身体が弱くていらっしゃるのかしら」

彼の食事の受け渡しのとき、そう問われた。

極力他人と口を利かないほうがいいので、「さあ」とだけ答えて、ゼプトは手を念入りに洗い、盆に用意された食事をステラディアースの部屋に運んだ。

ステラディアースは肉を食べない。肉の魂に、彼の身体が負けてしまうからだ。辛うじて乳からつくったもの、蜂蜜《はちみつ》、あとは雑穀や野菜だ。それもゼプトから見たらついばむくらいにしか食べない。そのせいか、身体も年齢からすればだいぶん小さい。そして信じられないくらい軽い。

給仕もゼプトの役目だった。皿を整え、ステラディアースを呼んだ。

食事の最中に尋ねてみた。

「ステラディアース様は、一度も外にお出になったことはないのですか？」

出ないほうがいいのはわかっているが、どの程度だろうと考えた。まったく出られないのか、少しなら出てよいものか。強い日光には耐えられないようだ。ならば風はどうだろう。暴風の日は無理でも、流れるだけの春風なら？

「ないね。産屋からここに来るまでが外と言われればそうかもしれないけれど」

「外をお歩きになったことがないのですか」

「うん。できるものなら歩いてみたい。だが、どうにも無理のようだ。だからゼプトが外を歩いているのを見るのは好きだよ」

「そうですか……」

「外はどんな風なの？　ここととだいぶん違う？　もちろん、窓からとか、絵は見たことがあるから違うのは知っているよ。もっと……こう、風とか、温かさとか、日差しとか、においとか、肌が感じることとか、ここから見えないこと」

問い返されて、少し迷ったが、最近目にした風景を話すことにした。

「ええ。今は子馬の季節で、城の芝には親子の馬が散歩をしております。池には魚が増え、岸に生えている草を揺すると一斉に逃げてゆくのがおもしろいです」

「へえ、見てみたいな。でも、無理だろうな。森くらいなら、あの窓から見えるけど、……外側だけ」

「申し訳ありません」

どんなものに興味を持つか、聞いてみたかっただけだったのに、羨《うらや》ましがらせるようなことをしてしまった。

「いいよ。これからも外のことを話してくれる？　みんな、私をかわいそうに思って、すぐに話してくれなくなるんだ。本当の外は、一生見られないだろうけれど、楽しい話くらい聞かせてくれてもいいのにね」

ふわふわの襟に頬を埋《うず》めて首を傾げる。

頼りない苦笑いは、ひどくかわいそうだった。

「諦めないでください、ステラ様」

不可解そうな顔でステラディアースがこちらを見る。

「今すぐは無理でも、いつか、外に出られる日が来るかもしれません。そのときは、俺が池に案内いたします。庭も、聖堂にも」

大人になってもう少し身体が丈夫になったら、皮膚を強くする何かの薬や衣を魔法機関が開発したら、冒険とは行かないかもしれないが、城の近隣にくらい出かけられるかもしれない。少しでも馬車に乗れたら行ける場所は格段に増える。そうなったらいくらでも付き合う。今のうちにステラディアースが出かけやすそうな森や、泉を探しておこうとゼプトは思った。

「いいや、――……、ううん。何でもない」

何かを言いかけたステラディアースは、困ったような笑顔で首を振った。

「それがいいね、ゼプト」

細い肩を覆う、銀髪を揺らしてステラディアースは楽しそうに笑った。

自分がしたことの残酷さを知ったのは、それから数日と経たないうちだ。

ステラディアースが外に出られる方法はないのか、見通しがないのかと魔法機関に尋ねに行った。今でなくてもいい。ステラディアースに希望の話をしてやりたかった。大きくなったら、少しだけでも、城の周りだけでも、あの庭だけでも、そんな話を聞き出したかったのだ。

──ありませんね。水滴は水滴の形をしておりますでしょう？　それと同じなのです。あの方は確かに『在ります』。しかし水と同様、人の形を保つ膜がないのです。魂を入れる器がないのです。水滴を地に落としたときのことを考えてください。人間にできることは何ですか？

何もない──。

精々葉で受け止めるか、容れ物を差し出すか──それがあの繭だ。それすら外に出せば蒸発するのだろう。それくらい、ステラディアースは儚い。

すべてのものの魂は『大いなる魂の流れ』の中にある。生き物も、水も、植物も土も、すべてが魂を含んでいて、魂は人の目には見えない世界で繋がり、循環している。

草花が育つのは魂が注がれるからだ。枯れた葉からは魂が離れ、離れた魂は大きな流れに還ってゆく。人で言うなら、身体を得たらその中に魂を注ぎ込んでこの世に生まれ、死ねば肉体を離れて魂の流れに還る。ステラディアースにはその、肉体が限りなくないに近い。

愕然《がくぜん》とする自分に、魔法機関は新しい布を渡してくれた。短時間であるが魂を包める布だそうだ。実験用の魂を集めるために織った特別な布で、だいぶん見目がいいように改良したので、これを羽織れば、ステラディアースが少し長めに窓辺にいられるかもしれないと言って渡してくれた。

思い返しても不用意なことを言いすぎた。彼がためらう一瞬は、自分の身体のことを誰よりも知っていて、自分に嘘《うそ》をついてくれた証拠だった。

何と言って謝ろう。それとも話を蒸し返すべきではないのか。

金色の模様が織られた布を手に、ステラディアースの庭に入り、いつも通り花を摘んで帰ろうと思ったときだ。庭のまん中辺りに、ぽつんと赤い花が咲いていた。

昨日まではなかったはずだ。出かけるときもここを通ったはずだが、あんな花は咲いていただろうか？

布のような赤い房が垂れた花だ。一本切り生えているが、分厚い天鵞絨《ビロード》のような、真紅《しんく》の長い花弁が美しく、緑の芝に色鮮やかだ。

庭師が苗を落としたのかもしれない。

花壇から外れて芝のまん中に生えているから、どうせ刈られてしまうだろう。この花束に入れたら映えそうだ。

まっすぐその花に近づく。風に揺れる花に手を伸ばしかけてふと、周りの花はそれほど揺れていないことに気がついた。ここだけ風が吹いている様子でもない——。空を見上げたとき不意に、足元が沈んだ。

「——え？」

土の中に足がめり込み、とっさに出した左足がさらに深く芝に突き刺さる。反射的に右足を抜いて前へ。芝は沼のように底がなく、膝までめり込んでしまった。

周りには誰もいない。

目の前には花。手が届かない位置で揺れている。距離感がおかしい。先ほどまですぐ目の前にあったはずだ。

花が動いている？　いや、あれは花なのか？　それとも——花に似た何か——⁉

花によく似ているが花ではない。花の芯《しん》がなく、萼《がく》もない。茎の途中から赤く染まった布束のようなものが先端についている花に似た別のものだ。

「誰か！」

とっさにゼプトは叫んだ。すでに脚は全部土に埋まっているが、つま先が底に届いた感触はない。

「誰か！　助けてくれ！　——誰か！」

手をついて抜け出ようとしたが、その手も芝に沈む。底なし沼か？　こんなところに？

藻掻くほどに、どんどん身体が地中に沈んでゆく。このままでは誰にも気づかれず、呑み込まれてしまうのではないか。誰かいないかと顔を上げて、ゼプトは唖然《あぜん》とした。

「——ゼプト！」

窓からずいぶん離れた場所にある小さな扉から、真っ白な鳥のようなものが駆け出してきた。陽光の下に長い銀髪を靡《なび》かせ、衣をひらめかせ、足を縺《もつ》れさせながらこちらに駆け寄ってくる。

「いけません、ステラ様ッ！」

信じられないことだ。自分が土に沈むのをステラだけが見ていた。いや、ステラディアース はあの窓を覗いて、自分が帰るのを待っていたのだ。その目の前で、自分が地面に呑まれた。

「ゼプト！　ゼプト！」

ステラは叫びながらこちらに駆けてくる。髪が透ける。腕が――。

「ステラ様！　こちらに来ては駄目だ、ステラ様！」

制止も聞かず、ステラが駆け寄ってくるのにゼプトは絶叫した。花の周りは土が沈む。だが ステラディアースは沈まなかった。肉の重みがほとんどないからだ。

「ゼプト、摑まって！」

そう言って伸ばされるステラディアースの腕から、キラキラしたものが滴る。蠟《ろう》のようにど んどん指が溶けてゆく。

「お戻りください、ステラ様！　俺はいい。あなたが――あなたが――」

溶けてしまう、と言うのはあまりに怖くて口に出せなかった。

「諦めては駄目。ゼプトがそう言った！」

涙か魂かわからない何かを滴らせながらステラディアースが叫ぶが、もう胸まで泥に浸かっ てしまったゼプトはどうすることもできない。そのとき、

「おい、どうした！」

走ってきたのは移動中の兵士だ。二人連れの彼らは土に埋まったゼプトを見て叫びながら走ってきた。少し離れたところから、腰に付けていた縄をゼプトに投げる。

「掴まれ！」

縄に縋《すが》りながら、ゼプトは兵士に訴えた。

「ステラ様を中に戻してください、早く！」

「ステラ様⁉」

兵士たちは顔を見合わせたあと、奇妙な目で自分を見る。

「ステラ様を——！」

前を向いてその理由がわかった。ありえないほどステラディアースは光に透けている。彼らの目にはもう見えていないのだ。

縄を掴んで、必死に這い上がった。土の中で靴を脱ぎ、それを足がかりにして地表に這い上がる。

「！」

投げ出されていた布を取った。

「ステラディアース様ッ！」

ステラディアースはほとんど水の珠のようになっていた。うずくまり、空気との境目がないようにゆらゆら揺れている。

水に落とした水飴《みずあめ》のようだった。透明で水との境が綻びながら溶けてゆく。それを目で見た。

明確に目の前にあった。

地中から這い上がったゼプトは、魔法機関に貰《もら》ったばかりの布でステラディアースを包んだ。

その瞬間だ。

ぱしゃん、と、大きな水の珠が落ちるような音がして、布の中に何もなくなってしまった。

鋭く息を呑むと、今度はまた布の下が膨らんでくる。慌てて布の下を確かめようとする。そこにはステラディアースではなく——青々とした草があった。

「え——……、わ、あ……！」

草は、押し込められていたように、ぼう、と丈を伸ばし、ぶわっと音を立てて一息にゼプトの身長を超える。緑の波は波紋のように広がり、大きく波立つ。

「うわあぁ！」

ゼプトを助けに来てくれた兵たちは、蔓に巻き上げられて藻掻いている。

鮮やかな悪夢の中にいるようだった。草も花もありえないほど大きくなった。草たちは逆巻いて、見る見るうちに巨大化し、垣根は燃えるように天に伸び、花はうねりながら盛り上がっては吹き上げて散り、根は地を割り砕きながら縄のようにのたうって暴れた。

視線を上げるとものすごい勢いで森のほうから木々が浸食してくるのが見える。山全体が、大きな波になって襲いかかってくるようだった。

土が吼《ほ》えている。緑が悲鳴を上げている。哀れむように静かな空がそれを見下ろしている。

この恐ろしい世界の中にステラディアースの姿はどこにもなかった。

爆発的な植物の成長は波のように広がってゆく。庭が、森が激しく波打ち、荒ぶっている。のんびりとした植物たちに『何か』が強制的に与えられて、吹き上げるような成長と滅びが繰り返されている。

その『何か』とは——ステラディアースの魂だ。この世界の中でステラディアースだけがいない——違う、この辺り一帯にステラディアースの魂が撒き散らかされたのだ。

「ステラ様！　どこですか、返事をしてください！」

助け出さなければ。

これではあっという間に魂が消費されてしまう。それにステラディアースの魂はどこまで広がるかわからなかった。

荒ぶる土の暴走は、野火が燃え広がるより早く、城の外へ向かって広がっていった。すでに森は山のようになり、あまりの成長の速さに木々は悶《もだ》えるように折れ曲がり、木の皮が破裂し、バキバキと割れながら、そこからさらに芽吹きながら天に向かって伸びている。巨大な緑は自重を支えきれず、天に噴き出しては地を轟《とどろ》かせて倒れる。絶え間なく爆《は》ぜる音がする。何もかもがねじ切られている。空には無数の蔓が、もがき苦しむように伸ばされてうねっている。

緑に囲まれた一帯の外から悲鳴が聞こえ、すぐに鐘が鳴りはじめる。吹き上がる泉のような、あまりにも激しい植物の成長に呼ばれた雷が鳴りはじめる。

「ステラ様！」

ゼプトは草や蔓に埋もれながら、ステラディアースがいたはずの布を守り続けた。

「ステラディアース様！」

声を限りに、大地に撒かれてしまったステラディアースの名を繰り返し呼びながら、もう駄目だと思った。

押さえていても地面の感触しかない。自分さえあの花に寄らなければ。自分さえ声を出さなければ――。

蔓に縛られ、緑に埋もれる。蔓に巻かれた手首がちぎれそうだ。多肉植物は岩のようにごろごろと膨らみ、下腹は何かの根に持ち上げられ、別の根がゼプトの背中をぞりぞりと擦《す》りながら押さえこんでいる。

顔の前には花だ。ステラディアースの瞳と同じ色をした花と葉が、縋りついてくるように、ものすごい密度でゼプトの顔と首筋を覆おうとしている。

布だけは守らなければ。手の感触だけで布を押さえているが、だんだん感覚がわからなくなってくる。

これは布か、草か。それとも土なのか。

視界が潰れる。身動きが取れない。息が――。

圧倒的な植物の魂に窒息しそうになったとき、むせかえるような熱気を、キンと冷やす声があった。

「——何をしているのだ」

冬の吐息が地を刷いたように、一瞬で草に霜が降りる。多肉植物が凍ってゆく。

ゼプトの目の前がさっと白い薄衣を広げたようになる。

「ステラの魂がおかしいと思ったら、お前たちは何をしているのだ」

ゼプトを押さえこんでいた凍った植物が、パサッと粉になって砕け散った。あっと、顔を上げて声のほうを見る。

凍った葉を階段のように踏みながら、空中から降りてきたのは、頭に銀の冠を戴《いただ》いた——白い衣を引いた姫——？

「なぜステラを繭の外に出した？」

静かに、そして激しく問いかけてくる雪色の瞳がゼプトを睨む。ただ目を瞠《みは》って雪を纏《まと》う姫を——声は男のようだ——彼を見つめるばかりの自分に彼は言った。

「我が名はロシェレディア。おまえがゼプトか。ステラの手紙に書いてあった」

ロシェレディア——略奪されたエウェストルム第一王女。大武強国アイデース皇帝の妃、そして生まれつきの『氷の大魔法使い』。

彼は手にしていた鮮やかな色の羽根で辺りを払った。

無数の鈴を転がしたような音がして、シャンと世界が白く凍る。

圧倒的な冬が世界を刷く。もがき苦しむようにうねっていた植物たちが、はっと我に返ったように、一瞬で成長を止める。

「それを貸せ。よくそんなものを持っていたな」

地上まで下りてきたロシェレディアは、ゼプトから、ステラディアースに被せていた布を奪い取ると、その両端を持って揺するような動きをした。

見る見るうちにそこに何かが溜まってゆく。

「全部集めきれるかどうか、吾《あ》にもわからぬ。赤子に戻ったときはおまえのせいだ。おまえが守をせよ、ゼプト」

そう言う間もロシェレディアは布を揺すり続ける。

大きく重たそうになったと思ったとき、その布ごとゼプトに渡された。

布越しに人の感触がある。

「布を開くな。そのまま、『ゆりかごの繭』に流せ。急げ」

「は――はい！」

ゼプトは布を抱え、ステラディアースが開け放った扉に向かった。凍った葉が頬を切るのもかまわず、扉に駆け込みステラディアースの部屋に飛び込んで、言われたとおり布の中身を、小さなゆりかごのような真っ白の繭の中に流し込んだ。

藺の中には、蠢《うごめ》くキラキラとした液体が溜まっていた。水面が揺れるとシャラシャラと音がした。耳を澄ますと、ゼプト、と、ステラディアースの声がしている。

それがステラディアースの形に戻るまで、十日ほどかかった。


その事件で、エウェストルム城周辺は甚大な損害を被った。

ロシェレディアのおかげで植物の成長は止まったが、引き換えに夏の植物が残らず凍ってしまい、溶けるのに五日以上を要した。

そして被害は大きく山側にも及んでいる。

あまりに急激な樹木の成長で土は盛り上がり、植物の根に割られて崩落した城壁の幅は広く、後の調査では全体が大きく外側に傾いていたため、西側の城壁はかなり大規模な修復を必要とするらしい。

城の西側の街もそうだ。地面が植物に突き上げられ、家は持ち上げられ、道はあちこち木や根が吹き上げて荷車が通れる状態ではないし、斜めになって崩壊しかけている家も無数にある。

畑もそうだ。農作物以外の根が城の方角から矢のように土の中を突き通り、元々植えてあった野菜は潰され、あるいは見たこともないように巨大化していた。それがおいしいならまだいいが、半ば樹木化しながら巨大化したため、食べられもしないやたら大きな根菜や、天幕のような業物が畑にひしめいてめちゃめちゃなのだそうだ。

すぐにロシェレディアが来てくれなかったら、被害はエウェストルム全土に及んでいただろうと叔父が言っていた。

ステラディアースは仮にも魔法国の王女だ。背中の魔法円は不完全だが、それでも人の何万倍もの魔力を持ち、普段は彼が生きるためにその魔力を使っているが、一度外にその魔力が放たれたらあのように、国中の土を猛《たけ》らせるほどの凶暴な魔力が撒き散らかされることになるのだ。

――……ねえ、見た？　ゼプト。

ゆりかごの繭の中で、まだ光を湛えたたまごの白身のような姿をしたステラディアースは、シャラシャラとせせらぎや、薄氷が当たるような、ほとんど魂から発するような声で囁いた。

――初めて、外に出たんだ。

嬉しそうなステラディアースの声に、ゼプトは涙が止まらなかった。

目元に拳を握りしめ、肩を震わせて涙を落とすゼプトの隣で、繭が震える。透明な液体の中から指のようなものが生えて、ゼプトの涙を拭こうとした。

――城を見たんだ。エウェストルム城を。

――美しいねえ……！

ステラディアースが喜ぶと、繭の周りにキラキラした光が散らばった。

彼の存在はまだほとんど魂だからだ。世界に満ちる魂とステラディアースが切り離されていないからだ。空気中の微細な魂が、彼の喜びに共鳴して光る。

無理矢理にでも良かったことを探せば、たった一つ、初めてステラディアースが肉眼で城を見たことだ。

エウェストルム城は小さく、どちらかといえば素朴で、珍しいところといえば、大理石でできた城壁があまりにも白く、色濃い自然に映えるということだ。

それでもステラディアースにとっては特別で、そして最初で最後となるだろう、実際に見た唯一の城となるだろう。事実、その体験が想像と結びつき、回復してからのステラディアースは、帝国の城を任されるような建築士顔負けの、城の図面を引き、見てきたような模型をつくるようになった。

そしてゼプトが見た、赤い花のような何かは、砂漠のほうにいる虫らしい。ああして獣を誘って土に埋め、養分を吸うという話だ。本来エウェストルムにはいない虫だが、赤く美しい花のようなものが付くので、商人が国内に持ち込んで、城の南の村で被害を出したということだ。兵の話によると、排除し終えたはずだったが、逃れたものが城に紛れ込んだと考えるのが妥当だと言った。

そして、助けてくれたのはやはりアイデース皇妃ロシェレディアだった。皇妃とはそれが初対面となった。

ゼプトは自分の浅慮を恥じた。

いつか――いつか、彼が大きくなって、もう少し身体が丈夫になったらステラディアースと庭を歩きたい。それがどれほど絶望的で、恐ろしいことか、その希望がステラディアースにとってどれほど残酷なことだったか、身をもって知ったのだった。

† † †

ふっと、身体が沈む感覚にゼプトは目を開けた。

不自然なまでの静けさが耳を打つ。

紺色の絨毯が見える。

繭の部屋の側にある、ゼプトの控えの間の椅子に座って、頭を垂れ、うたた寝をしていたらしい。

背中を膨らませて、深い息をついた。

最近、昔の夢ばかりを見る。魔導の谷の夢ではなく、この城に来た頃から、あの事件の頃の間の夢だけだ。

走馬灯は、人が最期の一瞬に何とか記憶の中から助かる方法を掬い出そうとする働きだと言う。自分の夢も多分、そういった類いのものではないかとゼプトは思っている。

自分ではなく、ステラディアースの命を助ける方法がほしい。

どれほど考えても、何の書物を漁《あさ》っても、彼の儚い器を人に近づける方法など思いつけず、夢に縋っても何も降りてくるわけでもない。

浅く裂けた、赤い手のひらをゼプトはぼんやりと見た。

ステラディアースの為なら何でもする。

見返りなど一欠片《ひとかけら》も求めない。

心臓を差し出してかまわないと思うほど焦がれるのに、何も――残酷なほどに何も、自分には手段がない。

4

保たないかもしれない。

そうは思っても、リディルはその言葉を絶対に口にしない。

リディルは、部屋の中央辺りの繭《まゆ》の中にいた。

壁際に椅子を寄せ、そこに片膝《かたひざ》をかけて、頭上の壁の亀裂を修復している。

袖《そで》を肩まで捲《まく》り、衣装の裾は動きが悪くなるから手で裂いた。

ロシェレディアがつくってくれた魂《ラウフ》の修復材が尽きかけている。日に日に新鮮さが失われた水に魔力を込めても、繭を修復する力が弱くなっている。それを、リディルの魔力で何とかごまかしても、修復する端からヒビが入るのだ。

もう二日寝ていない。修復材に浸《つ》ける手は冷えて感覚が鈍い。集中しようとしても、頭の奥がゆっくりと灰色に痺《しび》れてきて、気づいたらぼんやりしかけている。

ヒビは天井から入るから、ずっと手を上に上げている状態だ。肩が痛く、指先が冷たく痺れてくる。髪を腰の下から誰かに引っ張られているようだ。それでも頑張っているのに、別の繭からミシリ……と、繭が裂ける音が聞こえると、心が絶望で痛くなる。

隣でヒビに粘液を塗っているステラディアースが言った。彼の力では粘液の浪費にしかならないから、湿らせて修復の下準備をすることだけを頼んでいるが、それももう難しいようだ。

休んでと言おうとしたとき、ステラディアースが横顔を見せたまま、小さな声で言った。

「私がいなくなったらゼプトを城から出してあげて」

「諦《あきら》めないで、兄様。ゼプトは、そのようなことを望んでおりません」

「もういいんだ。普通の生活をしていい。お前も、リディル。苦労をかけて、ごめんね」

「兄様……！」

こんなに頑張っているのに、悲しい言葉をかけられて心が崩れる。絶対にそんなことはない、兄様はいなくなったりしないと言いたくても状況にまるで説得力がない。

「……！」

目の前が、ふっと暗くなる。少量とはいえ、魔力を使いっぱなしだ。自分の腕をつねり、頭をはっきりさせて、もう一度魂の水に手を入れる。生ぬるい粘つく粘液。やらなければと思っても、身体が不快を訴える。

「私が消えても泣かないで。魂になってもお前を見守っている。かわいいリディル」

「そんなはずない！　どんな身体でも、兄様は兄様だ！」

掠《かす》れた声で叫んだ。しまった、と思ったがもう遅い。ずっと止めていた息を大きく吸い、吐いた反動でふっと――今度こそ本当に目の前が暗くなる。

上げていたはずの手が見えなくなる。

ああ、いけない。今、修復をやめたら、一気に繭が崩壊してしまう——。

頬《ほお》に、涙が零《こぼ》れる感触があった。墜落する感覚と共に、いよいよ頭の中が黒く塗りつぶされる。

嫌だ。兄様、嫌だ。

声が出たかどうかもわからない。そのとき、腹の辺りにがくん、と衝撃があった。

人の腕——?

グシオン——……? いや、もっと華奢《きやしや》で細い。

リディルの手を取る美しい指先は、ずっと手を水に浸していた自分よりも冷たい——。

「ステラディアース。我が弟よ。賢いと思っていたが、一番バカはお前だ」

「ロシェ兄様!」

「よく堪《こら》えた。リディル」

背後から、自分を抱えているのは、アイデース皇妃、一番上の兄、ロシェレディアだ。

恐る恐るリディルは尋ねた。

「イスハン陛下は」

ロシェレディアがこの世界に実体を持って顕現できるのは、月にたった二日間だ。最愛の王、アイデース皇帝イスハンは彼との逢瀬《おうせ》を一瞬たりとも漏らさぬほどに惜しんでいて、姿を現しているときは、一度も彼から腕を解かぬという話なのに。

「イスハンは甘えん坊だが人でなしではない」

そう言って、ヒビだらけの繭を見渡し、顔をしかめて息をついた。

「怖かっただろう。もう大丈夫だ」


ロシェレディアが施した修復は力強く、次々とヒビを埋め、形を整えていった。

彼の修復作業は大胆で、間に合わないところは応急的に氷で繋《つな》いでおくものだから、繭全体が冷えてしまって、慌ててステラディアースを褥《しとね》に入れた。リディルが、彼の代わりに寒いと訴えると、「花でそこだけ暖かくしておいてくれ」などと無茶を言う。仕方がないので寝室の前の繭をぎっしり魔法の花で満たして冷気が流れてくるのを止めた。

ゼプトが淹《い》れてくれた熱い茶を飲んで、一息ついたリディルも作業に加わって、ステラディアースが守ろうとしていた窓際の繭を真っ先に修復した。さしあたりすぐに潰れずには済むだろうということだ。

真っ青に疲れ果てたステラディアースが褥に埋もれている。

寝台の脇に膝をつき、ロシェレディアと二人でステラディアースの手を握って励ますと、彼は涙を目にいっぱい浮かべて首を振った。

「もういい。いいのです。生まれたときに失ったはずの命です。そして二度目はゼプトと兄様に助けられました。私は幸運だった」

「ステラ」

「ステラ兄様……」

「ありがとう、ロシェレディア兄様。ありがとう、リディル。私は最後の日まで、ゼプトと暮らします」

弱々しいステラディアースの言葉に、ロシェレディアは悲痛に眉を寄せ、だが力強く彼の手を握った。

「生きよ。魂に戻るなら、その瞬間まで」

「ロシェ兄様の仰《おっしゃ》る通りです。研究を続けていますので、諦めないで」

何か方法があるはずだ。あるいはその方法が見つかるまで、なんとか知恵を絞って、時間を稼いで、繭を持ちこたえさせる手段を見つけなければならない。

風呂が準備されているそうだ。

婚礼前のリディルが気に入っていた浴槽で、庭の花をたっぷり浮かべてくれると言う。

「困ったものだな、父王さまは」

廊下を歩くロシェレディアが、窓の外に視線を流してため息をついた。

外は嵐だ。ステラディアースの繭がいよいよ危ないと大臣が伝えてしまったらしく、天候にてきめん反映されている。空の荒れは王の心の嘆きだ。何事かと民が心配しているはずだ。

疲労して引きずるように歩くリディルに合わせて、ゆっくり隣を歩いてくれるロシェレディアが囁《ささや》いた。

「実際のところ、どうなのだ。研究は、どこまで進んでいる？」

そう訊《き》いてくるところを見ると、ロシェレディアにも目立った良案は浮かんでいないのだろう。リディルは掠れた小さな声を絞り出した。

「私の魔法と、兄様の魔法は似て非なるもの。私があの繭をなんとか補強しようと思っても、どうしても溶け合わないのです」

物質をまぜても、魔力で繋げようとしても、氷と石を繋げるようなものだ。どれほど相手の形に似せても繋がることはない。

「根本的な補強が必要です。上から包むか、あるいは『ゆりかごの繭』を一からつくり替えるか」

今度はロシェレディアがつらい顔をした。

「上から包むとなると、三倍もの魔力が必要となる。いくらお前でも不可能か、あるいはずっとここにつきっきりになるだろう。『ゆりかごの繭』のつくり直しは、今の私の魔力ではまるで足りない」

　今のロシェレディアは、満月の力を借りて身体を維持しているのが精いっぱいだ。実体をつくるには、見た目より遥《はる》かに多大な魔力を必要とするらしい。他に例えば、身体を放棄した彼ならではの、無尽蔵の魔力をイスハンに預けたとしても、彼はロシェレディアの魔力を炎に変えることしかできない。魔力と繭の修復とはまったく別の事象になる。

「せめて身体があればな」

　ロシェレディアは、自分の手を見ながら何度か握ったり閉じたりを繰り返した。

　そして、噛《か》みしめるような声で続ける。

「これでしばらくは保つと思うし、これ以上私にできることはない。そしてお前にもだ、リディル」

「兄様」

「次の満月まで、繭が保てばまた来る」

　実際そうするしかない。

　できる限りのことはした。この月が消えればロシェレディアの身体も消えてしまう。

「兄様……」

　ロシェレディアは、ひやっとした左手でリディルの頬を包み、親指で目の下辺りを撫でた。

「大丈夫だ。イスハンは理解してくれている」

もうこの先は、ロシェレディアの次の顕現が間に合うかどうかの話だ。ステラディアースの命を繋ぎ止めるためには、ロシェレディアが顕現しているたった二日間──その儚《はかな》い時間のすべてを繭の修復に使うしかない。それでも遠からず限界は来る。しかしそれが理《ことわり》だ。人には超えられない定めだ。

理解して、それでも立ち向かいたい。終わりがあると言うなら、そのときまで全力を尽くしたい。

「久しぶりに、茶でもどうだ。アイデースに来ればもっと持てなすが、この雨では宴も開けぬ」

互いに帝国の妃《きさき》という立場だ。顕現のこともある。

「是非。その前に身体を清めてきます」

それはそうだ、と言って、ロシェレディアはぼろぼろになったリディルの姿に肩を竦めた。

思いつけば願ってもない機会だった。ロシェレディアと二人きりの時間が過ごせるのだ。聞きたいことがたくさんあった。ロシェレディアしかわからないことだが、いつの顕現でロシェレディアに会えるかわからなかった。今こそだ。

「魔力を届けると、どうしてもグシオンの剣が折れてしまうのです。ずいぶん加減をして、ほんのちょっとしか渡さなくても、駄目なのです。それでも突然、弾けるように剣が折れてしまって、もう宝物庫の宝剣もずいぶん減ってしまいました。グシオンを前衛に出すこともできなくなって、軍の運営にも差し障っています。本当に困っているのです」

リディルがそこまで一気にまくし立てると、ロシェレディアは、ガシャンと音を立てて茶器を机に戻した。腹を抱えて笑い出す。

「兄様……？」

ひいひい、と笑うロシェレディアを怪訝《けげん》に眺めると、ロシェレディアは「すまない」と言ってまた暫《しばら》く笑っていた。

ようやく笑いやめると、ハアハアと肩で息をしながら身体を起こす。

「……いや、どこかで聞いた話だと思ってな？」

「どちらで？」

「いや、なに。ずいぶん北の国での話だ」

と言ってまた笑う。しかたがないのでリディルは続けた。

「イスハン陛下の偃月刀《えんげつとう》は、『神の心臓』から打たれたものだと拝察します。あの刀は元々アイデースの所有物だったのでしょうか」

もし、もしもだが。アイデースがもしも、他に『神の心臓』を所蔵しているというなら、分けてもらえないかと相談するつもりでいた。もちろんそれなりの対価は差し出す。可能な限り目いっぱい国の予算を割いても、『神の心臓』の実物は手に入れるべき重要な素材だ。イル・ジャーナには、『神の心臓』の記録はなかった。大魔法使いが嫁いでこなかったせいもあるが、グシオンほどの雷使いが長く出なかったため、取りに行こうとした記録もないのだ。

ロシェレディアは摘まんだベリルの赤い実を翳《かざ》しながら、すました顔で言った。

「いいや。取りに行ったのだ。イスハンと二人で、北の洞窟《どうくつ》に」

「えっ⁉」

「お前はまだ恵まれている。我が国のように、宝物庫の宝剣を使い果たす前なのだからな」

「なんと……」

「残念ながら、我が国にも『神の心臓』の余剰はない。命辛々取ってきたイスハンの刀、神の名をスヴェントヴィトと言うのだがな、それっきりだ。そしてリディル。その剣は、今のイル・ジャーナに本当に必要なのか？」

グシオンと同じ結論を、ロシェレディアは出した。

「最早《もはや》イル・ジャーナと大規模な戦争が行える国は少ない。しかもグシオン王は、外交手腕もなかなかと見た。本当に今、『神の心臓』は必要か？」

「ええ……。そうなのですが」

リディルの決断は鈍い。

「そう言われればその通りです。今すぐ必要なものでもない。でもできればあったほうがいいのです。落ち着いているからこそ手に入れておきたい。全力で立ち向かえる今、最も困難な挑戦と言われる『神の心臓』に向き合ってみたいのです。どこか胸騒ぎがするのです――いえ、そのときのために備えておきたい」

「おまえらしくもない。明日は泉の祭りだというのに吐くまで食べ、そなたの好きな芝居がくるというのに興奮して朝まで眠らず、いざ始まってみれば眠り込んでいて役者の顔すら見なかったおまえが、そのような用心深いことを」

「そ、それは子どもの頃のことです」

「さては、グシオン王を愛したな？」

普通の調子で問われ、リディルの頬は熱くなった。

「……はい」

顔を歪《ゆが》め、握った手で火照《ほて》る頬を押さえた。

自分だけならそんなものはいらない。グシオンとヤエルがいて、城の皆がいる。それだけで十分なのに、今の暮らしを失いたくないと願うばかりにそんな遠くの心配までしてしまう。

ロシェレディアは、器に山積みのベリルの実を次々に口に放り込んだ。

「王妃として、母として、国を守護する大魔法使いとして好ましいことだ。だが、『神の心臓』は勧められない」

ロシェレディアは自分の爪《つめ》を軽く眺めながら言った。

「わかっています。でも、呪いはあらかじめ提示されるはずです。酷い呪いのときは、手に取らずに帰ればいいだけのこと。捜してみるだけなら何の害もない」

「そう思っていた時期が、私にもあった」

「え?」

「こちらの話だ」

ロシェレディアは昔からときどき摑《つか》みがたいことを言うが、判断は間違っていない。国が荒れていないのに、命がけの困難を押して『神の心臓』を得る必要はあるだろうか。仮に『神の心臓』を得たとしても、呪われてしまう。なんとなく将来が心配だからといって、今国を滅ぼすかもしれない呪いを抱え込むのは愚かなことだ。

だからもっと、不安の根本を打ち明けなければロシェレディアの理解は得られない。

リディルは、胸にわだかまっていた苦しさを吐き出した。

「グシオンと、意見が合わぬときがあるのです。彼の言うことはわかる。でも私の思ったことが、あまり伝わらないときがあって、上手くいかない。もしこのまま何かが起こったら、私はグシオンを守れるのでしょうか」

じっくりと進むしかないと言うグシオンの判断もまた正しいと思う。でもそれは、何かが起こったらグシオンが自らの命を賭《か》けても自分たちを守るという決心で、グシオンが無事でなければ自分は少しも喜べないのだという、リディルの気持ちとは噛み合っていない。

「グシオンのことが、だんだんわからなくなっていきます。魔法が使えない魔法の王妃として話をしていた頃のほうが、彼の気持ちがよくわかっていました。今は、大魔法使いとなって、事象の理は解っても、グシオンの気持ちがわからない。まるで、私一人、迷子になってしまったみたいで——！」

両膝の上に拳《こぶし》をぎゅっと握って、リディルは眉間《みけん》に皺《しわ》を寄せた。

魔力を得た代わりに、大事なものを失った気分だ。昔は、どうやって気持ちを交わしていたのだろう？　目を見つめ合うだけで彼のすべてがわかる気がした。彼の体温は生まれるよりずっと昔の故郷のような気がしていた。

ロシェレディアは、睫《まつげ》を伏せて脚を組み替えた。

「知ろうとすればするほど沼は深い。うわべを見るほうがずっと簡単なんだよ、リディル。全部上手く行くなんて思うほうがおかしい。私たちもずいぶん苦労をした」

一番境遇が近いと思っているロシェレディアからも、やはりたやすく理解は得られないのだ——。

リディルは目算をはっきり告げることにした。

「『虹の谷』にはまだ、『神の心臓』はあるのですよね？」

「あるな」

自分の髪の毛先を指で弄《もてあそ》びながら、ロシェレディアは応える。彼はつまらなさそうに、ぼんやりと宙に氷色の視線を泳がせた。

「ある、と言うか『神の心臓』でできているというか」

神域『虹の谷』――。

エウェストルムの奥にある山岳地帯だ。

エウェストルムが信仰の対象とする山で、虹の谷には無数の『神の心臓』が散らばっている。『大いなる魂の神』に追われた虹の神が、あの山に激突して粉々に砕け、谷一帯に飛び散ったという話だ。

雨は虹の谷からやって来て、花も緑もそこの湧き水で育つ。同じ水源のエウェストルムの水はほんのりと魔力を含んでいて、エウェストルムで生まれ、エウェストルムで育った人には、王族でなくてもほんのわずかな魔力がある。王の王たる証《あかし》、父王の王錫に嵌っている『神の心臓』も、その谷から得たものだ。

つまり、一粒で一国を支えられるような『神の心臓』が、あの谷には石のように転がっている。そのような場所を神域と、あるいは穢地と呼ぶ。畏敬《いけい》の地は、恵を齎《もたら》せば神域、呪いを齎せば穢地と呼ぶのだ。

エウェストルムにとって虹の谷は、神のおわす場所として、人の不可侵として遠く眺めながら、祈り、その地に想いを馳《は》せる。それがエウェストルムの発祥だ。

「そんなところに行って無事に帰れるはずがない。この私でさえ、そこに可能性を求めなかった。我が国の遥か北に洞窟がある、そしてその北の平原には何もなかった。手がかりはほんの一摘まみ。何の神がいるのかもわからない。とんでもなく寒かった。それでも虹の谷よりは可能性があった」

『神の心臓』の欠片《かけら》が、一つきり転がっているなら、もしかして得られる可能性がある。ロシエレディアはイスハンのために、それを探し出して得たということだろうか。

「無理……ですよね」

虹の谷が欲しいと言っているわけではない。

グシオンの剣を強くするための一かけを、どうにか分けてもらえないものだろうか。だがそんなことができるなら、『神の心臓』はもっと人の手に渡っているだろうし、虹の谷に入って帰らなかった人間が無数にいることを、リディルはすでに突き止めている。国のためにと向かった者もいるし、盗賊もいたそうだ。人知れず入った者を含めれば、その数は千人以上に及ぶだろうと言われている。だがそのいずれも虹の谷から帰ってくることはなかった。

虹色の石は、雷をよく通す。グシオンが持つのにあれほど相応《ふさわ》しい武器もないだろうと思うが、やはり夢物語だ。

「諦めるしかないですね、兄様。グシオンに話さずにいてよかった」

「話していないのか」

「はい。期待をさせては気の毒ですし、私たち——私とヤエルのためになら、挑んでみようと言いかねません」

「なんだ。上手くいっているのではないか」

やっとロシェレディアはほっとしたように笑った。リディルからも緊迫感が去って、いつもの懐かしい気持ちばかりがロシェレディアとの間に満ちた。

温かい干し果物茶を一口含む。甘酸っぱさと、薬草のすっきりとしたあとくちが、疲れた身体に心地良い。

「本当は、『神の心臓』がほしい。でもグシオンには詳しく教えたくないのです。『神の心臓』には必ず呪いがついている。剣のことは、私さえ頑張ればなんとかなるはずですから」

「ふん……？」

リディルの決心を、ロシェレディアが奇妙な顔で眺めたときだ。

「リディル様、おいででしょうか」

憩いの部屋の扉を叩いたのは、オライ大臣だ。

「イル・ジャーナ皇帝陛下がお越しになりました。どちらにお通しすればよろしいでしょうか」

「……グシオンが？」

怪訝にリディルが大臣に問うと、目の前に座っていたロシェレディアがおもむろに立ち上がって、リディルの隣の椅子に座り直した。

「こちらへお越しいただけ。義弟殿だ。一番整えておるのがこの部屋なのだろう？」

エウェストルム城は小さな城だ。戦をせず、帝国のように持ち回りで大陸の議場となることもない。気候も温暖だから堅牢な山城を建てる必要がないのだ。父王の身体が弱いため、謁見は最低限、声が小さいため小さな部屋で短い時間で行われるから、豪奢《ごうしゃ》な謁見の間をいくつも用意する必要がない。

ややしばらくして、グシオンが現われた。濡《ぬ》れ髪だが、乾いた服を着ている。着替えてきたようだ。後ろにはカルカが付いている。

リディルはとっさに立ち上がって、彼に近づいた。

「どうなさったのです？　お見舞いに来てくださったのですか？」

「ああ。カルカと少数の手勢を連れて」

「城は、ザキハ大臣を助言に置いたイドが守っております。明日には、イル・ジャーナの隊列が届くでしょう。我が王と、妃殿下の影武者を連れて」

カルカはあまり本意ではなさそうにそう告げて、肩で息をついた。

グシオンは泰然と、ロシェレディアの前まで進んだ。

「ごきげんよう、アイデース妃よ」

「久しいな、イル・ジャーナ王。息災か？」

「この通り。兄弟水入らずのところ、無礼を許されよ。ステラディアース第二王女の見舞いと——もしかしたらこちらにアイデース妃がお越しかもしれぬと思ってな」

「グシオン」

確かにグシオンには話した。エウェストルム城にステラディアースを助けにゆく。ロシェレディアが来てくれればなんとかなると言って城を出た。

今やロシェレディアと会うのは至難の業だ。アイデースに正式に謁見を願っても、まず許されない。相手がたとえイル・ジャーナ帝国皇帝グシオンでも叶《かな》う見込みはなく、国の体面と言い張れば影武者が出てくる。本人は居ていざるがごとし。ただしそれが実情でもある。

「ご用の向きは？」

不思議そうにロシェレディアが尋ねる。兄にも心当たりがないようだ。

「『神の心臓』に関するご見識を伺いたい」

「グシオン⁉」

自分はグシオンの前で『神の心臓』の話をしたことはないはずだ。いや、一度話題にしたことはある。イル・ジャーナの宝物庫に『神の心臓』は存在するかと訊いたときだ。だがそのときも魔法の道具にできれば、と言っただけで、自分の魔力を受けるグシオンの武器になるとは言っていない。

身を乗り出すリディルの隣で、ロシェレディアは不穏な笑みを浮かべた。

『神の心臓』など手に入れてどうなさるおつもりだ？　イル・ジャーナは最近、財政が好転していると聞いている。確かに『神の心臓』を売れば一財築けるだろう。覚えのある国に売りつければたやすく二十年は国が潤う――」

「我が剣に打ち直したいのだ」

ロシェレディアは美しい弧を描く、白く輝く眉を上げてグシオンを見る。

「……その情報はどこで？」

リディルも知りたかった。誓って『神の心臓』の使い道をイル・ジャーナで口にしたことはない。『神の心臓』に関する文献も国中の書物を全部浚った。元々イル・ジャーナは過去の書物のほとんどを戦禍で一度失っており、量が少なく、見落としはないはずだ。自分に見つけられなかったものを忙しいグシオンが読み解いたとも思えない。口伝があるなら、自分が訊いたときに答えてくれていたはずだ。

「イスハン王に聞いた」

ロシェレディアが舌打ちをする。リディルは気が遠くなる心地がした。

ロシェレディアを強奪したのは、他でもないイスハン王本人だ。争ったのはグシオンの父王だが、大陸との契約上、表向きロシェレディアは、生まれたばかりのグシオンの妃となるはずだったのだ。

文字通りの花嫁強奪で、両国は一度、深刻な戦争状態に陥った。そしてイル・ジャーナは敗戦し、花嫁を理不尽に取り上げられた。

それ以来、アイデースとイル・ジャーナは長い不仲に陥って、国交は断絶状態にあった。すでにアイデースは巨額の賠償金を支払っており、その資金が敗戦続きのイル・ジャーナの復興に大きく寄与したのは間違いない。そしてその奥には並々ならぬ事情があったことは、ロシェレディアからすでに聞き及ぶところだ。結果的に、リディルがグシオンと結ばれたのはイスハン王のおかげであり、奇跡的に収まるところに収まっているのが現実だ。

過去、険悪だったアイデースとイル・ジャーナは、自分たちを介して最も近しい友好国となった。氷漬けになっていたアイデースをリディルが救ったこと、そして先の戦を機にしたイル・ジャーナの帝国成《なり》の後ろ盾として、兄弟国を名乗ってくれた恩もある。それ以来、王同士書簡を交わしていることは知っていた。大体内容は大臣を通して知らされるのだが、極個人的にそんな相談をしていたとは思わなかった。

「アイデース皇帝は、リディルは知っていても喋《しゃべ》らぬだろうと言った。だが彼《か》の皇后が喋らぬとは書いていなかったから、会えばなんとかなると思ったのだ」

無茶だし、暴論だが、グシオンの言うのは結局事実だ。

グシオンの言葉を、椅子にずり落ちるようにして聞いていたロシェレディアは、白い指で銀に輝く前髪を掻《か》き上げた。

「その通りだ。だが、私も喋らぬ。リディルの判断通りだ。やめたほうがいい」

「危険は覚悟の上だ。折れない剣がほしい。リディルの負担を減らしたい。もし、ヤエルに、――皇太子に何かを残してやれるものならそうもしたいのだ」

リディルも同じようには思っていた。だが皆が安全である前提でのことだ。

「それがリディルの望みなら教えてやってもいいが、『神の心臓』はおおかた人を呪う」

「知っている。イスハン王も呪われていると聞いた」

「まったく事実だ。この、才能に溢れ、あらゆる生き物がひれ伏し、輝かんばかりの叡智《えいち》を持ち、魂に愛された生まれつきの大魔法使いの私にすら解けぬ呪いだ。恐ろしかろう？」

「いいや。我が妃と、国のためなら」

ロシェレディアはおもしろくなさそうに、じっとりとリディルに視線を寄越した。

「そなたの伴侶《はんりょ》は冗談を理解せぬのか」

「そういうわけでは……」

混乱するばかりのリディルをちらりと見てから、ロシェレディアはグシオンの黒い瞳を見つめ返した。

「ならば端的に言う。私は、私と同じ苦しみを我が弟に味わわせたくないのだ」

「呪われて苦しむのはグシオンです！」

「いいや、私――あるいはリディルだ。本人は案外けろりとしておるものだ。人の気も知らずに」

言葉の最後のほうでロシェレディアは席を立った。そのまま窓辺のほうへ向かう。

「用件は済んだ。もう帰る。いや、ひと言イスハンに口を利いてから」

「兄様」

リディルも慌ててその後を追った。まだロシェレディアとはいくらも話していないのに、逃げる気満々だ。

「それじゃあまた。機会があったら。愛しい弟、リディル。そして大事な我が義弟、イル・ジャーナ王よ」

そう言って月の浮かぶ窓辺に、飛び地のための鏡を開いて、氷の欠片を撒き散らし、吸い込まれるようにロシェレディアは消えていった。


気まずいと言ったらこの上なかった。

翌朝、土砂降りの中、イル・ジャーナからの親睦《しんぼく》の隊列が届いた。エウェストルム王が体調不良の為、空の謁見室で大臣が祝いの言葉を読み上げるだけの謁見を終え、引き返すことになった。

自分たちは飛び地でイル・ジャーナに帰り、影武者を馬車に乗せたままでもよかったのだが、隊列の馬車の中というのは密談をするのに最良だ。

城にももちろん秘密が守られる部屋はあるが『秘密を守る部屋に入っていること』は知られてしまう。その戸口には、カルカや近衛兵《このえへい》が立っているから、それなりに気も遣う。密談をするためにわざわざ軍隊を連れて出かけることはできない。幸運な機会だ。

「なぜ、あのようなことを……」

広い馬車の中、グシオンの向かいに座ってリディルは俯《うつむ》いた。普段のグシオンは、決して自分を出し抜くようなことをする人ではない。全部自分に相談してくれて、自分の答えを待ってくれる人だと信じていたのに。

「そなたは思いついても話さぬと思ったからだ」

「手立てもないのに、『神の心臓』に当たるのは無謀です。もしも呪いを逃れる方法があれば、お話しするつもりでおりました」

「それを黙っておった」

「火急のことではないと仰ったはずです」

「方法がなければの話だ」

「『神の心臓』は人を呪います。それは我々大魔法使いにも解けぬ呪いなのです！」

「方法があるのなら何でも試してみたいと言ったはずだ」

「いいえ、駄目です！　王は、呪いを甘く見ておいでです！」

言い返して、はっとリディルは息を呑《の》んだ。

「……ごめんなさい、そんなことはない」

慌てて身を乗り出し、グシオンの手に手を重ねる。――肌が冷たい。手がしっとりと濡れている。誰よりも、呪いの恐ろしさ、つらさを知るのはグシオンだ。

リディルは、間近から王を見上げ、振り絞るように言った。

「だから――だからこそです、王よ。慎重にいたしましょう。『神の心臓』は近々に必要ではない物。闇雲にそれを求めて神の呪いを被《こうむ》ることなどあってはなりません」

こうして握っているグシオンの手は冷たく、静かに湿っている。いつも温かく、熱くなって触れてくれる彼の手とは違う。記憶が彼を苛《さいな》んでいるのがわかる。緊張と恐怖が血管に通う、冷えた鉛のような血が通っている。

「そなたのためなら、国のためなら、余の身はどうなってもかまわない。――だがやはり、呪われたときの記憶は自分を怖がらせる」

「当たり前です。だって十五年もつらい思いをしてきたのです！」

十歳の頃から、肌に焼きつく呪いの痛みに苛まれ、月を怖れ、人の目を怖れ、未来を恐れながら過ごしてきた。

胸を爛《ただ》れさせる下等な獣を呼び出す呪いの呪印《じゅいん》。

呪いが発現すると、王は何もわからなくなるのだそうだ。獣のように人に矢を射られ、自らの軍隊の手によって、縄で巻かれて、地下牢《ろう》の鉄格子の奥に入れられる。

初めて見たときは恐ろしかった。そして心臓を引き裂かれるほどつらいと思った。

なぜグシオンのような人が、こんな酷い目に遭わなければならないのかと悲鳴を上げて喚《わめ》きたかった。

異形の目は血で満たされたように紅《あか》く、全身が黒い毛に覆われていて、犬のように大きな口が耳まで裂け、舌が長く、言葉が発せない口には長い牙が生える。襟足から背中まで、背びれのようなたてがみがあり、敵味方なく凶悪な爪を振り下し、雷を叩きつける。

ひしゃげたその声は、引《ひ》き攣《つ》れて忌まわしく夜空を穢《けが》し、凶暴に上げ続ける咆吼《ほうこう》には理性の欠片もない。ただ月に吠《ほ》え散らかし、人の肌を総毛立たせる声を上げる。

満月の光を浴びると、おぞましい異形に変わってしまう、惨《むご》たらしい呪いだった。痛みより、獣になる苦悩より、そうなることによって何よりグシオンの尊厳が傷つけられる、卑劣というならこれ以上はない、残酷で陋劣《ろうれつ》な呪いだった。

呪いが解けて、もう七年が経つ。だからといって、その記憶が和らぐことはない。

今でもグシオンは、微《かす》かに緊張した面持ちで、月を見上げていることがある。本当にもうあの月は、自分を苛まないのか、本当に月光を浴びても自分は正気なのか、獣の身体になってしまうことがないのかと確かめるように。

「痛かったでしょう？　苦しかったでしょう？　それを知っていながら、私は——」

不用意な言葉を口にしてしまった。身体の傷が消えたからと言って、心の傷が癒《い》えるわけではない。

グシオンの手が、静かにリディルの手に重ねられた。少し温かいのにほっとしながら、涙の零れる目で、グシオンを見た。

「いいや、呪いの痛みより、不安より、そなたに呪われた姿を見られるのがつらかった。さすがにもうあれは嫌だな。余がどうなったとしても、ヤエルがいるとわかっていても」

「そんなことを仰らないでください。あなたがどんな姿でもかまいません。私の前からいなくならないで」

呪いも確かに恐ろしい。だが、本当に恐ろしいのはグシオンが目の前からいなくなってしまうことだ。前回ガルイエトとの戦で、グシオンが死んでしまうかもしれないと思ったときのことを思い出すと、今でも身体が震える。

「わかった。慎重に図ろう」

グシオンの手を握りしめて、涙を落とすリディルの髪を、グシオンは優しく撫でた。

わかってくれてよかった。戦場で安定して使える丈夫な武器は欲しい。だが、方法があるとしてもまだ時間も余裕もあるはずだ。

イル・ジャーナ城に着いたのは、大きく日が傾いてからのことだ。

「夜になる前でよかった。腹が空《す》いただろう？」

先に馬車を降りたグシオンが、扉の外からリディルに手を伸べてくれる。

事態は変わらないが、グシオンとのわだかまりが解けたのがリディルにとっては大きかった。

胸に詰まっていた岩がすっかりなくなったような気分だ。

「ええ。食事は多めにお願いしましょう」

食べるのが好きなリディルにして、いつも食べきれないほどの食事が饗《きょう》されるのにわざとそう言うと、グシオンもほっとしたように笑った。

するとヤエルの声が背後から聞こえてきた。

「父王さまー！　かあさまー！」

振り向いて姿を探すと、城のほうから何か布のようなものを掲げてヤエルがこちらに走ってくる。

ヤエルの幼くも張りのある声、手足に漲《みなぎ》る新しい力を目の当たりにすると、馬車の中でしぼんで倦《う》んでいた心が瑞々《みずみず》しく潤ってくる。

「迎えに来てくれたのか？　ヤエル。イドはどうした？」

連れているのは女官だ。

「イドは仕事で間に合わないです！　早く！　早く！」

ヤエルは目の前まで走ってきて、持っていた紺色の布を広げはじめた。

「早くしないと！　間に合わないかと思った」

安堵《あんど》のような文句のようなことを言いながら、ヤエルは布幅いっぱいに両手を広げて布を空に翳した。

「飾り用の布か。立派だね」

厚い紺地に金糸が織り込まれた布だ。衣服に縫いつける模様を切り出す布で、布にはあちこち、花弁を切り出したような穴がある。

「縫い物を教えてもらったの？　ヤエル」

戦場に出る兵士は縫い物をする。鎧《よろい》の布を縫い込んだり、戦いで破れた衣服や切れた紐を縫い合わせたりするためだ。例に漏れずグシオンも縫い物が上手いが、リディルは習ったことがないからからっきしだ。

いずれ誰か武官が来て、丈夫な軍用の縫いかたを教えるものだが、ままごとならば女官でい い。どんな模様を切り出したのかと、腰をかがめて見るリディルに、ヤエルは明るい顔で言った。

「こっち！　こっちから見て、かあさま、早く！」

「こっち？」

ヤエルの翳す布は穴だらけで何も縫われていない。

「ヤエルはどれを切ったの？　切ったほうはどれ？」

素材の布ではなく、ヤエルの作品が見たいのに、ヤエルは穴だらけの布を広げるばかりだ。

「覗《のぞ》いたらだめ、ちょっとはなれてください！」

ヤエルはそう言って、手をいっぱいに広げ、つま先立ちになって空に布を翳した。

「これは……」

イル・ジャーナの山の合間に落ちてゆく夕日。

後ろから夕日に照らされた布は、穴の部分が真っ赤に光って、葉や、花弁の形に抜かれた穴が紅葉のようだ。

「赤い、魚みたいでしょ！　一昨日の、前の前の日、気がついたのです！　まん中が父王さまで、その隣がかあさま、吾は、これか、これで、イドはこれ。下のほうは黄色くて、こちらは橙《だいだい》色です。他にもいっぱいいるの。今しか見られないのよ。まにあってよかった！」

夕日が落ちるまでの作品だ。到着が夜になったら、明日の夕方まで観られないところだった。

「良い案だ。ヤエル。見方を変えるとおもしろいものが生まれるな」

グシオンも感心したようにヤエルを褒めた。

穴だらけの布の、穴のほうにヤエルは価値を見出したのだ。そこに夕日を通すとは、これもまた日常、あらゆるものに目配りしていないと思いつかない。布の向こうはまだらな夕暮れだ。それぞれ違った夕日色の魚になるとは、なかなか気づけることではない。よい感性だ。

疲れたように両手を降ろして、ヤエルは満足そうにグシオンとリディルを見た。

「工夫するのは大切だ。そういう目の付けどころが、戦場でおまえを生かす」

グシオンに頭を撫でられて、ヤエルは照れくさそうに笑っている。

「勇敢で賢い、我が皇太子。留守番どころかすごいものを発明したね、ヤエル。キュリはいい子にしていた？」

「はい。今日は歌を教えたの。でもなかなか歌えないけど、だれもはじめからうまく、歌えないものね。がっかりしないでください、かあさま。キュリも一生懸命やったの」

「そう」

キュリには気の毒だが、おかげで楽しく有意義な時間を過ごしたようだ。

「ヤエルは食事は？」

王が袖に包むようにして、ヤエルを歩かせる。ヤエルは王を仰いで「まだです」と、なぜか自慢げに言った。

「エウエストルムから果物をたくさん持って帰った。食事のあとに出そう」

グシオンが言うと、ヤエルは喜んで「たくさん食べたいです」と言いながらぴょんぴょん跳ねている。

優しい表情のグシオンがリディルを見た。

「工夫が好きなのは、そなたに似たのだ、リディル」

「優しいところは、あなたに似たのです、王よ」

血は繋がっていなくても、確かにヤエルは自分たちの子だった。大切な宝物。穏やかで優しく、責任感の強い皇子だ。

ヤエルは大丈夫。

グシオンの言葉を改めて、リディルは噛みしめた。

カルカやイドが言うとおり、我が国にこれ以上相応しい皇太子など、どこにもいない。

5

イル・ジャーナに帰っても、リディルは何となく心が落ち着かなかった。

そわそわと寒気がしたり、急に外に駆け出しそうになる焦りが胸にある。吃緊《きっきん》ではないとはいえ、心を去らない、命と国がかかった物思いは重い。

目の当たりにしたヤエルの聡明《そうめい》さが一時《いっとき》の清涼剤となりはしたが、状況は何も変わらないのだ。

一晩眠っても焦りは去らず、余計深刻に胸を蝕《むしば》む。目の前のことに、一つずつ丁寧に対応していくしかないのはわかっているが、希望の明かりは蠟燭《ろうそく》のように足元しか照らしてくれない。

ステラディアースの繭は補修が効いていて、しばらくは保つはずだ。

ヤエルのことは、カルカが女官や従者を操って流す世間話に誘導され、『やはり安定したグシオン王がつくった治世の下では、勇猛な王より、穏やかで理知的な王のほうがよい』、『先王の治世はいつ自分が罰せられるか息をひそめて暮らす有り様だった。そんな時代には戻りたくない』という方向に落ち着きつつある。

——人は安定と平和の価値をすぐに忘れる。無責任に、珍しいもの、目新しいものに飛びつきがちです。それが毒でも構《かま》わずに。

カルカが言うとおり、あっという間に噂《うわさ》は水をかけた焚《た》き火のようになった。

アヒムが王宮に出入りするようになれば、またあのデルケム叔父が大いばりでやってくることになる。王宮内もヤエル派とアヒム派に分かれる可能性があり、そうなれば今の平和な王宮生活も荒れることになるだろう。そんなことは人々も望むところではないはずだ。だが完全に火種が消えたわけではない。だからといってアヒムの不幸を願うつもりもない。

ヤエルの中にある、勇気、優しさ、賢さ。長い時間があればきっと誰にでも伝わる。

それまで——この先も気を抜けば、ヤエルはずっとアヒムと比べられるのだろうか。

——嫌な予感がする。

リディルの心配ではなく、魂たちが囁くのだ。悪い考えばかりに耳を傾けてしまうのか、それとも自分の不安に曇った魂が集まってくるのだろうか。

魂の囁きに耳を澄ますがよく聞こえない。だがリディルの心臓や肺に纏《まと》わりついて、息苦しい違和感を訴えている。

壊れないグシオンの武器がほしい。

そうは言っても、そんなものは『神の心臓』を得てくるしかなく、それは不可能だ。しかもそれそのものに呪いがあるなら手段の候補にも入らない。

自分が飛び地で取りに行ってはどうだろう。見に行くだけでも——。

それはならぬとグシオンは言うだろう。ロシェレディアも無理だと言った。でもいずれ、魔力を存分に振るえる丈夫な剣が欲しい。

――どうどうめぐりだ。

リディルは椅子の背に凭《もた》れ、天井を仰いで息をついた。

今日のところは諦めて、繭の研究をしよう。一つの考えに行き詰まったら次、またそこで行き詰まったら次。ぐるぐる回している間に、いい案を思いついたり、いつの間にか考えが進んでいたりするものだ。

リディルはペンを取った。

ステラディアースの繭について――。

自分とロシェレディアの魔力は別物だ。同じ魂の中から引き出しても、くぐる扉が違えば、違う性質を持ってこの世界に顕現する。簡単に言えば、魂を魔力に変換する魔法円の違いだ。ロシェレディアは氷の紋。リディルは癒やしの紋。理からして別物だ。

できるだけロシェ兄様の繭に似せて繭を構成する。兄様があの繭をつくった魔法の構築方法はわかっている。多分自分にも同じ方法でつくれる。問題は性質が違うリディルの繭にステラの魂が適合するか、その元の繭からうまくステラ兄様が繭をつくれるか？　繭を乗り換えれば、今在る繭はすべて朽ちるだろう。そうしたあと、新しい繭に不都合が発生したら――？

一度踏み出せば戻れない。失敗はできない。

だがこちらはいつまでものんびり考えているわけにはいかないのだ。どうなるにせよ、近々何らかの結論を出さなければならない。グシオンの件も気にかかるが、先にステラディアースの繭をどうにかすべきだ。

『神の心臓』があれば、性質を問わない、唯一無二の繭がつくれるけれど――。

「――……。……」

頭の中で直前の思考が混ざったとき、リディルは翡翠《ひすい》色の大きな目を瞠《みは》ったまま、猛烈に頭の中に、閃《ひらめ》きが駆け巡るのを感じた。

――工夫するのは大切だ。そういう目の付けどころが、戦場でおまえを生かす。

グシオンの声が耳に蘇《よみがえ》り、目に、ヤエルが生み出した赤い魚が横切る。

「――ッ！」

がばっと身体を起こし、紙に飛びつく。

もしかして、もしかして、『神の心臓』があれば『ゆりかごの繭』をつくり直せるのではないか？『神の心臓』は、その性質を問わない。炎の皇帝イスハンに氷の大魔法使いのロシェレディアが魔力を与えても、あの偃月刀が吹き飛ばないのが証拠だ。

何の抵抗もなく魔力を湛える物、魔力を通す物、つまり、ロシェレディアがつくった『ゆりかごの繭』は、『神の心臓』で新しくつくった『ゆりかごの繭』とすげ替えられる。そうすれば繭の劣化が止まる。いや――『ゆりかごの繭』から循環する繭の魔力自体、永久に衰えたり弱まったりすることがなく、ステラディアースの繭は、彼が生きている限り保たれることになる——。

でも、と、ペンを走らせながらリディルは思う。

理論的には可能だ。しかし『神の心臓』を手に入れられる見込みがない以上、それはまったくの机上の空論でしかない。

ペンの速度が弱まる。だんだん顔が歪んでくる。

「……っ……」

空想してもステラディアースは助からない。でも何も考えずにいられない。無駄ではないはずだ。（気休めに過ぎないのでは？）もしも何かで『神の心臓』を手に入れられる可能性は皆無ではないのだから（そんなのは奇跡以下の確率だ）——。

感情をぐしゃぐしゃに掻き回されながら、自分を叱咤《しった》して計算を続けているリディルは、とうとう自分の前髪を摑んで、俯いてしまった。

——つまりは『神の心臓』がなければこの理論はまったく用を成さない。

光を見たあとの暗闇はつらい。今まで薄闇であったものも、真っ暗で何も見えなくなってしまう。

前髪を摑んで机に伏せ、泣き声のようなうめき声を上げていたリディルは、扉を叩く音でのろのろと我に返った。

「妃殿下。――妃殿下！　お部屋においででしょうか！　妃殿下！」

大臣の声だ。

「妃殿下！」

「どうぞ」

声の様子からして、何度も呼んだらしい。乱れ落ちた前髪を指で後ろに撫でながら、リディルは洟《はな》をすすって椅子に座り直す。深刻な顔の大臣が入ってきた。

「西のオタタ周辺が襲撃を受けております」

「……また？　王はどう仰っているんだ？」

「今、謁見の間からこちらにお戻りになっているはずで、別の者が執務室に報告に上がっております。どうもこの間の残党とは様子が違うのです。残党と言うには規模が大きく、西を守る我が軍が、その軍に駆け寄ってもどうしても戦えないのだと」

「どういうことだろう？」

「こちらに向かってくるのが見えるので、隊を進めてみても一向にぶつかり合わず、また逃げている様子なので追ってみればいきなり交戦状態にあり、我が隊の中程から思うさまに斬りつけられていると。我が軍が圧倒的にもかかわらず、混乱し、散開を余儀なくされているという報告です」

「魔法使いがいるのか」

「その可能性が高いので、妃殿下のご意見も伺ってくるようにと」

「わかった。グシオンのところに行こう」

大臣を連れて、グシオンの執務室に向かうと、彼はちょうど自分と同じ報告を、別の大臣から受けているところだった。

「グシオン。我が王よ」

「聞いたか、リディル、我が妃よ。どうにも魔法使いの気配がする」

「私もそのように思います」

グシオンは、二人揃《そろ》った大臣に尋ねた。

「どこの国の兵かわからぬのか」

「ガルイエトではありませんし、ラリュールの旗印もありません。軍隊の規模も小さく、初めは我が軍も、残党と見間違えたほどで」

自分たちが取る戦法だった。

グシオンとリディルを中心とする少数精鋭隊が、飛び地を使い、一番守備の弱いところに躍り出て、そこに周りの兵が集まってくる。魚の群れのなかで、突如大きな魚が暴れるのと同じだ。思うさま食い荒らされてしまう。

「止めましょう。被害が大きくなる」

「わかった」

「でも、グシオンはここにいてください。私が様子を見て参ります。魔法使いがいるかどうかをまず確認すべきです」

もし相手が魔法使いなら、自分に敵《かな》う者はいない。魔法使いさえ抑えておけば、イル・ジャーナ軍は十分戦える。ただし、もしその混乱が魔法使いのせいではないとしたら、イル・ジャーナ軍は出遅れてしまうことになるが、グシオンは出したくない。剣の対策は何もできていない。

「そんなわけがあるか。そなたを戦場に送り、余が王宮の奥で報告を待っているとでも？」

「しかし、剣が」

「心配するな。雷は一撃あればいい。その後は普通に戦えばいいのだ」

グシオンは鋭い目でリディルを見据えた。

「今こそ我がイル・ジャーナ軍の力を見よ。そしてそなたが来るまで、余は雷王、そして普通の剣士だったのだから」

魔法がなくとも、グシオンは剣豪として名を轟《とどろ》かせている。

話が決まれば矢が飛び交うように人が動いた。

出撃は慣れたものだ。だが違うのは、今日はヤエルをカルカに預け、魔法の判断に慣れたイドを戦場に連れてゆくところだ。

イドは、額に汗止めの布を巻きながら言った。

「お任せください、教育係になってからも鍛錬は続けておりましたし、そろそろヤエル様が本格的に剣のお稽古《けいこ》を始められるのに備え、念入りに復帰の用意をしております」

イドの剣技は身辺護衛に向いた、風のように軽く速い剣だ。先の戦で大怪我をしたあと、引退して本当に文官になるのだと言っていたが、やはりイドはイドだったらしい。

「楽しみにしているよ」

イドの剣士の格好は久しぶりだ。そうしているうちに、苦虫を噛みつぶしたような顔をしているカルカを従えて、ヤエルがやって来た。

「吾も行きます、父王さま！　あれからたくさん剣の稽古をしました！　もう、枝も一度に二本も斬れます！」

愛《いと》おしそうにヤエルの髪を撫でるグシオンの膝の横に膝をつき、リディルはヤエルの手を握りしめた。

「今日は特別に大事な用件をお願いするよ、ヤエル。キュリといっしょに、カルカも守っておくれ。カルカは留守番が久しぶりで心細いんだ」

「えっ……？」

ヤエルがものすごく驚いた顔をして、顔を歪めてカルカを振り返った。カルカはさらに歪んだ顔だ。

「あ、ああ……、恐ろしいような、……そうでもないような」

イドに横から足の横側を蹴《け》られて、カルカは唾《つば》を吐きそうな嫌な顔をしたあと鼻の上に皺を寄せた。

「いえ、恐ろしいです、本当に！」

「ほら。カルカはあの通り怯《おび》えている。慰めて、励ましてやっておくれ。わかったね」

「うん……、大人なのに、しかたがないなあ」

困った顔でヤエルがため息をつく。

「ヤエルといっしょに留守番を頼んだよ？　キュリ」

窓辺のキュリに、カルカに渡るようにと指図すると、キュリは軽く羽ばたいて、カルカの肩に止まった。キュリは早速カルカの髪を毟《むし》ろうとしている。

「カルカをいじめないで、キュリ。おいで。吾が本を読んであげる」

心底不快そうなカルカにヤエルを預け、王について外に出た。

「出《しゅっ》たーっ！」

掛け声と共に、一斉に鎧と剣が鳴る。

馬が嘶《いなな》く、喇叭《らっぱ》が鳴っている。騎兵ばかり七十騎ほどの軍隊、イル・ジャーナ軍の、急襲編成だ。

「久しぶりだな、ヴィハーン」

「王宮の奥で、寝ていてくれてもかまわないのに」

イル・ジャーナ帝国軍総大将、グシオンの幼なじみで、剣の相手、ヴィハーン将軍が今回は参加できる。

若く、獅子《しし》のような体軀《たいく》をした大柄な男だ。体格のいいグシオンよりさらに大柄で、重さはリディルの四人分もあるそうだ。重そうな剣を携え、実用的だが格式の高い、無数に傷の入った鋼の鎧を胸に当てていた。身体も口も声も大きい。イル・ジャーナ軍の要、グシオンが全幅の信頼を置く男だ。

ヴィハーンをはじめとする精鋭隊が王を守り、リディル――花の大魔法使いが王に魔力を与える。最強の編成だ。

「行きましょう、王よ。くれぐれもお気をつけて。頼んだよ？　ヴィハーン」

「お任せあれ」

リディルは魂の流れから魔力を引き出し、騎馬が並んだ王城の広場の果てに、飛び地のための大きな鏡を立てた。

「行くぞ！」

グシオンが剣を掲げると、「応!」と兵たちが呼応し、ヴィハーン隊と共に、花が渦巻く鏡に馬ごと飛び込んでゆく。

この鏡の先は西の戦地、オタタだ。飛び地の先の目安になるよう、三人の兵がリディルが与えた魔石を持っていて、何度も訓練を繰り返している。そこをめがけて飛び込む。

ヴィハーン隊が飛び込み、王も続けて飛び地の鏡を抜けた。

「参りましょう、リディル様」

「ああ、お前は飛び地で酔わないように」

イドに頷《うなず》き返して、リディルが馬と共に飛び地を抜けると、そこは戦闘の中心から少し外れた場所だった。いい位置だ。

敵の中心を発見したと、喇叭が鳴る。急襲隊は一斉にそこを目がけた。

「避けよ、ヴィハーン!」

王が叫ぶと、先頭を走っていたヴィハーンの馬が左に逸《そ》れた。

ピ――――――!　と曇り空に笛が響く。

グシオンが剣を掲げる。雷王の登場に、雲間の雷たちが渦を巻きながら滝壺《たきつぼ》のような勢いで集まってくる。

「リディル!」

グシオンが、リディルの魔力を呼んだ。リディルの背中の魔法円がカッと熱くなる。

大いなる魂の流れから、そこに膨大な魂が流れ込むのがわかる。それはリディルの身体を駆け巡り、再び魔法円から直接グシオンの剣に魔力となって供給される。

グシオンの剣を折らないように、できるだけ澄んだ、軽い魔力を、あの剣に負担をかけないよう、いっぱいに満たす。

ぎゅうっと魔力を吸い出される感覚に、馬にリディルがしがみつくのと、グシオンが雷を降ろすのはほとんど同時だった。

光の柱が折れながら地上に伸びる。二本目の雷はほとんど柱のようにまっすぐ地を貫いた。どおん！　と地響きと共に、辺りが閃光《せんこう》に染まる。目を閉じて、瞳が黒く焼きつくのを避けていたリディルが目を開けると、グシオンが折れた剣を捨て、二本目の剣を抜くところが見えた。

やはり駄目だったか。持ち出す剣の強度がだんだん下がっている。グシオンは一撃でいいと言ったが、本当にそれっきりだ。

だが多くの敵兵は今の雷で馬ごと弾き飛ばされている。一気に制圧すれば、あとは元の軍隊だけで追い払えるはずだ。

「さあ、押せ！　死にたくなくば逃げよ！」

ヴィハーンの叫びに応じて兵たちが雄叫《おたけ》びを上げて、突進する。

「王はお引きください！　あとは我々が！」

グシオンの周りを守っていた兵たちが、横をすり抜けて前衛に合流しにゆく。

「下がりましょう、王よ」

グシオンの剣は折れた。あとは兵に任せていいはずだ。グシオンと共に馬を返そうとしたとき、前方から叫び声が上がった。

敵兵ではない。半分以上はイル・ジャーナ兵だ。

兵が弱っていない。奥からさらに兵が出てくる。グシオンの雷を当てにした急襲隊だ。まっとうな兵力ではこちらが押される。

「どうして……⁉」

グシオンの雷の威力は強かった。剣が折れるのを承知の上で、森全部に行き渡るほどの雷を落とした。しかも二撃だ。

「魔法使い――！」

リディルははっとした。魔法使いがいる。グシオンの雷を和らげたのだ。はじき返せはしなかったが、和らげれば兵への損害が減る。隠れている奥の兵士に雷の衝撃が届かない。

「お下がりください、王よ。私が――！」

リディルは馬の横腹を蹴った。

魔法使いから兵を守らなければ。魔法使いがいるなら魔法王がいるはずだ。グシオンやイスハンのような魔法攻撃をされたら前衛はひとたまりもない。

「リディル！」

グシオンの叫びを聞きながら、リディルは身体を低くして馬を走らせた。剣を交える剣士たちの間を、大量の花を撒《ま》き散らしながら馬で駆け抜ける。

魔法王はどこだ。魔法使いは？

周りのイル・ジャーナ兵が押されている。斬りつけられているのに助けられない我が身を呪いながら、神経を張り巡らせて、魔法使いと魔法王を捜す。

「！」

背中の魔法円が回って熱くなる。グシオンが予備の剣で、リディルの魔力を呼んでいるのだ。でも今はグシオンに集中できない。彼に送る魔力を制御できない。

空を雷が裂く。

今度は矢のように細く雷は走ったから、地に届いたはずだが、剣が折れた感触が、魔法円に伝わってくる。

――『神の心臓』がほしい――。

「リディル！　引くのだ！」

グシオンが追ってくるが、引くのはグシオンのほうだ。

「妃殿下！」

慌てて馬で添ってくるイドさえ振り切るようにして、リディルは乱闘の中に魔法使いを捜した。

気配がある。いるはずだ。

その気配をめがけて馬で突進すると、目の前に女がいた。大魔法使いではない。普通の魔法使いだ。

「――っ……！」

魂の流れから思うさま魔力を引き出して、花で彼女を押し流そうとするが、魔力で左右に分けられてしまう。そもそもリディルの魔法自体には攻撃力がない。

その花の割れ目に魔法使いはいた。

声が聞こえるほど近い。彼女は赤い口を開いて甲高い声を上げた。

「やはり出てきたな？　我が王の言ったとおりだ。イル・ジャーナ妃、花の大魔法使いよ！」

「妃殿下！」

騎兵が悲鳴を上げるのを聞かずに、腰から剣を抜いた。打ちかかろうとしたとき、後ろにもう一人いることに気がついた。黒い衣の男だ。

――これも魔法使い――？

呆然《ぼうぜん》とそれを見たときだ。その黒い衣の魔法使いが空に、黒い球のようなものを打ち出した。

それはリディルに向かわず、隊の後ろに飛んでゆく。

あっと、振り返った瞬間、すべてを理解した。

罠《わな》だったのだ。グシオンから自分を引き離すための罠——。

「グシオンッ！」

叫んだが、どうなったかわからない。

魔法使いを目の前にしながら、リディルは引き返さずにいられなかった。だって背中が痛むのだ。チリチリと燃えるような、ひどく汚らしい嫌な痛みがある。

「グシオン！　王よ！」

叫びながら駆け戻ろうとすると、敵軍のほうが笛を吹き、撤退をはじめた。理由はわかっていた。目的を果たしたからだ。

グシオンの剣が折れ、逃げられることを確信したあと自分を前衛におびき寄せた。魔法が使えなくなった王。その敵側に魔法使いがあるとわかれば、大魔法使いである王妃が飛び出してくるとわかっていた。

グシオンは馬から下りていた。地面に片膝をつくのを周りの兵が心配そうに支えている。

「グシオン！　——グシオン！」

「離れよ。呪いだ！」

垂れた髪の陰になって表情が見えない。

「グシオン！」

リディルはグシオンに駆け寄ると膝をつき、肩に手をかけて彼の顔を覗きこんだ。

痛むのか、グシオンが歯を食いしばっているのが見える。

呪いはどこに打撃を与えたのだろう。グシオンは胸元を抱えるようにして背を丸めている。無防備な状態でグシオンが呪われてしまった。ひとりで飛び出さなければよかった。自分がグシオンの側《そば》にいれば、どんな呪いも防げたはずだ。こんなことにならないはずだったのに。どれほど後悔してもしきれない。すぐに呪いを解かなければ。

「グシオン！　どこが痛みますか？　息はできますか!?」

指を伸ばし、熱くなる呪いの気配を捜して、グシオンの胸元に手を伸ばす。襟を緩め、喉《のど》の下辺りを覗きこんで、リディルは口を開けて驚いた。

あの呪いの紋だ。

グシオンを獣にし、肉体を苛んだあの呪い――。

「どうして……？」

目に焼きつくほど見た紋だ。

けっして見間違うわけなどないが、獣の呪いは解いたはずだった。

七年前だ。周りを解きほぐし、最後は呪いの本体となっていた忌まわしい呪具を渾身《こんしん》の剣を振るって叩き切った。バラバラに砕け、紫色の異臭を放つ蒸気を上げながら朽ち果てるのを確かにこの目で見た。

呪いは、解きほぐさなければならない。あるいは呪いの核を壊さなければならない。この呪いは古すぎて、最早癒着して分解できないのはわかっていた。

そして、その呪具がもう存在しない今、どうすればこの呪いは解けるのだろう――？


後悔が心臓を押し潰す。

だが苦しむ時間は無駄だ。泣く暇があったら呪いの角からでも解きほぐしたほうがいい。

あの軍隊がどこの軍隊だったかわからない。

ヴィハーンが言うには、落とした剣の細工の様子から、ずいぶん東のサーベラか、ドモス辺りの、魔法使いを抱えた国の刺客だろうと言った。彼らは小国ながら、他の帝国などから暗殺などの仕事を請け負うそうだ。この戦だって大した戦闘もせず、グシオンに呪いを放ってすぐ、申し合わせたように散り散りに逃げていって追うこともできなかった。王に呪いをかけるのが彼らの勝利条件だったからだ。

わざと辺境を荒らし、王が出てくるのを待った。魔法使いがいるとわかればリディルが出てくるのもわかっていて、リディルを王と引き離すのが目的だった。そして自分はそれにまんまと引っかかってしまった――。

朝も昼も無く、呪いを解く研究をしている。机の上には食べ散らかしたパンと、幾重にも書き重ねた魔法式でぎっしり埋まった紙、古い革の書籍で地層のようになっている。

リディルの机の周りには、もう踏んで歩くしかないほど、魔法式が書き散らかされた紙が散らばっている。

机に張りつき、自分の髪を摑み、脳が焦げつくくらい考える。解けるはずだ。この途方もなく大きな空白も、想像で埋めていけば逆算できる、埋まるはずだ。

そう信じていても涙が止まらない。

「妃殿下、一度お休みになってはいかがですか？　疲れた頭で考え続けても、時間の浪費、まったくの無駄かもしれませんよ？」

カルカの優しい悪態も、今は受け入れられない。イドは、ヤエルの体調が悪そうだと言ってヤエルのほうに行っている。

「わかってる。……わかってる、でも」

リディルはまた左手で耳の辺りの髪を摑んだ。こうして堪《こら》えていないと悲鳴を上げそうだ。息ができなくなりそうだ。

グシオンは、呪いの傷をまたあの防具で庇《かば》っている。鎖骨の下、翼のように広がる、紅く爛れた呪印を、首飾りのような魔法具を当てて覆っている。それ以外は特に傷もないということだ。

他の呪いならまだしも、よりにもよってなぜ、またあの呪いなのか。同じ呪いが二度かかることはないはずだ。そして二度解いた者もいない。

――どうして……！

わからないことだらけだ。細いうめき声が喉の奥からせり上がる。両手で髪を摑んで、押さえつけるように机の上に顔を伏せたとき、扉が三度叩かれた。

リディルは乱れ落ちた前髪の間から、入ってくる人をぼんやりと見た。近衛兵だ。もう夕餉《ゆうげ》の時間か。それとも――。

「恐れ入ります、妃殿下に申し上げます。『おーい、酒をくれないかい？』などと申す黒髪の女が城門に来ており、『あんたの恩人で、あんたを恩人とする女が来たと伝えれば、必ず王妃は会う』などと申しており」

「――……。ガルー⁉」

近衛兵の報告を呆然と聞いたリディルは、ガタン！　と弾かれるように机に身を乗り出して立ち上がった。

紙を蹴散らし、近衛兵を置き去りにするほど速く、衣を靡かせて城の廊下を走った。階段を駆け下り、テラスの階段を飛び降りてまっすぐに城門のほうへ走る。

門兵数人と女が話しており、笑い声が聞こえ、そこに別の槍を持った兵が駆け寄ってくる。

女がこちらを見た。

やわらかい波のような曲線を描く豊かな黒髪が、肩と背中を覆っている。豊満な胸の下で腕を組んでいる。赤い口紅、隣町から来たような、気楽で美しい黒い格好だ。

「ガルー！」

叫んで駆け寄ると、ガルーは兵の横からひょいと顔を覗かせた。細い指の手を軽く上げる。

「よお。遅かったね。リリカの酒がいーい具合に発酵している頃合いだろう？　今年のデキはどうだい？」

「無礼者め！　女！　この方をどなたと心得る！」

さすがに兵が自分とガルーの間に割って入ろうとするが、付いてきたカルカがそれを制した。

「やめなさい。そのかたは《海の大魔法使い》ガレラント・デ・ガルトです」

「へえッ⁉」

ふふん、と女——ガレラントは、兵に向かって青く光る爪をひらひらさせながら笑った。

ガレラントは以前、旅の途中で知り合った大魔法使いだ。しかも大魔法使いの中でもさらに稀少《きしょう》とされる、自然の称号を持つ『海の大魔法使い』だ。

自分との関係は、近衛兵に告げた説明で事足りる。

彼女は自分とグシオン、ひいてはイル・ジャーナの恩人で、そして自分は彼女の命を救った者でもある。そしてロシェレディアの古い友人だ。

寄る城を持たず、気ままに旅をしている彼女——親しみを込めてガルーと呼ぶのだが——をこちらから捜し出すことは至難だ。

「どしたんだい？　まさか、世界で指折りと誉れ高い、イル・ジャーナの最高級果実酒が全部腐ったなんて、言わないだろうね？」

今にも泣き崩れそうな自分を見て、ガルーは残念さと心配さが混じった顔で肩を竦めた。

ガルーの年齢は不詳だ。

人は生まれ持った魂を元に、呼吸や食べものや飲み物などから得る魂を限度に循環させ、魂の消費と共にゆっくりと歳を取る。だが魔法使いは、日頃から魂を身体に循環させているからそもそも肉体が歳を取りにくく、名のある大魔法使いともなると日頃の循環に加え、その気になれば満月のたびに身体の中の魂を総入れ替えできるので、者によっては何百年と生きる者もある。

干し肉を噛み千切りながら、ガルーは紙の端まで撫でるように手で開いて計算式を眺める。

「あー、なるほどなるほど。こりゃいけないねえ、古いねえ。懐かしさも途方もないわ」

早速ガルーを酒で持てなし、その横で今まで計算してきた呪いの構図を広げて意見を求めた。

「昔はここにだね、南のほうの山脈で採れるガスカルの石を嵌めてたんだ。ガスカルの石っていうのは、そこに置いときゃ周りの魔法式と馴染《なじ》むように勝手に魔法の循環を生成する石だ」

「名前は聞いたことがあります。しかしエウェストルムやイル・ジャーナでは採れません。どこに行けば手に入るのでしょうか」

「もう手に入らない。ずうっとずうっと南、海の向こうにあった鉱脈は枯れちまった。ガスカルの石は、掘り出して二月もすれば普通の石になる。鉱脈が枯れたのはもう五十年、いや八十年くらい前だ。どんなに厳重に保存したってもう、この世に使えるガスカルの石はないさ。今頃全部ただの石っころになって、南の陽気な庭にばら撒かれているよ」

「ガルーに解けませんか？」

「無理だね。ロシェレディアにだって無理だ。こいつはそのガスカルの石を使う前提で組まれた呪いだ。あるいはここにでっかい穴があるだろう？　この呪いはモノがなければ成立しない。ガスカルの石が育つのを待つよりも、呪いのよりどころとなる禍物《まがもの》がどこかにあるはずだから、そいつを探し出して――」

「それは以前私が、刀で叩き壊してしまいました」

「何だって？　じゃあ、この呪いが成立するわけないじゃないか」

「それがするのです。どうしてか！」

不可解だし、こんなことはありえない。だから大魔法使いの自分にすら解けないのだ。

「詳しい話を聞こうじゃないか。酒は飲みながらでいいかい？　ちゃんと頭は回るからさ」

杯を持つ仕草をしながら、ガルーは艶《つや》やかな巻き毛の黒髪を、指で掻き上げた。

リディルはガルーに経緯を話した。

戦闘に出たとき、自分が魔法使いに前方におびき出され、無防備になったグシオンに呪いをかけられた。それはなぜか以前、グシオンがかけられていた呪いと同じで『そんなことがあるわけがないから』解けないと説明した。

呪いは指紋と同じで、同じ種類の呪いでも、呪い自体は一つきりだ。そして同じ呪いは二度解けない。

「そうだね。怪しいとすれば、ここ」

ガルーは魔法式の隅っこにある式の一角を棒で指した。リディルにはピンとこない。

「そこは粧飾《しょうしょく》的な式で、特に呪いには関わらないと思います」

「そこがミソさ。ここだけ式が新しい。この呪いが組まれたころにはこの式は存在しなかったはずだ」

「……本当だ」

「しかも、この式はまだ奥があるね。よく開いてみたかい？」

「いえ、それはまだ」

呪いとは関係ない、修辞や魔法式の枠飾りのような他愛ない魔法式だ。見た以上に何もない。取るに足らないと思って解析対象から除外していた。だがよく見てみるとこの魔法式は成り立たない。成り立たない魔法式を組み立てることで、別の構成が見えてくる。

計算してみると、呪いは確かに単純で、でもずっと奥深く、二十回も展開してゆくと、はっきりとした呪いの像が見えてくる。

「これは……」

「いやらしいねえ」

出た答えに、ガルーも苦笑いだ。

「こいつは『過去の呪いを復活させる呪い』だ。呪いを解いても人の身体には呪いを解いた痕《こん》跡《せき》がある。そいつを復活させるという呪いだね。呪いにかかったことがない人間にはまったくの無害だ。たいした呪いじゃないが、呪い自体が呪いじゃないから手の打ちようがない。コイツを編み出したヤツはとんでもなく性格がひねくれている」

「それじゃあ、どうすれば」

「でも、よかったじゃないか。即死じゃないし、たった一つだ。歴史が長い国の王にこれがかかったら悲惨なことになる。アイデース皇帝なんかがこれを食らったら、国ごと吹き飛ぶ大惨事さ」

よかったという顔をするガルーに、リディルは縋《すが》った。

「どうにかして、この呪いを解くことはできませんか？」

歴史の中や大陸中で比較をすれば、ガルーが言うとおり、致死的ではない呪いが復活しただけかもしれない。だがグシオンの苦しみはグシオンだけの苦しみだ。そして自分の苦しみでもあった。

「昔と同じ苦しみを味わわせたくないのです。グシオンがどれほどこの呪いに苦しめられてきたか、つらい思いをしてきたか――」

「それがわかってるから、この呪いをかけたんだろ？」

呪いの神髄を見た気がする。

痛み以上に、痛みの記憶が呪われた者を打ち据えるのだ。またあの苦しみが蘇る――それこそがこの呪いの呪いなのだった。

打ちのめされる思いだった。人の悪意はデルケムのような正面から火花を散らし、打ちかかってくるものは避けようがあるし、叩きかえすこともできる。だがこんな見えないように、他人の過去の傷を抉《えぐ》りなおすような悪意は、陰湿で静かで、在処《ありか》が深く、損傷が大きい。

ガルーの声からはもう茶化すような様子は消えていた。

「方法があるとすれば一つ。『神の心臓』に呪われることだ」

「『神の心臓』に？」

「『神の心臓』に呪われれば、他の呪いはだいたい身体から弾き出される。問題は、今の呪いと、『神の心臓』の呪いのどっちがマシか、ってことだけどね」

よりよい絶望を選ぶしかないということだ。

幸い『イル・ジャーナ王の第一子』を呪う呪いは、ヤエルに届いていないようだ。ここに来て養子を取ったことが幸いした。

呪いの復活は『呪いの記憶』によるものだ。グシオンが呪われていたとき、ヤエルはまだいなかった。

念のためヤエルの胸元を確かめたが、呪われれば鎖骨の辺りに刻まれるはずの呪いの痣が浮かんでいない。

呪いは一度かかったことがある者のみで、その状態が復元されるだけなのか、あるいはヤエルがグシオンの実子ではないからだろうか。ただ、いつも活発なヤエルの元気がなく、ベッドにもぐって眠ってばかりいるという。熱もなく、水も飲むがとにかく褥にもぐって出てきたがらないというのだ。

リディルも様子を見に行ったが、リディルがヤエルの頭に擦りつけた魔法の花は、病魔を示す暗褐色に染まらず、美しいままだった。疲れとか、緊張からくる体調不良だろう。

城内では、粛々と準備が行われている。葬儀の支度のように沈鬱《ちんうつ》に、静かに、グシオンが呪われていたときと同じ、快適な地下での生活が整えられてゆく。

グシオンの呪いは満月の光を浴びて発動する。

イル・ジャーナ城の地下に続く、階段扉の施錠が解かれた。もう必要ないものとして閉ざされていた地下への扉が再び開けられたのだ。

家具や寝具が運び込まれ、会議の間が整えられる。満月の間、ここで暮らすためだ。

中は『そこが地下である』という以外、王の居室として相応しい、広間や食堂、執務室を始め、日々の執政が滞らない構造にある。すぐに整えられるところが幸いだと思わざるを得なかった。一番奥にある、王が誤って月光を浴び、獣になってしまったとき、閉じ込めるための牢はまだ布で覆われている。

満月まであと、八日だ。

呪いが抑えられている内にと、ガルーの助言を受けて見通しを定めることにした。王の接見室だ。大きく豪華な円卓に三人で腰掛けている。極秘事項だから、カルカでさえ入室を許されていない。

ガルーの意見はこうだ。

「欲張らずに生きなよ、グシオン王。国は安泰、月に三日、地下に居りゃいい話じゃないか。リディルがいて、何の不満があるんだ?」

大陸には呪いを抱えて、特別な暮らしをしている王は多い。グシオンの呪いが解けなくても、ガルーが言うとおりの生活で事足りる。その残酷さはさておき、発動を防ぐ方法もあるし、呪いの制約としては軽微なほうだ。

「いいや、国のために、その制約は受け入れがたい。昔も呪いさえなければとずっと思っておった。呪いさえなければもっと遠くまで行ける。満月に合わせて襲撃されることもなく、話し合いで呪いの王として侮られ、不利益を押しつけられることもない。イル・ジャーナは今、一番大事な時期だ。ヤエルに玉座を譲るまで、余には成さねばならぬことが山のようにある。そしてリディルのためにも、別れる覚悟をしながら暮らすのは避けたいのだ。呪いを受けている間、日々、呪いは我が魂を蝕んだ。あのまま呪いが進んでいたら、ずっと正気でいられた自信はない」

「グシオン……」

そんな不安があったなど、気がつかなかった。

呪いは肉体ばかりでなく、魂をも蝕む。心を弱らせ、精神を細らせ、魂を食い荒らし、いつしか呪いに支配されてしまう。強い心でと言うけれど、いつ終わるかもしれない絶望に、人は耐えられない。

ガルーは、脚を組んで、グシオンを見据えた。

「得られるかどうかは別として、行けば必ず『神の心臓』がある場所がある」

「どこだ」

「カーメルアンの虹の谷。エウェストルムの奥だ。詳しい場所はリディル、お前が知っているだろう？」

尋ねられて、リディルは俯いた。ロシェレディアにも言われた場所だ。場所はわかる。でも見たことはない。入るには父王の許しが必要だ。

グシオンは寂しそうな顔をした。でもあそこは現実的ではない。夢物語だ。どうしても話せなかった。

ガルーは、下腹に、長く深い海色をした爪の指を組んだ。

「私は仮説を立てている。別に『神の心臓』を欲しているわけでもない、楽しい『もしも』を頭の中でこねくり回して遊ぶのが好きな、大魔法使いの戯《ざ》れ言《ごと》だ」

「聞かせてくれ」

「虹の谷の『神の心臓』の保有者の一人は、エウェストルム王だ。これは『王と賢者たち』との長い対話の末、欠片の一つが王の物となったとある。そしてもう一つ、虹の谷の『神の心臓』を得た者がいる」

「……初耳です」

「知っているものは、そのときに聞いた者だけだ。秘密にしたのは訳がある。王の権威を守りたい。それ以外に、それは貧しい母親と、病気の子どもとその兄だった。『神の心臓』を欲して迷い込んだ洞窟の先で得たのらしい。そんな弱者が得られたのならと、盗賊や宝探しが増えるに決まっているから王室は徹底的に伏せた。実際どこから耳にしたのか、取りに行った者は増えた。だが彼ら以外の帰還者はいない。つまり、少なくとも三人以上が向かわねば得られぬということだろう」

「私が参ります」

「まあ、そう言うと思った。だがそれで取れなかったら――二度とここに戻れなかったら、王室はどうなる？　またお前のようにあの幼い皇太子に国を継がせるのか？」

今度はグシオンが口を噤《つぐ》む番だ。

グシオンが少年王としてイル・ジャーナを継いだのは十歳のときだ。子どもとして国内からも家臣からもずいぶん侮られ、苦労したと聞いている。ヤエルはまだ七歳だ。立太式も済ませていないから、もし今、グシオンの身に何かがあれば、それこそデルケムが黙っていないだろう。リディルがいなくなれば、リディル自身がヤエルを守ってやることもできなくなるし、エウェストルムも口が挟めない。何より城が荒れる。城内ばかりに夢中になっていればやがて国が荒れ、滅びるだろう。

ガルーは指をほどき、卓に両手をついて、ゆっくりと立ち上がった。

豊かな胸の下で、優雅な黒い巻き毛が揺れる。

「諦めるか――あるいは、そこで正解が得られなかったら、お前は王の器ではないということだ、グシオン王よ」

ガルーの言葉に反論できる余地はない。

「今年の酒も旨《うま》かった。来年も頼むよ？」

彼女は黒いレースのストールを纏い、静かに部屋を出ていった。

明け方、リディルは廊下を走った。

従者の部屋は、主《あるじ》の隣の区画の半階下にある。

リディルは寝間着のまま、ドアを叩いた。

「イド。イド、起きてくれ。イド」

開けようとしたとき、髪をもしゃもしゃにしたイドが扉を覗いた。

「どうなさいましたか、リディル様」

「急ぎ、エウェストルムに帰る。王が発たれた。虹の谷に行くおつもりに違いない。あそこに行くには必ずエウェストルムの許しを得なければならない。まだ間に合う」

目が覚めたらグシオンがいなかった。グシオンの場所に手を差し入れたが褥はとっくに冷えていた。

ベランダに飛びつくと、遠くに見える旗の掲揚台に、ヴィハーンがいる証の旗がなくなっていた。昨日の夕方にはあった。リディルが眠るのを待って、ヴィハーン他、少数の精鋭隊を連れ、城を出たのだ。行き先は考えるまでもなく、虹の谷だ。

話してくれると思っていた。頼ってくれると思っていた。だが話せば自分が反対するのは当然だった。だからグシオンは相談しないと思っていた。だから自分に相談してこないということは、行かないということだと都合のいいことを思い込もうとしていた。グシオンは自由であるというのに。

「わかりました。すぐに用意をして参ります」

「お前はここにいてくれ、イド」

奥へ服を取りに行こうとしたイドを止めた。

「飛び地でゆくし、案内を頼むならエウェストルムの者に頼む。お前はカルカと共に、ヤエルを守ってくれ」

健康なときならカルカを残していけばいいが、今はヤエルの体調が心配だ。一番普段のヤエルの体調を知り、基本的な医学の心得もあるイドをヤエルの側に残しておきたい。

「……わかりました」

「それからキュリを見かけないか？」

キュリに様子を見てもらおうと思って、何度も窓の外でキュリを呼んだが一向に現われない。

「キュリならそこに」

イドが困惑したように室内を振り返った。

「ヤエル様がご体調を崩してからというもの、キュリが私から離れないのです。眠るときも、ヤエル様の部屋の止まり木ではなく、私の服掛けで」

イドが言うように、キュリは不安そうに身体をかがめ、小さくほっそりとした様子で、きゅるきゅる喉を鳴らしている。

「不安を察知しているのだろう。呪いに敏感だから、隠れているつもりなのかもしれない。おいで、キュリ。私と王を助けておくれ」
呼んでもいつものように腕に飛び移ってこないキュリを抱え、部屋に戻った。
外はもう朝だ。薄青い空には白く、実りかけた月が浮かんでいる。

6

繭《まゆ》から幾重にも薄皮が剝《は》がれて、あちこちに布のように垂れ下がっている。

『繭の間《ま》』は、しんと水を打ったように静かだ。風の音だけが遠く聞こえてくる。

——話しておこう、ステラ。最後に慌てずに済むように。

ステラディアースの耳に、優しく、ひやりとしたロシェレディアの声が蘇《よみがえ》る。

リディルが退室するのを見計らって、兄ロシェレディアはステラディアースの手を取って囁《ささや》いた。

——私の次の顕現は、繭の修復に間に合わないかもしれない。間に合ってもその次は、とても難しいと思う。

繭の崩壊はだんだん早くなっている。もしかしたら次は、ロシェレディアの顕現が間に合うかもしれないが、間に合わないかもしれない。もしそこで間に合ったとしても、その次はきっと間に合わない。

このまま放置すれば、あと七日、いや五日くらいかもしれない。その限られた期間を修復で消耗して果てるか、何もせずに静かに過ごすかだとしたら、後者のほうがずいぶん易しい。

――会いたい人がいるなら今のうちに。希望の物があったら何なりと、イスハンに届けさせよう。

ステラディアースは、壁に凭《もた》れてぼんやりと座り込んでいた。

もう、腕が上がらない。立つこともできない。

繭はヒビだらけだ。零《こぼ》れた修復材で、あちこちがキラキラしている。髪は修復材で汚れて乱れていて、衣も何度も裾《すそ》を踏んで裂けてしまって、風で揉《も》まれた蝶《ちょう》のようにぼろぼろになっていた。

諦《あきら》めてはならないとリディルは泣いてくれた。間に合ったら必ず来ると、祈るようにロシェレディアは約束してくれた。

でももう頑張れない。どこにも力が入らない。

こうしている間にも、みしみしと繭が軋《きし》む音がして、パチンと壁が割れる音がする。そのたび心臓が壊れそうに痛い。

小さい音ですすり泣きながら、いくつか涙を落とした。でももう、立ち上がる力が見つからない。掻《か》き集める力もない。

自分が繭を修復する間、一睡もせず立ったまま見守ってくれるゼプトを見た。

「ゼプト……」

繭から出て、ゼプトに抱きついてから消えよう。そう思っていたが、いざ終わりが来てしまようやく繭の穴の側《そば》まで這《は》っていって、目の前に膝《ひざ》をつくゼプトに手を伸ばすのがやっとだった。

差し出されるゼプトの赤い手に、震える白い指を乗せる。

「私の望みは、お前に見守られながら魂《ラウフ》に帰ることだけ。約束して。自分で死んではいけないよ？　天命を使い切らない魂は、濁って底のほうに溜《た》まってしまう。澱《おり》のように沈んで、魂の流れと交わることがない」

「ステラディアース様――！」

「私の分も生きてほしい。これまでの分、たくさん外に出て、多くの人に会ってくれ」

本当はもっと早く、もうゼプトは嫌だから、側仕えの交代を言いつけてやるべきだった。ゼプトが言い出さないなら自分から、もうゼプトがよくて、誰か他の者に替えてくれと言ってやればよかったのに、どうしてもゼプトがよくて、言い出せなかった。もう少し、もう少しだけと思いながら、小さい頃から、もう何年も、大人になるまで、ずるずる側に引き留めてしまった。

申し訳ないことをした。人に好かれ、明るいゼプトをこの暗い城の一角に閉じ込め、独り占めしてしまった。

「そして、信頼できる人がいたら、私の話をしておくれ。お前がずっと世話をしてくれた、王子にも王女にもなれぬ私の話を」

ゼプトなら——ゼプトだけは知っているはずだ。

あの日、突然窓の向こうに現われた少年の話を。

暗い窓から覗《のぞ》くばかりの自分に目映《まばゆ》い場所から笑いかけ、窓に名を書き、咲いたばかりの花を摘んでくれた。

どれだけ憧《あこが》れたか、彼にはわかるだろうか。

どれだけ目映く、命に溢《あふ》れて見えたか、理解できるだろうか。

あの日の情景は今でも目に焼きついている。

花に溢れた緑の庭にいた彼に、一目で恋に落ちた。


それから、繭を修復するのをやめた。

繭が崩壊する音を聞きながら、いつも通りに過ごす。

最後に、ゼプトを見つけたあの窓から外を見た。この繭まではなんとかして最後まで保たせたいと思っていたが、それも叶《かな》いそうにない。陽が落ちるころには潰《つい》えて垂れ下がってしまうだろう。懐かしい、目映い庭を見ていたら、左の小径《こみち》のほうから、若い頃のゼプトが急に入ってくることはないだろうかと夢想する。

窓際の繭に大きな縦ヒビが入るまで、瞳に焼きつけるように、そこから庭を見ていた。その繭も陽が落ちる前には潰えた。布のように垂れ下がってしまった繭をしばらく眺めてから、ステラディアースは奥の繭に移った。

久しぶりにゆっくりお茶を飲んだ。今までつくった城の模型は、別室に保管している。時折王太子《おとうと》が見に来てくれて、お礼の手紙や贈り物をくれる。そして新しい城ができたら見せてくださいと手紙に書いてくる。それは叶いそうにないので、お詫《わ》びを伝えてくれとゼプトに話した。

しばらくしてから、呼び鈴が鳴った。

誰か、用事があるようだ。ゼプトが取り次ぎに出て、すぐに戻ってきた。不可解そうな顔だ。

「リディル様がおいでになるそうです。お会いになると返事をいたしました」

「リディルが？　……それはいいけれど……」

何の用件か、心当たりがない。せっかくロシェレディアに直してもらってまだしばらくも経っていないのに、がっかりするだろうなと思いながらリディルの来訪を待つ。

リディルは入室して繭を見渡すと、悲痛な顔をしたが、この間のように慌てて修復するとは言わなかった。

彼は少しでもステラディアースの負担を減らそうとするため繭の中には入らず、穴の前に膝をつき、手を伸ばしてステラディアースの手を取った。

「ステラディアース兄様。よくお聞きください。父様には書き付けも預けてありますから、ロシェレディア兄様がご覧になればわかるはずです」

「何の……ことだろう……?」

「今から『神の心臓』を得て参ります。それがあれば、繭を元の通りに修復することができるはず」

「『神の心臓』を? それをどうするのだろう? 『神の心臓』とは、私が昔お前に話したあのことだよね?」

リディルが小さい頃、よく物語を読んでくれとねだられた。二歳のときに母を喪ったリディルにとって、そして孤独なステラディアース自身にとっても、ものがたりは貴重な友人だったから、その中でもとびきりおもしろい巻物を取り出して、リディルに読み聞かせてやった。

その中に『神の心臓』の物語があった。

我が国の古い物語だ。

世界から水や雲、葉の色、花の色、水の色、木の実の色を取り上げて身に纏い、自分の美しさを自慢して見せびらかしていた虹の神は、人間に告げ口され、とうとう大いなる魂の神の怒りを買ってしまった。鉄槌《てっつい》で叩《たた》かれようとしたところ、上手くかわして逃げたつもりが、エウエストルムの奥にある一番高い山岳地帯に激突して粉々に砕け散った。

それ以来虹の神は、エウェストルムに水を返し、色のある花や緑を返し続けているという話だ。エウェストルムが豊かな理由を語る昔話だった。

「ええ。その『神の心臓』があれば、ステラ兄様の『ゆりかごの繭』をつくり直せます。その魔法式と設計図を紙に書きつけて父王に託してきました」

「わからないよ。『神の心臓』をどこに取りに行くの？」

「『虹の谷』へ」

リディルの答えに息を呑《の》んだのは、自分だけではない。聖堂のことに詳しいゼプトもそうだ。

「そんな――虹の谷に入るつもりなのか⁉」

「虹の谷で『神の心臓』を分けていただいてきます。兄様のためだけではない。グシオンも呪《のろ》われて危険なのです」

リディルは、吸い込まれそうな濃い翡翠《ひすい》色の瞳でステラディアースを見た。

「必ず『神の心臓』は誰かが取って来ます。でもそのとき私が無事でいられるとは限らない。私が帰れなくなったら、ロシェレディア兄様にこの研究書類と『神の心臓』を渡してください。これがあれば『ゆりかごの繭』をつくり直せるはず」

「本当に……そんなことが……？」

「必ずとは申せませんが、全力を尽くします。それでは、兄様。どうかお元気で」

「待って、リディル！」

ステラディアースは手を伸ばした。

リディルは簡単に言うが、本当に虹の谷から『神の心臓』を取ってくるなど、聞いたことも考えたこともない。『神の心臓』は人に力を与える代わりに人を呪うのだ。神に許されて『神の心臓』を得たエウェストルムにさえ呪いがかかり、王の状態が天候を左右するようになった。代々エウェストルムは、自然以上に王の機嫌や健康状態を怖れなければならず、その力は魔力の大きさに左右される。

リディルが呪われるなど考えたくもない。

「リディル王女——いえ、イル・ジャーナ皇后陛下」

床に片膝をつき、最敬礼の姿勢を取るゼプトがリディルを呼び止めた。

彼はリディルの側まで行って、再度床に片膝をつき、深く頭を垂れた。

「私を連れていっていただけませんでしょうか」

「何を——ゼプト……？」

リディルも驚いている。

「ステラディアース様が生きられる手立てがあるのなら、そしてそれに危険が伴うならばなおさら、私が行かない理由がありません」

「いいや……。いいや、ゼプト。それは違う。志はありがたいが、お前は兄様の側にいてくれ。危険だからこそ、お前が兄様の側にいてくれなければ困るんだ。お前の代わりは誰もいない」

「聖堂出身の私なら、幾ばくか、『神の心臓』の知識がございます。必ずお役に立てるものかと」

「でも……それは……」

「昔、私はステラディアース様を目の前で失いそうになりました」

昔の話だ。ゼプトを助けようとして、一度だけこの建物の外に出たことがある。あっという間に地面に魂を撒《ま》き散らし、土や植物に奪い合われて消えてしまいそうになったところ、ギリギリのところで一命を取り留めた。

「あんな思いをせずに済むのなら、私は何でもいたしましょう。どうか私をお連れください、リディル様。武強国の騎士に比べれば見劣りするかと存じますが、虹の谷の地形については誰よりも存じておりますし、日頃から剣は鍛えております」

「確かに……聖堂の者がいてくれるのは、心強いが……」

「駄目……。駄目だ、ゼプト。私の側を離れることは許さない！」

戸惑うリディルの声を、ステラディアースは掠《かす》れた悲鳴で遮った。

「ステラディアース様」

「もういいと言ったはずだ。私のためなら『神の心臓』なんかいらない。お前やリディルが傷つくかもしれないのだろう？　それに必ず帰るかどうかもわからないのだろう？」

ステラディアースは繭の縁を握りしめた。弱々しい声は震えて、聞き取りにくいほど揺れてしまう。

「……この繭も何日持つかわからない。お前の帰りを待てないかもしれない。明日壊れるかもしれないんだ……！」

「だからこそです。できることがあるなら、私はなんだって」

「もういい。もういいんだ！　ひとりで消えるのが怖い」

別れは覚悟している。でもゼプトが来てくれるまでずっとひとりだった。最期までひとりで消えてゆくなんて嫌だ。孤独すぎて心臓が止まりそうだ。繭の崩壊を待たなくても身体が涙の雫になって溶けてしまう。

ゼプトは苦しい表情で自分を見ていたけれど、目を閉じてはっきりと言った。

「諦めるなと、あなたが教えてくれたことです。俺は必ず帰ります。必ず、あなたの元へ」

「ゼプト……」

ゼプトは立ち上がって、リディルを見つめた。

「連れていってください。必ず間に合うように帰ります」

「ゼプト。それでは兄様があんまりにも……兄様がお気の毒です！」

リディルが言うとおりだ。それがどれほど酷《むご》い仕打ちか、ゼプトにはわかっているのだろうか。

ひとりで潰えてゆく繭の中に取り残される。本当に帰ることができたとしても、その時間がどれほど心細いか、そしてひとりで消えてしまうとき、自分がどれほど悲しんで泣くか、彼はわかっているのだろうか。

ゼプトは、一度強く奥歯を嚙《か》んでから、苦鳴のような声を漏らした。

「それが運命ならばと、永遠にステラ様のお側にいることも考えました。しかし、わずかにでも可能性があるならそれに賭《か》けてみたいのです」

「無理だ。ゼプト……」

目にいっぱい溜まっていた涙がとうとう溢れた。ぽとぽとと途切れないくらい床に雫が落ちて、息ができない。

それを見つめるゼプトは、肩が震えるほど強く息を詰めて堪《こら》えている。

「申し訳ありません。ステラディアース様」

「ゼプト……！」

「私はどうしても、あなたを諦めきれぬのです」

皮膚の削れた赤い手が、軋む音が聞こえるくらい、強く握りしめられる。

虹の谷があるカーメルアンという山岳地帯は、エウェストルムの背後、魔導の谷を越え、森を抜けた向こう、広大な湿地を渡る石橋を越えた先の坂道から始まる。

リディルとゼプトをはじめ、魔法機関員が三名、聖堂の者が二名、エウェストルム城から十名ほどの護衛を連れてきた。

普段、この手前の森と、この平原は立ち入りが禁じられている。王の代替わりや、王子の誕生を祝う儀式をはじめ、新年の祝い、収穫の祝い、限られたときに限られた人間しか入ることができない。

今は左手奥に、儀式に使う石舞台があるだけで、広場はがらんとしている。そこから遠くに目を移せば、すでにカーメルアンの山肌の、独特な景色が垣間見える。

あちこちで輝く池、遠くに見える滝の白糸。神の住まう山に相応《ふさわ》しい山裾が広がっている。石舞台の横手から少し坂を上がると、足元が岩の間に緑を噛んでいるような岩場になる。さらにのぼってゆくと、横縞《よこじま》の入った山肌が見えはじめる。

ここでグシオンを待つことにした。虹の谷に入るにはここを通るか、梢《こずえ》の隙間《すきま》に見えるあの崖《がけ》を登るしかない。

「リディル様。これでよろしいでしょうか」

エウェストルム兵が、リディルの前に木の実が入った器を差し出す。

「うん。ありがとう。いいね」

丸々と太った小さな木の実だ。

ヤーロンの木の実だが、この中身を食べようと思うくらいなら別の食べものを探したほうがいいと言われるくらい、殻が石のように硬く、木の実自体も百個に一個くらいしか発芽できない。護謨《ゴム》で引いて射る礫矢《つぶてや》の弾として軍用にすら足りる硬さを持つ木の実だ。

んだ。


リディルは、カラカラと鳴る木の器からヤーロンの実を一つ摘まみ上げると両手のひらに包
目を閉じ、手のひらに魔力を呼び出す。

手のひらの中にぶわっと花弁が溢れる。それを力任せにぎゅうっと握る。また手のひらに花を生む。それを魔力で圧縮しながらさらに握り込む。

「それは何でございましょうか」

手から花を零しながらどんどん握り込んでゆくリディルの手許《てもと》を見て、ゼプトが不思議そうに尋ねた。

「魔力の珠《たま》をつくっている。身体を失うほど魔力を使わないように、いざとなったらこれを解いて魔力に換える」

最近リディルが編み出した苦肉の作だ。

自分たちは魂を、背中の魔法円で増幅して魔力に換える。魂自体は無限だ。だが魂とこの世界を繫《つな》ぐ魔法円の大きさには、リディルの身体という限界がある。しかし自分たち大魔法使いは、その限界を超えることができるのだ。

肉体があるから魔法円の大きさに限界が生まれる。ならば肉体を捨ててしまえば――ロシェレディアのように――自らが魂となり、流れに溶けて魔法円となってしまえば魔力は無限に引き出せる。

そうしてリディルも肉体を手放しかけた過去がある。

肉体がなければグシオンと抱き合うことができない。魂だけになってもグシオンの側にいることはできるが、それはあまりに寂しいことだとリディルはもう知っていた。

だから魔力が足りないと思ったときのために、圧縮した魔力をつくっておく。いざとなったら身体が消し飛ぶ前にこれを使う。

色々試してみたが、核がなければ魔力は圧縮できず、普通の木の実では圧力に耐えきれずに木の実が砕け、石ではリディルの魔力と馴染《なじ》まず上手く圧縮できない。唯一上手くいったのがこのヤーロンの実だ。これを核に魔力を圧縮した珠をつくっておく。

十回ほども握り込むと、手のひらの中に鮮やかに赤い珠ができている。何かの実のように、半透明でキラキラ光っている。大きさはほとんどヤーロンの木の実と同じだ。だがこの一粒に、リディルの魔力全力分が一つ、丸々込められている。

その珠を五つほどつくった。欲張りすぎると木の実同士が反応して、爆発するように全部魂の流れに還ってしまう。

つくった魔力の珠を腰の革袋に仕舞い、リディルは不思議な顔で自分の肩に顔を向けた。

「どうしたの？　キュリ。まだ森のほうで遊んでいてもいいんだよ？」

いつも緑や森が多いところに連れていくと、止める間もなく飛び立って、口笛を吹くまで帰ってこないキュリが、今日はリディルの肩に留まったまま離れようとしない。

目を開いたまま、木彫りの鳥のように固まっている。肩に、キュリが留まるための革を当てているが、それでもぎゅっと摑《つか》まれて痛いくらいだ。

羽根の艶《つや》はいいし、瞳の輝きもいい。しきりに耳元できゅるきゅる話し、何か訴えるから、干し肉を与えたり、キュリが好きな魔法の花や、サヴァの甘い実を差し出したりするがそれも食べない。静かにしているとキュリの足からビリビリと、微かな震えが伝わってくる。

「話は、帰ってから聞こう。ヤエルにも虹の谷のことを話して聞かせようね」

そう言うと、一層深刻にきゅるきゅる喉《のど》を鳴らす。

「わかったわかった。たくさん話そう」

赤ん坊の頃から一緒にいたヤエルが急に話が上手になったものだから、自分も話せるようになったと思っているのだろうか。それならそれで、一晩中聞いてやっても楽しいと思うが、今はキュリの要望に応《こた》える余裕がない。

「妃殿下。額にこれを」

白い研究衣に口布を垂らした、女性の魔法機関員が、手にした貝殻のような容器から、リディルの額に赤い塗料を指でつけてくれる。

「私は大丈夫だと思うけど、ゼプトは大丈夫なの？」

虹の神は山全体に、神気と共に呪いを放つ。呪いは陽光のように肉に染み、心臓に届くと痺《しび》れてそのまま死んでしまう。魔法機関が、虹の谷に近い滝に水を汲《く》みに行くときはこの塗料を額に塗っていく。身体に当たった呪いが内臓に染みこむことを防ぐのだ。

「はい。ゼプトはシャディア家の出でございますから」

「呪いを消化するのだったね。間に合うものだろうか」

「はい。直撃でなければ」

ゼプトが頷《うなず》く。シャディアの一族は、多少の瘴気《しょうき》や、名指しではない『場の呪い』程度なら消化してしまえるらしい。神官家の一族として珍重される理由がここだ。ゼプトにこの体質がなかったら、いくら厳しく手を清めて、精進して過ごしても、これほど長くステラディアースの側にいられたはずがないのだ。日常の澱を消化する。場の薄闇、曖昧《あいまい》な人の悪意、澱んだ呪いを消化する。シャディア家によく現われる体質だ。

「確かに。直撃されれば、これもおまじない程度だね」

小雨に葉を翳《かざ》す程度の塗料だ。氷の槍が投げかけられたらひとたまりもない。

ゼプトは白い、神気を防ぐと言われる聖堂由来の鎧《よろい》を着けている。神官たちが祈りを捧げるに当たって、神気に当てられぬようつくった衣の紋様を、鎧の表面に打ち出したものだ。これだけでもゼプトを連れてきた甲斐《かい》がある。

魔法機関の女性が、リディルの肩に乗っているキュリを見て目を細めた。

「まあ、これは珍しい。ホシメフクロウでございますね。エウェストルムの森にもおりますが、こんなに近くで見るのは初めてです。妃殿下によく慣れていて――」

「ああ、待って。少し人見知りで、見慣れない人を噛むことがあるんだ」

リディルが女性の手を止めようとすると、キュリは黒く輝く瞳をらんらんと光らせて激しく身を乗り出した。

「駄目だ、キュリ！」

噛みつくのかと思ったら、何やら大きな声で話している。

リディルは少し困った顔で、キュリの背を撫《な》でた。

きゅー！　きゅるきゅるくー！　きゅっくー！

興奮したように喋《しゃべ》り続けるキュリを見て、女性はふふ、と口布の下で笑った。

「ごめんなさいね。妃殿下にはなにもいたしませんよ」

大きな声できゅるきゅる喋っているが、威嚇しているのではないようだ。

「最近、おしゃべりが上手になってね。それにしたって、初めての人を見ても逃げていかないなんて珍しいことだ。あなたが鳥好きなのがわかるのだろうか」

まだ喋り続けているキュリを肩に、彼女と笑顔を交わしたときだ、坂の下のほうから兵が上がってきた。

「イル・ジャーナ皇帝陛下がお成りになりました！」

周りにビリッと緊張が走る。

神域カーメルアンの虹の谷はエウェストルム領だ。いくらグシオンといえども無断で立ち入ることはできない。

　エウェストルム王の許しが必要で、ただイル・ジャーナ帝国に詰め寄られてあの父が断れるはずなどないし、多少時間を稼いだところで、いずれ折れずにいられないだろう。

　それに誰かが虹の谷に入ったとして、エウェストルムが不利を被《こうむ》ることはないのだ。『神の心臓』は国自体を呪えない。あくまで対峙《たいじ》した人を呪い、それが王ならばその国が呪われる。通してやらない理由がない。好きにしろと言うほかにない。

　父王には、あらかじめグシオンを通すよう話をしておいた。彼はグシオンと自分の身をおろおろと心配するばかりだった。

　じっと坂の下を見ていると、馬の嘶《いなな》きが聞こえてくる。二十頭ほどの騎兵隊だ。先頭の騎兵が左右に割れる。ヴィハーン将軍を従えたグシオンが中央から現われた。

　グシオンは馬の上からこちらを見ている。

「グシオン……。我が王よ」

　グシオンは、両手を握りあって立ちはだかる自分を見て、おもしろくなさそうに何度か頷いた。

「まあ、そうなるな。そちらは、確か——」

　鎧を纏ったゼプトにグシオンが視線を遣《や》る。

　ゼプトは、グシオンと面識があるはずだ。以前、グシオンはリディル捜索のためにステラディアースに面会したと聞いている。そのようなときは、必ずゼプトが警護に入る。

ゼプトは地に膝をつき、再び深く最敬礼をした。

「イル・ジャーナ皇帝陛下。再びお目にかかれて恐悦至極に存じます。私はステラディアース様の騎士、聖堂出身のゼプト・アリ・シャディアと申します」

「ついてきてくれるそうなのです。事情は追々話しますが、『神の心臓』に当たるとなると、聖堂出身の彼がいてくれることは心強い」

「どうかお許しください」

重ねてゼプトが懇願した。

「わかった」

グシオンは頷いた。

今更止める気はない。できる限り万全で挑むしかないとリディルは決心した。

「それでは、部分的にお召し替えを。相手が虹の神だとわかっているので、多少なりとも防具が揃《そろ》えられます」

リディルが言うと、ゼプトが恭しく、聖堂の紋様が織られた布を差し出した。深々と身をかがめていた魔法機関の者が、先ほどの染料が入った容器の蓋《ふた》を開ける。

7

虹の谷へ続く山道は、鉄の柵《さく》で厳重に封じられている。

縦長い鉄板を地面に埋めつつ、縄や捻子《ねじ》で繋ぎ合わされている。神域を示す、聖堂の印が入った杭《くい》が何本も打たれている。

虹の谷への道は、案外登りやすい。皮肉なことに過去の挑戦者が踏み固めたために、山肌付近に細く道もできている。

今日もその鉄柵は壊されていた。端のほうの板が二枚、奥に倒されている。聖堂が毎年修繕に来るが、毎回壊されているのが常だそうだ。いつ壊されたか、誰が登ったのかはわからないが、『神の心臓』を得れば隠したままではいられない。命だけでも無事であるようにと、その場の者で囁き合った。

リディルは、王が白い帯のような布を腰に巻くのを見守っていた。王は右腰の辺りでその布の端をぎゅっと縛る。

ゼプトが用意したのは、聖堂で織られた内着と布だ。

聖堂で飼育されている特殊なキンココから採れた絹糸で、それを聖堂に伝わる、防御の紋様を浮き上がらせる特殊な技法で織った内着を鎧の中に着込む。本来は肩にかけて垂らす布は、不向きということで腰に巻きつけることにした。

「似合います、王よ」

黒鉄の鎧に、白く控えめな艶がある布は、グシオンの動きに沿ってちらちらと守護の文言を浮かび上がらせる。

「ここで待っている。我が王よ」

ヴィハーンは不本意そうな顔で息をついた。

ヴィハーン隊は、先ほどの広場に陣を張った。ヴィハーンは付いてくると言って聞かなかったが、彼がいくら剣技に優れていても、魔法も使えず、守護の防具も一揃えしかない。技量と危険度を秤《はかり》にかければ、ヴィハーンは置いて行かざるを得なかった。

元々エウェストルム領地であると共に、神の山だ。武器を携えた大勢で踏み込むには大陸の許可が要る。盗人ならいざ知らず、帝国の王がこの決まりを無視することはできない。また不用意に山を荒らせば神の怒りを買うのは必定だ。

「何かがあれば、神を斬《き》り払ってでも馬で山を駆け上る」

「わかった。そのときは、山頂から大声で喚《わめ》こう」

グシオンが、ヴィハーンの肩を宥《なだ》めるように叩いた。

リディルとグシオン、ゼプトの三人で向かうことになった。鉄柵を超えたらすぐに、山道が始まる。

　山肌から木一本内側に、人が通った跡がある。エウェストルム城から見えるカーメルアンの山は岩肌だが、まだ足元は踏み固められた土だ。傾斜は緩く、まるで登頂を誘いかけるように歩きやすい。

　案内役のゼプト。二本の剣を携えたグシオン。その後にリディルが続く。

「いい場所ですね……」

　リディルは周りを見渡した。

　鉄柵の手前までは、リディルも来たことがある。

　この山はエウェストルムに様々な恵みをもたらす神の山だと、幼い頃大臣たちに連れられてやって来た。その後は一度、聖堂が、イルマト誕生を祝う儀式をしたときに、こっそり観に来たこともある。

　深い森だった。原生林で木の様子がだいぶん古い。苔《こけ》も豊かで、どこかから微かに水音がする。上を見上げると梢はほとんど夜空のような高さだ。結び葉から、星のような木漏れ日を散らしている。

「すごいな」

　独り言のように、グシオンが漏らした。

「はい。エウェストルムの生気はここから来るのです」

山から――虹の谷から流れ落ちてくる生気がエウェストルムを満たしている。大陸中に名高い豊かな水と植物の根源は、あの山だ。

虹の谷の場所はわかっている。それどころか、エウェストルムでは毎日その山を仰ぎながら暮らしているのだ。存在はわかっていて、豊かな自然の元としてあえて触らずに来た『神の心臓』を探して山を登る。神域を冒すのにはリディルにも抵抗があるが、『神の心臓』は人以外を呪わない。エウェストルムに迷惑をかけることもない。

しばらく行くとばっつりと森が終わった。

今までとは打って変わって崖と谷だらけの厳しい山だ。そして山頂は高い。

「あの、見えるあたりまで飛び地で参りましょう」

山は険しく、飛び地のできる魔法使いでなければ、いったい何日かかるだろう。盗賊たちや、かの親子は厳しい山道を歩いたことになる。あるいは山頂まで到達することができたのか。

リディルは、グシオンとゼプトを連れて、山頂付近まで飛び地で越えた。ここまで来れば虹の谷はもう見える。

崖の側まで寄ってみると、思った通りに谷が見える。

二人もリディルの側に寄って、リディルが見ている方向を眺めた。

「あの、右から二番目の峰」

リディルは指差した。山の頂上からドレスの襞《ひだ》のように波打っている場所がある。あの峰と

峰の間が虹の谷だ。滝が多い場所だ。今も虹の谷には、いくつもの大きな虹が架かっているのが小さく見える。

「一息に、飛び地で参らぬのか」

「距離的には楽に届きますが、谷の中では何があるかわかりません。もし、途中で弾《はじ》き出されて三人バラバラにされることがあったり、あまつさえ誰かが魂の流れの中で迷ってしまったら、必ず掬《すく》いあげられる保証がありません」

健康な大人が魂の流れに取り込まれ、わからなくなってしまうことはほとんどない。だが『神の心臓』がある谷だ。何が起こっても不思議ではない。

「崖などの短い距離は飛び地で参りましょう。あとは様子を見ながら小刻みに」

「わかった」

「それじゃあ、早速。キュリ。あの崖の辺りを見てきてくれないか？」

リディルはキュリにお気に入りの手鏡を見せ、あそこ、とすぐそこに見える崖を指差した。目の前だが、よじ登るのは至難だ。飛び地を使うが、到着した場所が安全かどうか、確かめておきたい。

「よし、お行き！」

いつものようにリディルは勢いよく高く腕を差し出した。

「……。……キュリ？」

だがキュリは怖がるように、リディルの腕に力いっぱいしがみついて飛ぼうとしない。

「どうしたの？　怖いのか？　よく見てごらん。エウェストルムだ。ここに何度も来たことがあるだろう？」

禁足地の虹の谷は、動物の楽園だ。キュリ以外のホシメフクロウも住んでいるし、以前エウェストルムに連れてきたときも、あちこちの森を飛び回り、丸々太った山の虫や小動物を腹に入れて、満足そうな顔で帰ってきた。

キュリは、リディルの腕にぎゅっと摑まって身体を硬くしている。

「大丈夫？　キュリ？」

長い時間腕に留めておく可能性があったので、腕にはキュリが留まるための革を巻いてきている。それにしたって、腕から落ちまいとするように、リディルの腕を力を込めて摑んで——大きな目を見開いて、キュリは震えている。


——その頃。

イドとカルカは、一様に目を見開き、息を止めていた。

ヤエルのベッドの脇だ。枕元に寄ってベッドの中にぽつんと座っているヤエルを覗きこんでいる。

「ヤエル様。――ヤエル様、お返事をなさってください。私です、イドですよ！」

久しぶりにやっとヤエルが起き上がったと思ったら、まったく口が利けない様子だった。呼びかけても返事はなく、目を瞠《みは》って固まったかと思ったら、視線があわあわとせわしなく泳ぐ。何か、自分たちに見えない悪夢でも見ているようだ。

「毒の検査はしましたか？」

カルカが深刻な顔でヤエルを覗きこむ。それにもヤエルはびくびくと怯《おび》えた顔をしている。

「ええ。念のため。それ以降のお毒味はすべて私が行っております」

「あなたの腹の丈夫さでは参考にならないでしょう、イド。女官に代わってもらってはいかがか」

「冗談ではない。あなたこそ、ヤエル様が怯えるような話をなさったのではないですか？　たいがいの者はあなたの強烈な嫌みに耐えうる心など持ち合わせておりませんので」

「いいえ、ヤエル様には細心の注意を払って接しております。ねえ？　ヤエル様」

ヤエルの肩を撫でようと伸ばしたカルカの手に、ヤエルはきゅっと噛みついた。

「!?　ヤ、ヤエル様!?」

カルカが驚いて手を引く動きにヤエルも驚いたように、褥《しとね》から飛び上がった。

「ヤエル様！」

ヤエルは何の声も発せず、勢いよく寝台を飛び降りた。

「ヤエル様！　どうなさったのです！　落ち着いてください！　ヤエル様⁉」

鳥が羽ばたくように、両手を広げて上下しながら、ヤエルは必死な顔で、部屋を走り回る。

とっさに捕まえようと伸ばした手もヤエルはすり抜けた。

壁を駆け上がりそうなほど勢いがあり、とんでもなくすばしこい。とっさに止めようとするが、身体が小さいから、反射神経のいいイドにして、なかなか捕まらない。

「急いで扉を閉めてください、カルカ！」

「このご様子は誰にも漏れないようにしなければ……！」

子どものいたずらだと笑ってくれればいいが、今はアヒムのことがある。万が一にも乱心を疑われたら一気に人々の心はアヒムに傾くだろう。

「ヤエル様！」

背中で扉を押さえつけているカルカに驚愕《きょうがく》の目で追われながら、イドもヤエルを追って部屋中を走り回る。

「お待ちください、ヤエル様、お鎮まりください！」

「どういうことだ……。あなたはヤエル様に一体どんな教育を！」

「少なくともこうではありませんッ！」

体調を崩すまでは、彼こそ次代の王に相応しい、鷹揚《おうよう》で明るく落ち着いた、年齢のわりには行儀もいい、好奇心に満ちた自慢の皇太子で、そうなるべくイドも身を粉にして尽力してきたつもりだ。

神の世界を見ているようだと、リディルは思った。

美しいエウェストルム。

それに比べても緑が濃く、すべての植物が大きく、色が濃い。花は血のように赤く、あるいはねっとりとした黄色、もしくは噛めば割れそうな、皿のように厚みのある花弁は純白だ。あちこちから落ちる滝、それに幾重も架かる虹。

谷中に散らばった『神の心臓』は、落ちた場所を侵食する。土が虹色に輝き、草に七色が移る。

谷全体がきらきらと光を放ち、日に照らされ、虹色の植物が風に揺られているのだ。目映く、この世のものとは思えない光景だ。

雲か霞《かすみ》かわからないものが漂ってくる。包まれればふわりと湿り、さわさわと音を立てて植物が喜ぶ。

天まで届く太い木々。天蓋《てんがい》のような梢。幹に巻き上がる蔓《つる》は、果てが見えない。

木漏れ日に手を翳《かざ》しながら、獣道を歩いた。

どうどうという滝の音に、小鳥の声がちりばめられる。

「この向こうですね」

リディルは、見えはじめた隆起の向こうを指差した。

折り目のように窪《くぼ》んでいる、山の側面を走る谷。あの辺り一帯に砕けた虹の神が飛び散り、無数の『神の心臓』があると言う。

ロシェレディアから聞いた、氷の神ほど荒々しくはないはずだ。だが得ると言っても、この谷全体を相手にすることは不可能だ。谷の一番端にある、ちいさな欠片《かけら》を分けてほしいと思っている。とはいえ、たやすく手に取れても、呪いが何であるかを確かめるまでは安心できない。

この先は危険なので、飛び地は使わないことにした。しかし、峰はすぐ目の前だ。神の楽園のような景色の中を、谷に向かって慎重に歩いてゆく。

空気も色も木や植物の香りも、何もかも濃い森を抜けると、急に明るく視界が開けた。

「――……これは」

グシオンが呟《つぶや》く。リディルも驚いて声が出なかった。

深い深い苔の群生に、ところどころ岩が覗いている。滝でもないのにあちこちに無造作に小さな虹が架かり、柱のように七色に輝きながら天に昇る光もある。岩の隙間から水が溢れ、砕いた水晶のようにきらめきながら下に向かって流れている。

谷の上のほうに、大きな岩があった。岩と言っても透き通った虹の欠片で、それが飾りのように苔を纏っている。その周辺一帯は、広く――まさしく虹の欠片をばらまいたように、谷中があちこちキラキラと輝いており、多分そのすべてが『神の心臓』の欠片だ。

これがエウェストルムの根。虹の神の寝床だ。

圧倒される神々しい景色に、リディルは気圧《けお》されるように目を閉じた。

これは、話さなければならない。

一番近くにある心臓を一かけ摑んで逃げようとしたら、この谷すべての『神の心臓』に呪われる。強奪は不可能、そして、ねじ伏せることも絶対に不可能だ。あのロシェレディアが初めからない物としたというのも、この景色を目の当たりにすれば当然だった。

神の理解を得ることなど、本当にできるのだろうか。

今更ながらに、後悔が腹の奥から突き上げ、背筋が震えてくる。人に相手ができるものだろうか？　今すぐ逃げ帰ったほうがいいのではないか。

虹色の光で脳を焼く思考を、リディルは歯を食いしばって堪えた。

『神の心臓』を得るのは困難だとわかっていたはずだ。ここで帰るわけにはいかない。諦められない。

昔、『神の心臓』を得たエウェストルム王は、長年にわたり、神職と共に神と対話を続けて、最終的に神に許されたのだと聞いている。その対話とは何だったのか、何が決め手となったかは、エウェストルムの歴史を記すどの資料にも残されていない。

――王室は徹底的に伏せた。

ガルーが言ったとおり、エウェストルムにはもう二度と『神の心臓』を手に入れる必要がないのだから、手に入れる方法は誰も知らなくていい。それよりも、虹の谷が他国や盗賊に荒らされることを怖れ、或いは後の王室が興味本位で『神の心臓』を取りに行かないよう、関係者が文献を始末してしまったと思うほかにない不自然さだ。暇つぶしにしても膨大な書物を残したがるエウェストルムに於いて、『神の心臓』を得た記述は、物語のような曖昧な経緯を残して、ざっくりと何もないのだ。意図的に潰《のこ》したことを知らせるくらい意図的だ。そしてそれは「無い」という、昔の王たちからの言伝だった。

それでも手に入れなければならない。グシオンを、ステラディアースを救い、ヤエルの未来を求める。何としても神に乞い、その欠片を持ち帰らなければならない。

リディルは、握っていた震える手を開き、そっと風に魔法の花を乗せて谷に問いかけてみる。

虹の神よ。話をさせてください。どうか立ち入ることをお許しください。

すると早速リディルの魂に、神の存在が触れて来た。

押し潰されそうな重みはあるが、いきなり斬りつけてくるようなことはしなかった。

巨大で絶対的だが、穏やかな神だ。誠実を通せばきっとわかってくれる。谷中から一斉に声がする。

お前は誰だ。何をしに来た。

何百——何千の魂が、リディルに問いかける。

「――あなたの存在を分けていただきたい」

口の中で小さく返事をして、リディルは腹の辺りに指を組んで集中する。

神はその存在の通り、破片の数ほど無数に分断されている。

なるべく話を聞いてくれそうな、優しい欠片がいい。岩のように大きいのは無理だ。なるべく強力な心臓から離れて、持ち帰れるほどの大きさのものを、分けてもらえるよう交渉しなければならない。

神経を研ぎ澄まして心臓の在処《ありか》を探す。

「あの辺りに、伺ってみましょうか」

陽光に照らされて、一際優しくきらめいている場所がある。

何年か前に表面が地滑りしたらしい岩がむき出しの足元から、優しい下草の草原に、リディルが一歩踏み出そうとしたときだ。

「リディル」

グシオンが不意に、リディルの身体を掬い取った。

「グシオン!?」

リディルを肩に担いで数歩大きく後ろに下がる。ゼプトがグシオンの足元に剣を翳した。

草の中から蛇が覗いている。ゆるやかに鎌首をもたげ、頻繁に舌を出して威嚇をしていた。

その向こうで、草が風に揺らいだ。

その根には、虹色に染まりかけた白い棒が――ここに踏み込んだ人の骨が横たわっている。

「ここは……もしかして、蛇の谷になっているのでしょうか」

ゼプトが呻《うめ》く。少し向こうを見やると、草の間に浮かんだ岩にも、凭れるようにしてある白骨がある。『神の心臓』を狙《ねら》ってこの草原に入った者だろう。入った途端蛇に嚙まれ、あの岩に這い上がって絶命したというところか――。

「そのようだ。これほど麗しい場所なら、小鳥も、小さな動物も、毒虫も蛇も住みたがるだろう」

生き物にとって、魂で満ちた場所は居心地がいい。命は大いなる魂の流れから生まれてくる。いわば魂の故郷だ。誰だって懐かしく、恋しいはずだった。それは愛らしく他愛ない虫や、美しい鳥ばかりでなく、人から見れば忌まわしく恐ろしい生き物だって同じだ。長い生き物同士の戦いがあったに違いない。結局毒蛇が勝ったらしく、この輝く緑の草の下には、無数の毒蛇が暮らしているようだ。

「雷で焼き散らすこともできるが」

「そんなことをすれば、神の怒りを買いかねませんね。穏便に参りましょう」

神の住処に立ち入り、いきなり庭を焼いたら、どれほど温厚な神でも激怒は免れないだろう。自分たちは願い出に来たのだ。この広大な虹の谷にある『神の心臓』の欠片、その一かけを分けてくれないかと乞いに来た。

「記録には、洞穴を通ったとありました。親子もそのようにしたと思われます」

他でもない、エウェストルムの重要な歴史だ。王たちは洞窟を通り、『神の心臓』の元まで行ったと書いてあった。そしてガルーが教えてくれた親子も、洞窟の中で『神の心臓』を得たと言っていた。

「洞窟の中に、『神の心臓』があるものだろうか？」

グシオンが訊《き》く。リディルは腕を抱えて首を傾《かし》げた。

「あの滝や崖の様子から見てわかるように、この山は、雨に溶けやすい石灰岩でできています。地下と繋がる縦穴や、大きな洞窟があっても不思議ではありません。地表に開いた穴から、洞窟の中に落ちた欠片もあるでしょう。この草原にあるものを得るにしても、洞窟を通って望んだ『神の心臓』の側に出るのが賢いかもしれません。——キュリ、一回りして、入り口を探してみてくれないか？」

そう問いかけるが、キュリは身体を縮こませてリディルにくっつくばかりで、飛ぼうとしない。森に入ってからずっとこの調子だ。

「体調が悪いなら、ここで休んでおく？　ここからならエウェストルム城に帰れるだろう？　城の森で休んでおいで。無理はしないで」

自分たちはキュリの冒険心や好意に甘えて、彼に偵察を頼んでいるけれど無理強いはできない。

「戻っておれ、キュリ。ここは大丈夫だ」

王が優しくキュリを撫でる。キュリは星が浮かんだ真っ黒な目を潤ませて王を凝視しているが、飛び立つ気配はない。

「さあ、そこにちょうどいい木がある。お前は見張りを頼む。鷲や、大蛇には気をつけるのだ」

グシオンがキュリに手を伸べ、隣の大木にやろうとするが、キュリはリディルの腕にしがみついたままだ。

「どうしたんだろう。私たちと来るの？」

尋ねても答えるわけもなく、とにかくやたらしがみつくばかりなので連れていくことにした。キュリは夜目が利く。もし逃げたくなったら、洞窟を飛び出せるだろう。

「それでは、私が魂の流れを探してみます。谷は眩《まぶ》しすぎて何も見えません。洞窟の中に流れる魂のほうが見えやすいはず」

谷はほとんど『神の心臓』の魂で満ち溢れて、最早《もはや》巨大な光の池のようだ。谷には洞窟の出口が点在している。あのどこかに繋がる場所があればいいのだが――。

リディルはキラキラ光る魂が噴き出す場所を追って、左のほうを見た。

「あちらのほうから行けそうですね。洞窟の入り口を探してみましょう」

割れた岩が道のようになっていた。そこを辿《たど》っていくと、探すまでもなく、洞窟の割れ目が見える。

「あそこのようです。魂が流れてきますね」

『神の心臓』が噴き出す魂が、地下洞窟を通ってここに噴き出している。辿ればつくはずだ。

グシオンが怪訝《けげん》な顔をした。

「残念ながら見えないが？」

「大丈夫です。話に聞いていたのとはずいぶん違う、人を嫌わない神のようです。自然に心を委ねれば、向こうのほうから招いてくれるはず」

陽気でおおらかな神だったと神話には残っている。普段はエウェストルムを見守りながら、様々な恵みを分け与えてくれる神だ。先ほどの様子からしても、こちらが無礼を働かなければいきなり薙《な》ぎ払われることはないだろう。

「そうか。だが油断はせずに」

三人で顔を見合わせて洞窟に踏み込んだ。

洞窟の中は静かで、毒蛇の姿もないようだ。グシオンがゆっくり通れるくらいの通路を少し進むと、部屋のように大きな通路が開ける。

「魂が見えるか？」

「はい。晴れた日に、日差しの中で埃がキラキラ舞うことがあるでしょう？　あの埃が、一つ一つ黄金色や星明かりのような白、朝露のような薄緑色に輝いて、漂っているのです」

美しい光景だと思う。これがグシオンに見えないのは残念だとも思うが、これほど芳醇に光り輝くのはリディルだって見たことがない。エウェストルムでさえ、花や水が多いところに、ふわふわと立ち上るくらいなのに、この洞窟は花吹雪のように奥からどんどん光の粉が飛んでくる。

「なるほど、これは魂か？」

「見えるのですか？」

「そのものは見えないが、洞窟の中だというのに明るい」

「ああ、そうですね。そうだと思います」

魂の濃度がかなり高いから、肉眼でも光って見える。後ろを付いてくるゼプトも驚いた顔で周りを見渡しているから、かなり明るく見えているのだろう。

「この調子なら、『神の心臓』に話しかけ、よく頼んでみれば譲ってもらえるかもしれません。『神の心臓』だって、優しいものがあるはずです。私たちが本当に困っていることを訴え、心からお願いしたら協力してく――……」

話している途中でふっと周りが暗くなった。

「えっ？　わ？」

足元が滑る感覚と墜落感。急流を滑るように、ものすごい勢いでどこかを滑り落ちるような、胃の辺りがひゅうと喉元まで浮き上がるような感触がある。

「ええ⁉」

周りは真っ暗なままだ。だが頬に風が当たり、髪が後ろに靡《なび》く。身体がつるつると滑っているから滑り落ちているには違いない。そのとき急に、ふい、と身体が浮いて、突然宙に投げ出された。

「わ」

足元は地面だ。勢いのままリディルはごろごろと転がる。

ひとしきり横転してから、リディルは金髪を地面に撒き散らし、四つん這いの姿勢で止まった。

「……⁉」

いったい何が起こったのか――。

「グ……グシオン⁉　グシオン！　ゼプト！」

頭を上げようとするが、目が回っていて、ぐらぐらして這ってもいられない。手を着いたまま大声で叫んでみる。

返事はない。

落とし穴に落ちた感じがした。でも足元は慎重に見ていた。穴などなかった。しかも普通の落とし穴のような縦穴ではない。円を描くような、渦のような、横の遠心力もある長い傾斜だ。

「グシオン！グシオン、我が王よ！　聞こえますか⁉」

暗闇の中、大声で叫んでみるが返事がない。

「グシオン！」

叫んで立ち上がるが、声が響くだけで何の反応もない。

辺りを見回し、身体を手探りではたきながら何度もグシオンの名を呼ぶ。

「我が王よ！　グシオン！」

叫んでいると目が慣れてきた。先ほどいた場所に比べればわずかだが、魂が飛んでほんのりと明るい。

洞窟の中のようだ。だいぶん深い。

岩の柱が見え、手の側に岩壁があるが奥は暗くて見えない。うしろに戻ってみても、どこにも自分が滑り落ちたはずの傾斜はない。

「グシオン！」

さしあたり怪我はないようだ。向こうはどうなっているだろう。そう思ったとき、ばさばさと不器用な羽音が聞こえる。のしのしと足の甲に上がってくる感触がある。

「キュリ！」

不安そうにリディルの脛《すね》にくっついてくるキュリだ。リディルは急いで足元からキュリを掬いあげた。キュリは不安そうに身体を強く寄せてくる。

「おまえも来てしまったのだね、私にくっついていたものね」

洞窟の中が怖いのか、キュリはずっとリディルの腕にきつくしがみついていた。いっしょに落ちてしまったのだろう。

「とにかく上まで戻ろう。王のところに帰らなければ」

どんな絡繰《からく》りで滑り落ちてしまったかはわからないが、王たちはリディルが消えて驚いているはずだ。

リディルは、身体の中の魔力を集め、目の前の壁を撫でる仕草をした。鏡を立てて飛び地で戻る。どこまで深く落ちても一瞬だ。

「あ……れ……?」

鏡をつくったつもりでも、何も現われない。花も足元に一握り落ちるほどで、いつものように噴き出してはこない。

もう一度つくろうとしてみたけれど、魔法使いの真似をしている子どものようだ。目の前にはまったく何も現われなかった。

手から花を出そうとしてみるが、小さな花がはらはらと落ちるくらいで、到底大魔法使いの魔法とはいえないくらいの小さな魔力しか出てこない。

以前、記憶を失ったときのことが頭を過《よぎ》る。あのときも花が出せなくなってしまったが、今日は頭は打っていないし、何もかも覚えている。

リディルは初めて不安を感じて、薄暗い天を仰いでみた。天井は見えないほど高い。

この洞窟の中では魔力が使えないのか、あるいは出す端から何かに吸い取られているのか。これでは自分はただの人だ。

「グシオン！　聞こえたら返事をしてください！」

大声で叫んでみるがやはり返事はない。

どうしよう、と思ったがここでのんびり助けを待っている場合ではないのだ。

手早く身体に怪我がないかを確かめ、ぱんと腰を叩いた。持ってきた剣は無事だ。さしあたり戦える。

腕の中でぶるぶる震えるキュリに囁きかけた。

「キュリ。お前が頼りだ。暗いところが見えて、高いところが飛べる。王を捜さなければならない。上れそうなところを探してきてくれないか」

「きゅー……」

高くさしあげようとするが、キュリはリディルの手にしがみついて、何とか下に降りようとするばかりだ。

「高いところが怖いだって？　どうしたの？」

出発前からキュリの様子がおかしい。いつだって、戦の最中にさえもキュリは勇敢で、高いところが好きだった。偵察を請け負わないときも、空のずいぶん上のほうから、人々の暮らしや、賑《にぎ》わう市場の様子、人の立ち入ることのできない森の奥や、切り立った崖から落ちる滝などの、美しい景色をリディルの水瓶や手鏡に送ってきてくれていた。

疲れているのか、それともこの洞窟の雰囲気が怖いのか。

「わかった。無理はしないで。ここに入っておいで」

リディルの腰にある小物入れを開けて、キュリに見せるとキュリは巣穴を見つけたときのように、急いで頭を突っ込んできた。

「とにかくグシオンを追わなければ」

とにかく上。あるいは、あちら——。

滑り落ちるときにぐるぐる振り回されて感覚がおかしくなっているかもしれないけれど、『神の心臓』の側の洞窟出口はあの、右奥の方向だ。

グシオンたちも、『神の心臓』の方向に向かうはずだ。近くに行けば合流できるはず。

周りにはほんの少し、魂の光が漂っている。暗いがぼんやりと辺りが見える。

「大丈夫。きっと王と会える」

自分に言い聞かせるように呟いて、袋の上から軽くキュリを撫で、リディルは奥へ向かって歩きはじめた。

目の前で起こったことなのに、信じられない。

「リディル！　リディル⁉」

ゼプトとグシオン王の前を歩いていたリディル王妃が急に姿を消した。

暗いと言っても、辺りは人の表情が見えるほど明るい。それなのに、音もなく風に攫《さら》われたように、瞬《また》きのあとにはもう姿がなかった。

「妃殿下は⁉」

緊迫した顔で周りを見回すグシオン王に、ゼプトは呼びかけた。

「わからぬ。今の今まで歩いていたのに急に姿が消えた」

「妃殿下を捜しましょう！」

リディルの姿がどこにもないことをもう一度確認してから、ゼプトはグシオンを振り返った。

何はともあれ、洞窟を進むのは中断だ。まずはリディルを捜さなければならない。

「一度外に出て、松明《たいまつ》をつくってきます。陛下も一旦《いったん》外へ」

暗闇用の光る石は持っているが、到底人を捜すには光が足りない。

喉から手が出るほどほしい『神の心臓』も、リディルの命と引き換えにはできない。ステラディアースの繭のことを思えばこの一瞬が惜しいが、リディルの探索が最優先だ。

「——いいや。我が妃《きさき》なら大丈夫だ」

じっと地面を見つめながらグシオンは言った。

「リディルはこの洞窟に邪悪な気はしないと言った。その上で、もし隔てられてしまったとしたら、リディルは『神の心臓』の方向に向かうはずだ」

「助けに行かなくともよいのですか⁉」

身体は男で、すこぶる元気とはいえ、普段はしとやかな王宮生活をしている身だ。そのリディルが為《な》す術《すべ》無くどこかに連れ去られたとしたら、捜しに行かなければならない。他の場所ならまだしも、ここは神の御座《おわ》す谷、神気に圧《お》されにくい体質のゼプトにして、胸苦しいような感じがする魂が多い場所だ。一人にするのはあまりに危険だ。

「助けを求める声が微かにでも聞こえるならば、命を賭けてでもそこに行く。だがそれさえないなら――『花の大魔法使い』にできなくて、余にできることはないのだ。きっとリディルとはこの奥で会える。何しろ唯一の我が妃なのだからな」

「しかし、王よ――」

呼びかけて、ゼプトははっと言葉を吞んだ。

冷静な声で話すグシオンの腹の底が怒りに燃えていること、白く頑丈そうな歯の奥を嚙み縛って耐えていることが、その厳しい横顔から見て取れた。そして、この暗さの中でも、グシオンの首筋から頰にかけて、禍々《まがまが》しい黒い線が這い上がりかけているのも見えていた。

呪いが発現しかけているのだ。でも満月までまだ四日はある。

この洞窟のせいか。

神気と魂に満ちたこの洞窟が、グシオン王の呪いを促進している。

「王よ！」

呼びかけたとき、ゼプトは足を踏み外した。いや、考えられない。地面は平地だったはずだ、踏み外す場所などない。

「！」

あれほどキラキラと飛び散っていた魂は消え、暗黒の中を滑り落ちるような、地の底に呑み込まれるような感覚に必死に抗った。爪を立てようとしたが感触がない。滑り落ちているのに尻の下に何もないのだ。

投げ出された瞬間、剣で足元を突いて、転倒を堪える。二、三歩大きく踏み出したところでなんとか止まった。

頭の芯が回る。目を開けると重く痛んで、ゼプトはとっさに目を押さえる。

そしてどうなったのだと、素早く周りを見回したとき、奥のほうの気配から呼びかけられた。

「……無事か、ゼプト。エウェストルムの騎士よ」

「はい。王こそ」

「問題ない」

さすが、百戦錬磨のイル・ジャーナ王、雷帝グシオンだ。身体を支えるのみならず、体勢を整え、静かに戦闘態勢に入っている。

さっきの場所よりかなり暗い。

——足手まといにならないようにしなければ。

ゼプトは、静かに剣を握りなおして呼吸を整えた。

細く、長い息を吐き、剣を掴む手を、ふと、ゼプトは注視した。

手首の付け根から手の甲に、キラキラ光る粉が吹いている。反対の手で払おうとしたが、すでにその七色の粉は肌に染みてしまっていた。グシオン王の喉の辺りにも、小さな光がある。

まさか、と思ったがゼプトはとっさに言葉にできなかった。あまりにも不吉だったからだ。

身体の底がざわざわとする。二度も深く呼吸をすると手の甲の光は静かに消えていった。

これは、呪いか。

洞窟に満ちる神の気配。神気——神の呪い。

ゼプトが消化できるから間違いない。これは呪いだ。

外の景色を思い出した。虹の神は優しく周りを虹に変える。石も、草も、骨も、そして自分たちも。

優しくきらめき、豊かな恵みを湧き立たせながら、水を、緑を、谷を、呑み込んだ自分たちをも、あの美しくも巨大な虹に内包するのだ。

——そしてその頃。

手をばたつかせて広い部屋の中を逃げ回るヤエル皇太子を、イドとカルカはようやく部屋の角に追い詰めた。

二人とも汗だくだ。そして青ざめるほど必死だった。

病か毒か。それでなくとも、皇位継承問題や両親が戦に出る精神的な負担、七歳の子どもが心を壊すには十分な出来事だ。その治療の必要は必ずあるとして、まずは身体だけでも健康に戻さなければならない。

イドはカルカと協力して、絶対ヤエルに怪我をさせないよう、無意味な恐怖を与えないよう、ヤエルが疲れ果てるまでゆっくり追い回して、落下物や窓のない、安全な部屋の角まで追い込んだ。だがその頃にはすっかり、自分たちの頭の混乱は収まっており——いや、それ以上の新たな混乱に苛《さいな》まれていた。

もしかしては、まさかに変わった。今やほとんど確信で、隣にいるカルカの血の気の引いた顔を見れば、イドの予想は確実なのだとわかったことがより衝撃だった。

皇太子は、部屋の隅にうずくまってブルブル震えている。目を見開き、瞬きもせずこちらを見ている。

心臓がぎゅうっと痛む。胃の腑《ふ》はねじ切れそうだ。

カルカは真っ青な顔をこわばらせ、びくびくとこちらを見るヤエル皇太子に、唸《うな》るような声で問いかけた。

「……あなたはヤエル様ではありませんね？」

見た目はまるでヤエルだ。ふくふくと温かい身体の抱き心地も、子ども特有の甘酸っぱいにおいも絶対偽物などではなかった。だが中身が違う。言葉を発せず、腋に顔を埋めて眠ろうとする。手を使わず、果物を口でついばもうとする。カルカを見れば噛みつく、昼はうとうとしているのに夜は瞳が輝いている。鳥のように腕で羽ばたく。

覚えがあった。

リディルに懐いた利口な梟《ふくろう》。

最近はよくヤエルの側にいて、困った様子で世話を焼かれていた。

捕まえようと、じりじりと詰め寄る。ヤエルは、壁に埋まりそうなくらい身体を角に捻じ込んで、とうとう観念したように「きゅー！」と大きな声で鳴いた。

「――……」

静かな部屋に、自分とカルカの呼吸音だけがやけに大きかった。

――その後は音のない嵐だ。

何しろ、魔法に一番詳しいリディルがいない。

「ヤエル様の中身は多分、キュリです」

「ええ、間違いないと思います。なんでそんなことになったんですか！」

「知りませんよ！」

カルカと言い合いながら、音をひそめて厳重に部屋を封鎖し、極秘のうちに、王のために来ていた魔法機関を呼びに行った。

魔法機関の高位の者が、東の宮殿に吹き飛んでくる道々、それは『入れ替わりの呪い』かもしれないと言う。思い当たるのはあのときだ。グシオン王が呪われた日。リディルはグシオンの呪いが伝播《でんぱ》しなくてよかったとほっとしていたが、呪いは違う形でヤエルに届いていた。たぶん一番側にいたキュリと入れ替わった。

だとしたらどこかに呪いの印があるはずだ。フクロウは身体が羽根で覆われているからわからないだろうが、人なら髪を隅々まで掻き分けたって必ずわかる――。

魔法機関立ち会いのもと、ヤエルの寝室で、極秘でヤエルの身体を確かめた。するとヤエルの左尻に、小さな呪いの模様があった。カルカは寝台の脇に崩れ落ちた。自分も目眩《めまい》がして気が遠くなったが、その前に、ピシリと自分を鞭《むち》打つ可能性を思いつく。

――もし本当なら、とんでもない事態になっている――。

もし、もしこのヤエルの中身がキュリなのだとしたら――リディルたちについていったキュリの中身は、――中身は、まさか――!?

「王よ――！　我が王よ――！」

暗闇に叫んでみても返事はない。

リディルは、もう一度、口の横に両手を添えて、「王よ！」と呼んでみた。だが自分の声の反響と、どこかから微かにシャラシャラという魂が擦《す》れる音がするだけだ。

薄暗い闇が広がっている。奥が見えないから永遠に続いているように感じられる。

この方向で合っているはずだ。これを斜め上のほうにのぼれば、あの『神の心臓』の側の洞窟に出られるはず。

リディルは平らなところを進めるだけ進んで、そそり立った岩の段差をよじ登りはじめた。とにかく上へ。そう思って上れそうなところを探しているが、ここもハズレだ。次の岩に手が届かない。

上のほうが暗くて見えない。苦労して断崖《だんがい》をのぼってみても、次の段差に手が届かないことを繰り返している。身長二つ分だ。飛び地さえできれば何でもない距離だが、飛びつくこともできずにいる。

「降りなきゃ……」

今度は足元が真っ暗で怖い。でも、向こうにもう一つのぼれそうな段差があった。あそこにのぼって駄目だとしたら、少し引き返して、他にのぼれそうなところを探すしかない。

身体が擦り傷だらけになっていた。そそり立った崖は脆く、何度か滑り落ちて、ぶつけた身体が痛い。

「痛……」

　岩を降りているときに、足を滑らせてとっさに岩に摑まり、爪の先を剝いでしまった。自分のことなのに、うまく治癒ができない。回復のための魔力を身体の中に回してみても、ほとんど手応えがない。血はすぐに止まったけれど怪我が疼《うず》く。

　魔力の珠は無効ではないはずだ。これを解けば、怪我は治せる。全部使えば飛び地だって――。

　腰の袋に手を当てて、リディルは目を閉じた。

　使えば今だけ楽になる。でも後のために取っておきたい。王がどうなっているかわからない。自分の怪我はかすり傷だ。

　昔は泣けば忘れていたような小さな怪我だ。

　怪我がすぐに治らない感覚を忘れてしまったようだ。

　こんなに痛かっただろうか。こんなに心細かっただろうか。そういえば小さい頃は自分が泣くと、イドが飛んできたな――。

「きゅ……」

　心配そうな顔のキュリが、袋から顔を出す。

「大丈夫。指先だけだ。元気を出して、頑張ろう。王はきっとこの先だ」

　今来た道を少し戻る。

「あそこにのぼってみようか。隣に高そうな崖がある。手が届くといいのだけれど」

ずいぶん高いが、のぼりやすそうなところはすでにのぼってしまった。

このひび割れの多い、ギザギザの崖を登るしかなさそうだ。

動けなくなるような大怪我だけは避けなければならない。そしてもし途中でまたのぼれなくなったとして、あの高さから無事に降りられるのか――。

暗くて見えない崖の上のほうに目を眇めていると、袋の中からもそもそとキュリが這い出てきた。

にじるようにリディルの腕にのぼって、恐る恐る羽を伸ばし、よろよろと羽ばたきながら、リディルと同じほうを見ている。

「さすがにあそこは、おまえでも危ない。袋に入っておいで、キュリ」

尖った岩場だ。調子の良いときのキュリだって、岩に当たれば翼が裂けるし、崩落に当たったらひとたまりもない。

袋にしまおうとしたが、キュリは何度もリディルの上で羽ばたく練習をした。

「キュリ」

もういい、と言いかけたとき、バサリと音を立ててキュリが腕から飛び立つ。

「キュリ！」

キュリは一気に上のほうまで羽ばたいていって、暗くて見えない辺りで何度か旋回しているようだった。

危なっかしくよろよろしていて、呼び戻したかったが下手に声をかけると余計危ない。

しばらくするとキュリはリディルの側に戻ってきた。爪がリディルの肩に引っかかって、背中側に落っこちそうになったのを慌てて受け止めた。

「きゅー」

「いけそうなの？　隣に移れる？」

「きゅ」

「わかった。行ってみよう。さあ、袋へ」

キュリに袋を見せたが、もうキュリは入ろうとはしなかった。

きっと顔を上げ、暗闇を見据える。

「キュリ⁉」

思い切ったように、また暗い空に羽ばたく。

小さな背中が逞《たくま》しかった。安全なところを探しに行ってくれるようだった。

調子が戻ったのだろうか。

キュリの体調を心配していたから、元気なようでほっとしながらふと手を見たとき、親指の付け根辺りがキラキラと七色に光っていた。

汚れだろうか、壁に何かがついているのだろうか。ごしごしとこすってみて、リディルは眉根を寄せた。

「これは……」

何かが付いて光っているのではない。皮膚が微かに透けて、虹色に輝いているのだ。

長居はできない。

直感に、遅れて記憶が追いついてくる。

虹の谷の表面はすべて『神の心臓』でできている。

それは虹の神の心臓が大規模に飛び散ったせいもあるが、その欠片は周りを浸食するのだ。

土に、岩に、虹の気配が染み通りやがてすべてが『神の心臓』に取り込まれてしまう。それは
人とて例外ではない。

リディルが体内のおぼつかない魔力を身体に巡らせると、徐々に虹の光は収まっていった。

だが何となくわかるのだ。

身体の中に、虹の気配がする。この空気の中に目には見えない虹の光が含まれている。

リディルは両手を見下ろした。指先が、虹を撫でたように光る粒子でキラキラと輝いている。

神の気配に冒されている。

崖《がけ》の上の、細い台座を二つのぼると奥に続く穴が空いていた。

やはり暗いが、先ほどよりは明るい。そこからもだいぶん歩いた。途中で大きな二股の道があった。リディルは迷ったが、何となく明るそうな左の道を選ぶ。

「王よ――！　聞こえますか、王よ！」

グシオンを呼びながら歩く。反応はないが、リディルが目指す方向に、魂《ラウフ》のきらめきが流れてゆくので、こちらで合っている可能性が高い。

気は焦るが、ひとりで、知らない場所だ。落ち着くことが肝要だ。

おおらかな気持ちで周りを広く見る。――と言っても見えるのは身の回りだけで、顔を上げれば暗闇なのだが。

「王よ――！　我が王、グシオン！」

だいぶん目が慣れてきたが、遠くが見えるというほどではない。

周りを見回しながら叫んでみても、まったく返事はない。

「王よ――――！　王よ――――ー！　大好きです――――！」

だんだん歌うようになりながらリディルが叫んだあと、一呼吸置いて別の声がした。

「そうか、余もである！」

手からぼろっと赤い花が零《こぼ》れたが、やはり普段に比べればほんのわずかだ。でもそんなことは今はどうでもいい。

「グシオン！」

声のほうに走った。キュリも羽ばたいてついてくる。

「グシオン！」

「リディル！」

姿より先に、声が近づいた。

人影が見える。グシオンの影を見間違うはずなどなかった。

「王よ！」

飛びつくと抱き返される。苦しいほど抱きしめてくれる。この腕、この香り、間違うはずもない、グシオンだ。

グシオンは、リディルに口づけをすると、頰《ほお》を擦《す》りつけた。

「ああ、我が妃《きさき》よ、無事だったか。怪我《けが》はないか？」

「擦り傷だらけですが大怪我はありません」

「今すぐ治せ」

「それが、魔法が使えないのです。痛みくらいは宥《なだ》められるのですが」

「余の雷もそうだ。剣に雷がまとえる程度で、それのみで使えるほど雷は湧いてこぬ」

「私が魔力を送れないので、その影響もあろうかと……」

手の傷を見てくれるグシオンに言いかけて、彼の異変に、リディルははっとした。喉元《のどもと》に、キラキラ光る場所がある。この場所も駄目だ。虹の神気が身体に染みようとする。皮膚が露出しているところは特に危険だと思ったとき、その下に、あってはならないものを見た。

「そ——その痣《あざ》はどうなさったのです⁉」

首筋から頬にかけて、黒い痣が這《は》い上がっている。腕から手首にかけても、呪《のろ》いの印が浮かび上がっていた。近くで見つめ合う片目が赤い——。

グシオンは皮肉そうに眉根を寄せた。

「覚えがある感覚だ。身体の中で呪いが動いておるのだ。こんなにのろのろと発動したことはないが、少しずつ進んでおるのは感じる」

「そんな……まだ、満月は四日後です！」

「この洞窟に満ちた魂か、神気のせいだろう。だが洞窟の中なのが幸いだ。もし余が呪いを制御できず、獣に成り果てたらここに置いていくのだ。それだけで始末は事足りる」

「いいえ、そんなことは絶対にいたしません！」

「城にはヤエルがいる。ヤエルはまだ幼いが、ヤエルなら十分やり遂げる。いい王になる。ヤエルが立派な王となるまで、側《そば》で見守ってやってくれ」

「それとこれとは別の話です！」

リディルは訴えてグシオンの身体に抱きついた。

「あまり近寄ってはならぬ」

頭の上で、グシオンの優しい声が囁《ささや》く。

「いいえ、呪いが発現しても少しも怖くないし、もしそのままになってもいい。どんなことがあっても、どんな姿になっても！　そのときは私もここに残ります！」

　あのときに、もう二度と離れぬと誓ったのだ。もしあの呪いが解けなくとも、変わった姿が戻らなくなったとしても、この先この人が、イル・ジャーナがどうなろうとも、グシオンと共に生きると誓った。

　グシオンは一瞬顔を歪《ゆが》めたが、すぐに落ち着いた表情に戻って、ふー、と息をついた。

　リディルに据えた視線を、奥の暗闇に移す。

「今は、力の限り、時間の限り、『神の心臓』を探すしかない」

「はい」

　崖の縁に追い詰められる心地で、グシオンに頷《うなず》く。

　やれるかやれないか、有るか無いか、二つに一つの賭《か》けだが希望はある。

『神の心臓』さえ見つかれば、グシオンの身体の呪いを追い出せる。引き換えに受ける呪いが優しいものであるように、今はただそう祈るしかない。

「妃殿下。ご無事で」

　グシオンの斜め後ろに立っていたゼプトが、腹に手を当て礼を取る。

「ああ。何とか。おまえも一緒でよかった、ゼプト」

　ゼプトまではぐれていたら大変だった。

ゼプトは自分たちが、リディルとはぐれていたときのことを詳細に語った。落ちる際、一気に神気が濃くなるのを感じたと、神職らしいことも言う。

「……そうですか、王たちも落ちた感覚を味わったのですね。私はかなり下のほうまで落ちた気がして、崖をのぼってきたのです。ということは、少なくともこの洞窟《どうくつ》は三段の階層に分かれているということ——」

ふむ、と、口元に手を当てながら、リディルは考える。

なかなかいいところに進んでいるかもしれない。自分たちが目標とした『神の心臓』は、谷の中腹にあった。はじめにいたところが谷の上、リディルが滑り落ちたのが谷の下のほう、のぼってきたところがこの高さだとすると、ふわふわ流れてくるこの魂は、目標とした『神の心臓』にほど近いところから流れてくるものではないだろうか。

「出口を探しましょう。この辺りにあるはずです。上か、下か。光を探して」

だんだん魂は増えてくる。こちらで間違いはないはずだ。だとすれば地上に続く穴がどこかにある。それを探せば外に出られる。

注意深く周りを見ていたリディルはふと、魂の流れが止まっていることに気がついた。キラと暗闇に乗って流れていた魂の光がなくなっている。

はっと顔を上げて、前を見た。グシオンとゼプトが同時に、シャン！　と音を立てて剣を抜く。

——何をしに来た？　ここを神の谷と知っての行いか？

頭の中にぐわん、と声が響く。

あまりの衝撃に気を失いそうになるが、リディルは息を止めて堪《こら》えた。額の塗料がビリッと痛む。

リディルは片膝《かたひざ》をついた。ゼプトもそうする。

「虹の神に申し上げます！　我が番《つがい》グシオンが呪われて困っております。また、我が兄が生きるために、どうしてもあなたの心臓の欠片《かけら》が必要なのです。どうか一つ欠片をお与えください」

一つでいい、『ゆりかごの繭《まゆ》』を紡ぐための糸、グシオンの剣に埋める一粒で事足りる。決して欲望のためには使わない。

——人の都合など知らぬ。

「お待ちください！　どうしても、どうしても我が愛しい人と、兄を救いた——」

「リディル！」

かがむグシオンに腕を引かれて引きずり倒された。

「！」

地面に這った姿勢で背後を振り返る。薄い薄い虹の破片が暗闇に消えるのが見える。それを見送ったとき、今更ながらにビリッと背中に恐怖が走った。

あのまま身体を上げていたら、首が切れていた。

「お願いです！　どうか、グシオンの身体の呪いを弾き出す力を！」

「駄目だ、リディル、頭を上げるな！」

グシオンに頭を押し込まれて、跳ねる髪が、薄い虹の刃に切られて空に舞い上がる。

「虹の神よ、我が願いを聞き届けたまえ！」

「ゼプト！」

「我が主《あるじ》は、魂の殻を持たずにこの世に送り出された。命を繋ぐため、その一欠片を賜りたく」

「避けろ、ゼプト！」

グシオンの叫びにもゼプトは引かず、身体の前に剣を翳《かざ》して、虹の欠片をなんとか防いだ。割れた欠片が粉になって、頬に虹の光がこびりつく。

「ゼプト！」

避けきれなかった欠片で、頬や腕、腿《もも》の辺りが何カ所も斬《き》れている。

「ゼプト、やめて！」

七色に光る場所には、ひびがあった。虹の神気を吸った場所は硝子《ガラス》のようにひび割れるのだ。光はすぐにおさまってゆくが、いくら呪いを消化できるゼプトといえど、これ以上強い呪いを浴びたら無事ではいられない。

「我が主、ステラディアースのために、一かけ、その命をお与えください！」

「駄目だ、ゼプト、物陰に！」

「虹の神よ！」

叫んで乞うても、木漏れ日のように、暗闇の中をキラキラと虹の刃が飛んでくる。

「グシオン！」

リディルは身体の奥の底から何とか魔力を吸い出して、グシオンに送った。グシオンの剣がパリパリと真っ白な雷を纏《まと》う。

グシオンは神の声の方向に走った。

飛んでくる虹の欠片に、雷が吸いつき粉々に砕いていく。グシオンの目論見《もくろみ》はわかっていた。この洞窟内では広範囲を雷で制圧する必要はない。この奥にある虹の神——『神の心臓』と打ち合うには、剣に溜《た》められる、鋭く尖《とが》った雷で事足りる。

「おお！」

咆吼《ほうこう》と共に、虹の神に向かって剣先の雷を放つが雷はふっと、蠟燭の火を消すように吸い込まれてしまった。

「グシオン、避けて！」

リディルの声より前に、グシオンは壁の陰に身を滑り込ませる。リディルもキュリを摑《つか》み寄せて壁に隠れた。ゼプトは反対側の壁にいる。目の前をきらめきながら、葉より薄い虹の欠片が何枚も飛んでゆく。

「グシオン！」

リディルはもう一度、身体の底から魔力を掻《か》き集めて、グシオンに送った。

だが先ほどと同じだ。剣から離れるまでは目映《まばゆ》い雷が弾《はじ》けているのに、放った途端、音もなくどこかに吸い取られている。そして途端に虹の欠片がきらめきながら飛んでくる。

「グシオン、ここはおかしい」

リディルは、壁伝いに下がってくるグシオンの側に行って声をひそめた。

「力が吸い取られている気がします。放てば放つほど、吸い込まれ、その魔力が欠片になって、そのままこちらに返ってきている気がするのです！」

「ああ。そのようである。手応《てごた》えがない。雷はどこも指さぬ。この先には何もない」

グシオンの雷の矢は、何かと結びつこうとする特徴がある。土であったり木であったり人であったり、天と地を繋ぐべく光の矢を伸ばし、一気にそこで爆発する性質がある。だから、いくら途中で吸い取られるとしても、雷の先端が行き場を迷うことなどありえないのだ。

ゼプトが顔を歪める。

「この奥に『神の心臓』があるのではないのですか⁉」

「多分、ないな」

目を細めて答えたのはグシオンだ。

「ではどうして！」

リディルは答えた。

「ここは囮《おとり》です！」

リディルが叫んだと同時に、グシオンはリディルの腹を抱えあげて肩に担いだ。そのまま背後に向かって駆け出す。

「ゼプト！」

リディルが手を伸ばして呼ぶと、ゼプトも走ってくる。

背中のほうから絶え間なく、虹の欠片が飛んでくる。グシオンの髪を掠《かす》め、リディルの巻き毛の先端を切り飛ばす。

ゼプトの頬や、腕には虹色の痣があり、それはひび割れつつあった。リディルの腕にもあるが、身体に魂を循環させればすぐに回復できる。グシオンは身体の中の呪いのほうが強いから、虹の粉がついても、すぐに光を失って落ちてゆく。

呪いと言っても虹の粉はこの洞窟の中にいる間だけだ。外に出れば消えてゆくはずだが、この洞窟の中にいる限り、少しずつ全身に呪いが染み、そこからひび割れて、いつか虹色の粉になってこの洞窟に取り込まれてしまう。

壁沿いを走りながらグシオンが言った。

「本物の心当たりはあるか、リディル」

いいえ、と答えかけて、はっとする。

「高さはこれで合っているはず。もう一本分かれ道がありました！」

何となく左に進んで、問題がなかったからそのまま歩いてしまったが、右にも同じような道が延びていた。

「そこだ。どちらへ行けばいい？」

虹の破片の数が減り、散漫になって行くのを確認して、グシオンはリディルを地面に降ろし、手を引いて走った。

「あっ……ええと」

目標物もない場所だ。しかも景色を覚えられないくらいには暗くてどこも同じように見える。だが、リディルには小さな習慣があった。小さい頃から、イドにも女官長にも、口酸っぱく言われてきたことだ。

「花を落としてきております。それを辿《たど》れば着くはずです！」

追われていないときは、花を落としながら歩く、だ。迷子になったら帰れるように、攫われたら追えるように、王女の教育としてリディルの花を使うことを教えられて、今もその癖が残っている。

「そう、だな」

グシオンの返事は鈍い。それもそのはずだ。この暗い中、虹の刃を避けながら闇雲に走れば、あっという間に方向を見失う。やっと足元が見えるくらいの薄闇で、小さな花を見つけるのは至難だ。見過ごせば余計に迷うだろう。『神の心臓』の本体に辿り着くどころか、迷って二度とここから出られないかもしれない。

そのとき、袋に入っていたキュリがシュッとリディルの肩に乗りだしてきた。

「キュリ⁉　駄目だよ、危ない！」

リディルが手を伸ばしたが、キュリはリディルの肩を蹴《け》って前に向かって羽ばたいた。

キュリはものすごい速さで飛んでゆく。

天井が低く、ときどき急につららのような岩が垂れている。虹の欠片も飛んでくる。そんな中を全速力で飛ぶのは危険すぎる。

キュリはリディルが落とした花を確実に見つけ出しながら怖くなるほどの速さで飛んだ。虹の欠片もだんだん間遠になってくる。

「ここです、王よ！　キュリ、もういい、おいで！」

花はここで終わりだ。この先はのぼってきた崖に続く道だった。

腕を差し出すと、キュリは暗闇を大きく旋回してリディルの腕に戻ってきた。バサバサと羽根音を立てて飛び込んでくるキュリを抱きしめる。

「すごい！　すごいよ、ありがとう、キュリ！　でももうあんな無茶は駄目だ」

きゅるきゅると興奮した声のキュリを袋に入れて、右の分かれ道に進んだ。するとすぐにまた分かれ道がある。

「こちらです！　王よ！」

確信して、リディルは右の道を選んだ。

——こちらは囮。

記憶の中のステラディアースが囁く。

——人は同じ条件の分かれ道を選ぶとき、自然に左側を選ぶんだ。

この洞窟の造りは城を思わせた。その証拠をリディルが示す前に、ステラディアースの城の講義を受け続けているゼプトが迷わず右の道を選んだ。

——にいさまはおしろにくわしいのね。

幼いリディルが問うと、ほんのわずかに年上のステラディアースは、菫色《すみれ》の目を細め、得意そうに笑った。

——お城が好きだからね。

グシオンの呪いを解くときも、記憶の中のステラディアースの助言に助けられた。彼に教え込まれた城の定石がなかったら、呪いの品がある場所まで辿り着けなかった。

今度もきっと——。

それが正解だったかどうかはすぐにわかった。

ぐんと空気が重くなる。神気の濃度が上がり、手首に虹色の染みが広がる。ぴしぴしと微かな音を立てて、染みの上に細いひび割れが走った。

何もない。音もなければ魂もない。石の気配すらない。

「グシオン……」

心の底がそわそわと震えて、無意識にリディルはグシオンに身を寄せた。

自分たちの生きる世界には、こんな空間があるはずがない。一歩踏み出すほどに、光が消えてゆく。身体の重みがわからなくなる。どのくらいの広さがあるかもわからない。

本当に足の裏が地を踏みしめているかどうかすらわからなくなったとき、ふわっと辺りに金粉のような粉が舞った。

反射的に息を止めた瞬間、無数のランプを灯したように、洞窟の中が明るくなった。これは炎などではない。虹のきらめきだ。

キラキラと輝きながらふわふわ流れてゆく七色の欠片が光って部屋中に満ちている。

目の前に垂直にのぼる虹がある。

あれが——虹の神の心臓だ。

——我が欠片を欲するか、儚《はかな》き精霊の子よ、人間よ。

頭の中に声が直接響く。音は出ていないはずなのに、肌がビリビリと震える。ゼプトの腕や頬に、さっと手のひら大の虹の痣がいくつも生まれた。

「っ！」

リディルの手にも、虹の痣が生まれ、葉で切るような鋭い痛みを上げながら、ぴしぴしと薄皮を爆ぜさせている。

グシオンがリディルを背に回しながら、『神の心臓』の正面に立つ。

「余にかかった獣の呪いを解き、我が妃の兄を助けたい。条件があるなら述べよ」

――それにどれほどの価値があるのだ、人の子よ。そなたが死んでも人は滅びぬ、誰かの兄が死んでも人は滅びぬ。それより先は欲というもの。人と我々の関係は元よりそのようなものだ。先に裏切ったのは人ではないか。

神が砕け散ったのは、神々の気まぐれを、人が仲介の精霊を通さず、神を創造した神に言いつけたからとされる。怒った魂の根源たる神は、あらゆる自然の神々を打ち砕き、地に叩きつけ、最後に残った心臓はばらばらに壊れて世界に散らばったとされる。

グシオンは答えた。

「神よ。虹の神よ。――たとえ神とて、小さき命に値をつけてはならぬ」

一瞬の静寂の後に、虹の神は大声で笑った。けたたましい笑い声とともに、虹の欠片が擦れあって、世界が振動するようなすさまじい音がする。

――そう。その通りだ。その言葉を聞いたのは何年ぶりか、いや、何十、何百年ぶりであろう。

虹の神はそう言うと、言い聞かせるような声音で言った。

——勇気を四つ、見せてみよ。さすれば欠片ほどの力を貸さん。

ふうっと身体が軽くなった。

今まで押し潰《つぶ》されていた神気が消えた。違う、どこかに去った。

その方向を追おうとして、リディルははっとする。

目の前には人の三倍以上はある、七色に輝く鳥が——首が長く、クチバシが長い鳥が、翼を広げている。

「勇気——そなたを倒せばいいというわけだな？」

グシオンは、剣を握り直した。手の甲に黒い毛が這い上がり、その毛先に虹の粉がついてキラキラしている。

バサリと鳥が羽ばたくと、羽根のところから七色の欠片が飛んでくる。

「グシオン！」

リディルはグシオンの背後に走りながら、グシオンに魔力を送った。

「く……！」

背中の魔法円はよく巡っているはずなのに生み出せる魔力が少ない。しかしグシオンの才能は、リディルが送る魔力の隅々までを雷に変えてしまえるところだ。百送れば百、あるいはグシオン自身の雷の力を加えて百以上の雷を放てる。

グシオンは、虹の欠片を、雷を纏わせた剣で振り払った。彼の剣は、数少なく宝物庫に残った雷の剣だ。剣は細身だが、グシオンの武装魔法を最大限に活かす。リディルはグシオンの周りに花を撒《ま》いて、虹色の攻撃から彼を守った。ゼプトはその陰から、羽ばたきの隙《すき》を見計らって虹色の鳥に斬りかかった。

再び鳥が大きく羽を広げる。

きらめきが羽の下に溜まり、虹色に光る。

リディルは、袋から魔力の珠《たま》を取りだした。これをほどけばそのままグシオンに魔力を届けられる。リディルは指先で珠の表面を軽く撫《な》でた。

珠からぶわっと花が溢《あふ》れ、それはたちどころに魔力となって膨れ上がる。予定通りだ。魔力の珠はすでに魂を魔力に変えて握り込んであるから、大いなる流れから魂を引き出せなくても魔力が使える。

そのとき、リディルは異変に気づいた。

魔力は珠から放たれたが、グシオンに向かわない。当てもなく拡散してゆく。花となって溢れ出す魔力は粉々に、破裂するように広がり、辺りに満ちる虹の光と混じってゆく。

しまった――――！

リディルは一瞬でその現象を理解した。魔力はグシオンを目指さない。外に放たれた瞬間、この洞窟に満たされる虹の神の魂に取り込まれてしまう。

ほどけた魂を虹の欠片が呼ぶのだ。自分たちは同じ魂だ。自分たちに交じり、魂に戻ろうと誘う。

とっさにリディルは、ほどけた魔力の珠を握り込もうとした。だがもう遅い。魔力の珠は魔力を放出しきって、ただの木の実になっている。

貴重な魔力をひとつ無駄にしてしまった。

ほどくだけでは駄目だ。身体の中に入れて、背中の魔法円を通して直接供給しなければ、グシオンに魔力は届かない。

でもどうすればいい――？

リディルは魂を変換してグシオンに魔力を送る。一度、魔力に変換したものをどうすれば
――……？

リディルは思いつくまま、新しい魔力の珠を口に放り込んだ。

一か八かだ。理論上はできるはずだ。

口に入れると、花の香りが口いっぱいに広がった。胸の辺りに、ばくんと衝撃があるのを魔力でねじ伏せる。魔力の珠の魔力を元ある姿に戻す。そして魔法円に流す。

背中がかっと熱くなった。魔力を、リディルの中の魔力で魂に戻す。それをもう一度背中の魔法円を使って魔力に換える。

「グシオン！」

叫んでグシオンに魔力を送った。魔力を魂に戻し、また魔力をつくるのだから、当然魔力の

総量は減る。だが思った程度の力はある。

グシオンの剣が帯電する。慎重に。全神経を尖らせて魔力の濃度を調節する。ここで剣が折れたら命がない。

グシオンの雷撃は十分だった。

雷を纏った剣を振り下ろすと、辺りの虹の欠片が一瞬で吹き飛ぶ。戦える。

「魔力をくれ、リディル！」

「はい！」

魔力の消費は早い。少なくとも小さな戦ひとつ分の魔力を練り固めているのに、あと三度、いや、二度だろうか。無駄にした一個が惜しまれる。グシオンに渡せる魔力に比べて、魔力の珠の減りが早すぎる。

「く……！」

何とか魔力の珠を節約したくて、元々の方法で魂を呼んでみる。だが応えはあるものの手応えというほどではない。

グシオンは守りではなく、剣に魔力を寄越《よこ》せと言った。そうしようとは思う。しかしこれでは魔力の珠の魔力が尽きれば魂は終わりだ。どれほど魂の流れから魂を吸い上げようとしても、魔法円が空回りしているように、うまく魔力に変換できない。

虹色の粉が額にこびりつくのがわかる。額に塗ってもらった塗料などすでに消し飛んだはずだ。腕にも、喉の辺りにも、虹色の肌にひびが入って、今にもそこが砕けそうだ。

もう一つ、リディルは袋から魔力の珠を取り出して口に放り込んだ。身体の中で魔力が破裂すると、高い崖から落ちるような衝撃が身体を殴った。それを堪えてグシオンに魔力を送る。剣が折れないよう加減をして、少しでも長く。

途端にグシオンの剣が、白い雷を纏う。

いけると思ったとき、グシオンがはっと振り返って、リディルに手を伸ばした。

「グシオン⁉」

次の瞬間には、グシオンに腕を掴まれている。その背に、リディルに向かって飛んでくる虹の破片が見えた。

「壁に避けよ！」

「グシオン！　駄目！」

声と共に横に振り飛ばされた。その背には、欠片を追うように、膨らむ虹色の球が迫っている。

「グシオン！」

片手を壁につきながら手を伸ばす。自分を庇《かば》ったせいで、防御が間に合わない。背中からもろに食らってしまう。

雷を纏った剣を握って、グシオンが振り返ろうとする。そこに慌てて魔力を送った瞬間、バシン！　と音がして剣が弾け折れた。

悲鳴を上げかけたリディルの目の前で、虹の刃がガシャアンと、大量の水晶が割れるような音で爆発した。

洞窟いっぱいに虹の欠片を飛び散らせて光る。

洞窟中に、鼓膜を破るような、大量の鈴の音に似た音が満ちる。

「――ご無事ですか、グシオン王」

背中で問いかけてくるのは、ゼプトだ。

ゼプトがあの、虹の塊を斬り砕いた。

口元に軽く拳《こぶし》を上げ、ごほ、とゼプトは咳《せき》をした。

その手にあるのは刀身に呪文《じゅもん》が彫り込まれた神官用の剣だ。サクルの剣。『隼《はやぶさ》の剣』とも呼ばれる、神を守り、神から人を守るために精霊から遣わされたというシャディア家の宝剣だった。

ゼプトの頬が虹色に染まり、表面がパリパリと光を放つ。だが見る見るうちに走っていたひびが埋まり、虹色が光を失ってゆく。

ものすごい勢いで消化している。シャディア家の血のことはリディルも聞いていたが、ここまでとは思わなかった。彼でなければここには来られなかった。大魔法使いの自分、大きな呪いを抱えたグシオン、そして呪いを消化するゼプト、自分たちだから戦えている。

「ああ」

グシオンは二本目の剣を抜き、すぐさま立ち上がって、今の一撃で手が痺《しび》れたようにゼプトが柄を握り直す一瞬を、雷の剣で庇った。

ゼプトより軽々と、グシオンの剣は虹の欠片を砕いた。洞窟の中に、雷を纏った虹の欠片が散らばって目映いほどだ。

四つ目の珠を口に入れる。魔力の珠は、リディルの身体によく回った。今だけ、外にいるときほどではないが魔力が十分に背中の魔法円を走る。

グシオンの剣はよく、虹色の欠片を弾いた。彼は非常に目がいい。欠片になる前の魂を見分け、脆《もろ》いうちに弾く。

ゼプトには守りを与えた。ゼプトの剣は元々聖堂の剣だ。肉を切る力は普通でも、邪悪な精霊や魂を斬る威力に長《た》けている。虹の欠片も例外ではなかった。あれが普通の鋼だったら、打ち合った瞬間に弾け折れてしまうだろう。

王の補助をしながら、ゼプトも前に斬り進む。あの鳥を打ち倒せばいいのなら可能に思える。少しずつでも進めれば勝てる。

そう思ったのも短い間だった。

急に目が回りはじめた。呼吸が苦しく、胸がどくどくと打って立っていられない。

リディルは壁際によろよろと崩れ、思わずのように自分の手を見る。肋骨《ろっこつ》が砕けそうに痛い。

ゆらゆらと視線が定まらない。胸が苦しい。

魔力の暴走とは違う感覚だ。膨大な魂の流入に身を任せ、身体を手放してしまう感覚はゆったりと、恍惚《こうこつ》と温かくて、心地よくすらあった。魂の流れに溶け、完全に身を任せてしまう。自分も魂の一部になる。

今は、やわらかい壺《つぼ》に焼けた鉄を落とすような心地がする。身体の中で爆発的に膨らむ魔力を受け止めきれない。本来は魂の流れから身体を通して外に出す魔力だが、今は魔法円に魔力を出すのと、身体の中で膨らむ魔力の差がありすぎる。身体の中で魔力が膨らみ、それをリディルの魔力で魂に変換しながら背中の魔法円に通して増幅する。――つまり、リディルの生命を使って、魂と魔力の変換をしているのだ。

グシオンがチラリとこちらを見た。魔力が足りていないのだ。

「ん――……！」

まだ、珠は一つ残っている。苦しいけれど、今やめればグシオンが危険だ。爆発的な魔力を、リディル自身の魔力と身体を使って漉《こ》す。生まれた魂を魔法円で増幅させる。自分の体内にものすごい負荷がかかっているのがわかる。

心臓が、肺が痛みはじめる。呼吸のたび、鼓動のたび身体を斬られるような痛みが響いて気が遠くなりそうだ。

もうあといくらも保ちそうにない。いつまでもグシオンを守れる気がしない。

だがあの鳥を倒せれば『神の心臓』が得られる。そうすればグシオンの獣の呪いは解け、ステラディアースの繭が保てる。

あと少し。少しだけ。

心臓が壊れてしまうかもしれない。

そう思いながら、最後の魔力の珠を手のひらに零す。取り込もうと口に入れる寸前、刺すような痛みが胸を貫いて、リディルは咳き込んだ。

「リディル！」

目の前に飛んでくる虹の刃をグシオンが弾いてくれるが、砕いた欠片がリディルの肩に当たって、腕が跳ね上がってしまった。

「あっ」

魔力の珠は手のひらから零れ、手を伸ばした程度では届かない離れた場所に落ちて転がる。

手を伸ばすが届かない。咳が止まらない。

ああ、駄目だ。届かない。

半ばうずくまるようにしながら、残った魂で魔力を生成するリディルはふと顔を上げて絶望した。

ゆっくりと鳥が金色のクチバシを開く。キイイイと音を立ててそこに七色の渦が巻く。

守り切れない――。

そのとき、身体の側から、バサバサと羽ばたく音がした。袋の中から出てきたキュリだ。

「駄目、キュリ！　危ない！」

キュリが目指すのは、リディルが落とした魔力の珠だ。

離れた場所に落ちた魔力の珠が見えるのはキュリだけだ。だが、氷の欠片が舞うように鋭く飛ぶ虹の欠片を、キュリは避けられない。

キュリの羽根の先が、切れるのが見えた。翼は無事だが何枚か、風切り羽が切れて宙に舞う。

だが地面スレスレを掠るように飛んで、こちらに折り返してくる。

「キュリ！」

キュリはリディルの手のひらに魔力の珠を落とすと、急いで袋の中に潜った。

何ということを――と、キュリの勇気に目眩を覚えながら、キュリが拾ってくれた魔力の珠を口に入れる。

珠を魔力に変える。爆発的に身体の中に魔力が溢れ、胸と背が砕けるような衝撃があった。

すぐさまグシオンの要求に応えるが、七色の渦は先ほどとは比べようがないほど、限界まで大きくなって放たれようとしている。

「グシオン！」

避けるのも間に合わない。

絶望の叫びを上げたとき、七色の弾はグシオンの正面から放たれた。

もしグシオンが死ぬのなら、同じ光に砕かれて死にたい。

そう思って目を瞠《みは》ったリディルは信じられないものを見た。

「おおおお！」

グシオンの剣が、放たれた虹の球を斬ろうとしているのが見えた。魔力も十分でない、最強とは言えない剣で、『神の心臓』が放った虹の球を斬るというのだ。

「おお！」

雄叫《おたけ》びと共に、虹の球は両断されて、自分たちの斜め後ろに吹き飛んでいった。

呆然《ぼうぜん》とするしかなかった。

斬り勝ったのだ。神が放った虹の球に。

グシオンは、呪いに呪われ、目の下まで黒い印が這い上がっていた。剣を握る手の甲には、黒い毛が生え、鋭い爪《つめ》が伸びている。

グシオンは、身体中に雷を纏わせながら、剣先を軽く振って、虹の鳥に宣言した。

「──余は、王である。国を、妃を守るためなら何でもする」

勝てるのか。

驚きに声も出ないまま、今のうちに、と身体に残った魂を掻き集めて魔力を引き出そうとした。魔力に呼応して、腕全体に広がった虹のひび割れが酷《ひど》くなる。それでもグシオンに魔力を送るしかない。

一撃を防いだだけだ。長く戦うのは無理なのは明白だった。グシオンにももう時間がない。あとどれだけ正気を保っていられるのか、いつ獣の姿に変わってしまうかわからない。今全力を振り絞るしかない。

だがグシオンは不意に、羽を広げて虹の力を溜めはじめた鳥に背を向けた。

「グシオン……？　——王よ！」

どうして、と、リディルは目を瞠った。

「もういらぬ」

頬に黒い毛を這い上がらせ、片目を血の色で真っ赤にしたグシオンは簡単に言った。

「月にたった三日、地の中で過ごそう。今にも増して政治に努めよう」

「グシオン。駄目。呪いを解かなければ！」

もう少しで勝てる。もう少しで呪いが解けるかもしれないのだ。自分ならまだやれる。少なくともあと二度は魔力が送れる。

こちらに歩いてきてリディルの前に膝をつくグシオンに、リディルは縋《すが》りついた。

「グシオン……!?」

「この世にそなたと引き換えにできるものなどない、リディル」

グシオンは囁くと、ゼプトを振り返った。

「すまぬ。これ以上は戦えぬ。引くぞ、ゼプト」

ゼプトは驚いた顔でこちらを見ていた。そしてゆっくりと虹色の鳥を見る。キュウウウウ！という音を立てながら、鳥は羽に溜めた虹色の欠片を、再びクチバシの間に溜めようとしていた。

鳥の赤い目が、ゼプトを見る。

ゼプトは肌が露出している部分はほとんど虹色で、あちこちにひびが入っている。神気が強くて、ゼプトでももう消化できないのだ。

「いいえ。お引きください、イル・ジャーナ王よ。俺は諦めきれぬのです。愚かと言われようと、俺の命のすべてを使い尽くすまで、どうしても、どうしても諦められぬのです！」

「ゼプト駄目！」

鳥のクチバシの間に虹の球がきらめいた。

「ゼプト！」

リディルは残った魔力でゼプトの前に花を散らしたが、到底そんなもので防ぎきれるものではない。

グシオンの肩越しに手を伸ばし、彼を助けようとする。

クチバシから放たれる虹色の球が、ゆっくり動いて見えた。虹の揺らめき、輝く様、その一瞬一瞬がこの世の何より鮮やかに美しく見える。

「ゼプト！」

放たれた球がゼプトに向かう。彼の剣が虹の球に当たる瞬間までリディルはゼプトを見ていた。

——ねえ、リディル。リディルは虹に触ったことがある？

ずっと昔、子どもの頃に聞いた、幼いステラディアースの声が耳に蘇《よみがえ》った。ステラディアースは、外にあるものは何でも触れると思っていて、城の次に触りたいものは虹だと言った。どうしてだかそのときリディルは、虹には触れないのだと言えなかった。自分はまだ小さくて、ステラディアースのほうがずっと賢かったのだけれど、それでも兄も、自分も一生虹には触れないのだから、触れられると思っていたほうがいいのだと思ってしまった——。

ばん！　と破裂音がした。谷中に轟くような爆音だった。

虹の球はきらめく魂となって広間中を七色に満たし、大きくゆっくりと渦を巻いている。虹色の鳥も、翼の先からキラキラと七色の粉になって崩れ、その渦の中に溶けていった。

七色の鳥がいた場所に、広げた手のひらに載るほどの、虹の塊がある。

あれが『神の心臓』——。

「鳥を、倒したわけではないのに」

振り返りながらグシオンが言う。

そのとき、また頭に直接響く声が答えた。

——愛する者を信じ、一途に捧げる勇気。愛する者を選び、呪いを抱えて生きる勇気。己の命を差し出して、愛する者を生かそうとする勇気——。

「確かに勇気を示せと、神は言った……」

グシオンが呆然と呟く。鳥を倒す武力でもなく、虹を押し返す魔力でもない。リディルの真心が、グシオンの決意が、ゼプトの献身が、勇気だと認められたのだ。

「……でもどうしてでしょう。示した勇気は三つしかないのに」

もう虹の欠片が飛んでこないことを確かめて、グシオンは立ち上がった。ゆっくり歩いて虹色に輝く『神の心臓』に近づいてゆく。リディルたちも、グシオンの後ろに付いていった。

『神の心臓』は、正面奥の岩の台座の上に、鳥の卵のように置かれている。

虹色の光の中に、古代の文字が浮かび上がる。リボンのように螺旋《らせん》を画いて立ち上っている。

『アヴロラ・イ・プシェトガ』

それが神の名だ。

光の中に、契約の文言が流れてゆく。

リディルは慎重にそれを読み取ったが、どうしてか、呪いの内容が提示されない。だが神は必ず人を呪う。こうしているだけでも肌が虹に侵食されているのだ。見逃してくれるわけなどない。

——さあ、取れ。人間の子よ。

グシオンは軽くゼプトを振り返った。取れば呪われる。だが、ロシェレディアに聞いていたように、あらかじめ呪いの条件は提示されていない。神によって違うのか、それとも呪うことを知らせずに手に取らせようとしているのか。古代の文字が読めるはずのゼプトも、文書を凝視しているが何も言わない。

いや違う。虹の神は勇気を試す神だ。それに手を伸ばすことにすら、勇気を示せというのだろうか。

「お待ちください、王よ」

思わずリディルは彼を引き留めた。

自分たちは神の心臓が欲しくてここまで来た。だが、もし、かかる呪いが今より悪い状況を生んだら？　グシオンの命を奪うようなものだったら手をかけてはならない。

グシオンは、リディルを軽く一瞥してから、まっすぐ『神の心臓』を見据えた。

「心臓を分割したときはどうなる？」

——同じ石と見なされる。

「つまり、呪われるのは一人だけということか」

「王、おやめください！　俺が——」

グシオンはゼプトの制止も聞かず、石に手を伸ばした。

「余以外にあろうか？」

グシオンが『神の心臓』に手を置いた瞬間、虹色の石は陽炎《かげろう》のような揺らめく光を立ち上らせた。

そこには、古代の文字で、呪いの条件が書いてある。

——我は、呪いを呪う呪いである。手にした者にあるあらゆる呪いは永遠に呪われるものである。

その契約通り、見る見るうちにグシオンの身体から、呪いの痣が引いてゆく。伸びきった爪は落ち、その下には人の爪が現われる。

「グシオン……！」

こんな奇跡があるだろうか。『神の心臓』を得て、グシオンの呪いが消える——……！

「グシオン！」

身体の軋《きし》みも忘れて、リディルがグシオンに手を伸ばそうとしたとき、急に膝が重たくなってリディルはそのまま、がくんと前に両手をついた。

「⁉」

四つ這いになった身体の下がもぞもぞと動く。

襟足の黒い毛束が、地面の上にぱたりと落ちる。そこから起き上がろうとする癖毛、グシオンと同じ、なめらかな褐色の肌——。

黒い目が、きょとん、と見上げてくる。

「ヤ——……ヤエルッ⁉」

「……かあさま……？」

不可解な顔をして、リディルを見上げてくるのは裸のヤエルだ。

始終冷静な判断を下し続けていた王も、さすがに引《ひ》き攣《つ》った顔でこちらを見ている。

「ヤエル……ああ、……ええ？　キュリ。そうだ、キュリがいない！」

袋に入っていたはずのキュリがいない。キュリの代わりにヤエルが出てきたのだろうか。そんな馬鹿な……！

「ヤエル！」

『神の心臓』を手にこちらに歩いてくるグシオンの足元に、カランと何かが落ちた。『神の心臓』から欠け落ちた石だ。小鳥の卵くらいの大きさだが、光の輪ができるくらいらんらんと虹色に光っている。

それをグシオンが地面から拾い上げたとき、再び虹の神の声が響く。

――雷王の子よ。勇気ある雷《いかづち》の子よ。その欠片があれば、下手な魔法使いを侍《はべ》らせるよりずっといい。

「四つ目の勇気とは……ヤエル……？」

もし、もしもヤエルとキュリが入れ替わっていたとしたら――。

「ヤエル⁉」

リディルは改めて両頬を手のひらで押さえ、真っ青になって叫んだ。

今になって心臓が凍りつきそうだ。

鳥のように高いところを飛び、狭く暗い洞窟の中を、虹の欠片をかいくぐって、激突の危険も顧みず羽ばたいた。虹の刃が飛び交う最中、リディルのために身を投げ、魔力の珠を拾いにいった。

思い出せば全身の毛穴が開き、どっと冷や汗が吹き出る。

あれはヤエルだったというのか。

そう思えば、出発前、様子がおかしかったキュリの態度にも合点がいく。何か訴えるような、必死なおしゃべりも、中身は自分だと訴えていたのだ。自分たちが知らない間に、ヤエルに呪いがかかっていた。呪いが解けて、元の姿に入れ替わったというのだろうか。

「ゼプト」

沈んだ顔のゼプトが、グシオンの手にある『神の心臓』を眺めた。

「呪いを受けたのはイル・ジャーナ王、あなたです。私にはそれをいただく資格がありません。でも、もし、もしも余ったら、どうかステラ様に――！」

「そんなわけがあるか」

面倒くさそうに、グシオンはリディルを一度眺めるとゼプトに軽く『神の心臓』を掲げて見せた。

「余は、これがなくとも、政治で国を治める決心をしていた。先に第二王女に使え」

リディルも、腰に巻いていた薄布を、慌ててヤエルに巻きつけてやりながら力強く頷き返す。グシオンの呪いはもう解けた。この先は、どんなことがあろうとも、もしもステラディアースに『神の心臓』を使い果たしたとしても、グシオンは自分が側で支える。


帰路は穏やかなものだった。

あの広間で砕けた虹の光はあちこちの隙間を通じて地上に還ってゆく。それを追って広い通路を歩けば、難なく外に出られそうだ。

天井近くをキラキラ光りながら流れてゆく魂に、ヤエルは両手を伸ばしながら歩いた。

「ねえ、かあさま。これはもう、しゅしゅしゅ！　って飛んでこないの？　怖かったですね。大丈夫ですか？」

ヤエルの口ぶりからしても、やはりキュリの中身はヤエルだったようだ。思い返すと心臓が石のようにひやりと固まり、表面が結露するような心地がする。あまりの出来事に気が遠くなりそうだ。危ない目に遭わせてしまったどころの話ではない。極端に言うなら、イル・ジャーナ王家が一度に滅びてしまうところだった。

「大事ないか、リディル？」

心配そうな顔のグシオンがリディルを軽く抱き寄せた。

「はい。魂さえ吐き出してしまえば、もう何ともありません」

あのときは心臓や血管が破裂してしまうのではと思うほど苦しかったが、魂を使い切れば何と言うことはない。残っていた痛みも、怪我も、外に出て、リディル自身の魔力を身体に回せるようになったので呼吸をするたび、あっという間に癒《い》えていった。

三人――いや、四人は、虹の谷の裏側、山肌の中腹当たりに出た。蛇の野原を通る必要がない安全な山道だ。

虹の谷のあちこちから天に向かって虹の欠片が立ち上っている。それは本当の虹になって、晴れた空に幾重にも虹を架けた。

リディルは涙が滲《にじ》む目元を指で拭《ぬぐ》った。

眩《まぶ》しくて、まだ目が慣れない。

太陽が、空が、虹が。そして我が伴侶《はんりょ》が、我が子が。そして未来が。

歩きながらグシオンが肩を抱いてくれる。

彼の手はもういつもの彼の手で、瞳も黒い。

リディルとゼプトの身体を染めていた虹色の肌も、洞窟から出ると、見る見る肌から離れていって、きらめきながら虹の谷の空気に溶けていった。

しばらくも下らないところで、下の隊に報《しら》せるための笛を吹こうかと言ったところで、待ちきれないようにして駆け上ってきたヴィハーンと遭遇した。

エウェストルム城は俄《にわか》な騒ぎとなった。

許されて『神の心臓』を持ち帰った二例目となったからだ。

すぐにステラディアースの部屋に通された。消毒に慣れているゼプトはいいが、グシオンは魔法機関でずいぶん洗われたようだ。

「兄様！」

「ゼプト……。リディル……」

たった一日で、ステラディアースの繭の崩壊はずいぶん進んでいた。憔悴《しょうすい》して、朽ちかけた白い蝶《ちょう》のような姿で、壊れた繭の中に呆然と座り込むステラディアースの元に駆け込んだ。

ステラディアースに報告をし、上等な籠《かご》に入れられた目映く光る『神の心臓』を見せる。

「これでステラ様の繭を修復できますか？」

ゼプトが切羽詰まった、どこか安堵《あんど》したような顔で聞いてくるのに、リディルは俯《うつむ》いた。

「少し、時間をくれないか。ステラ兄様にも」

「どうしてだろう……？　グシオン王の剣に使いたいというなら、それはそれでいいのだけれど」

「いいえ、そうではありません。ただ、できればロシェレディア兄様の顕現を待ちたいのです。

その前にしておきたいこともある。一度、イル・ジャーナに帰らせてください」

「リディル様、それではお話が……！」

「ごめんゼプト。今は言えない。ただ繭の崩壊に間に合うよう、必ず来る。それだけは信じてくれ。兄様も」

繭の中のステラディアースに言うと、彼は青い顔をして、何も言わずに頷いた。

眠ったヤエルを抱いたグシオンを連れて、イル・ジャーナに飛び地で帰った。城には疲れ切ってボソボソになったキュリが暗闇にある止まり木に留まっていて、カルカは倒れていると言い、イドは血を吐いて魔法機関に運ばれたと聞いた。

『神の心臓』は、イル・ジャーナ城の神殿に安置された。

武強国らしい石造りの荘厳な広間で、中央にはひとすじ、赤い絨毯が敷かれている。その突き当たりにある、黄金の台座。そこに『神の心臓』は掲げるように置かれている。

その前にリディルはもう何時間も立っている。

身を整えたグシオンが聖堂にやって来た。

リディルは『神の心臓』の前で俯いたまま顔を上げられない。

「どうして兄上に、『神の心臓』を使わぬのだ」

「考えがあるのですが、自信がなくて……。それよりも、キュリをお借りして申し訳ありません」

「疲れているようだったが、夕方には元気な様子であった。見つかればよいが」

「はい。まだ遠くには行っていないはずです。飛び地を使えばこの限りではありませんが、今この辺りは新酒の頃合いなので、留まってくれていることを祈ります。それよりもグシオン」

リディルには一つ、後悔がある。『神の心臓』が出した条件に、呪いが解けると喜んで飛びついてしまったけれど、もっと慎重に考えるべきだった。

「呪いを呪う呪い。もう誰もあなたを呪える者はいない。単純に考えれば、これほどありがたいことはありません。でも呪いというのはおしなべて人の気持ち。すなわちあなたはこの先、誰の祝福も受けられない」

受けても無効にされ、グシオンの中に留まらない。呪いと祈りと呪《まじな》いは微かな差だ。この先、辛うじて祝福が届くのは、グシオンと魂が繋がっている自分だけだ。他は何人祝いに来ようとも、謁見で喜びを伝えても、グシオンに祝福として幸運をもたらすことはない。

「私は、取り返しのつかない間違いを犯してしまったのかもしれません」

『神の心臓』の呪いは解けない。わかっていたのに、どうしてもっと慎重に考えなかったのか。

グシオンは、静かにリディルを袖《そで》に包んだ。

「間違いなど、一つもない。我が唯一の妃よ」

「でも」

リディルの頬を包み、軽く上向かせて、唇を重ねながらグシオンは囁いた。

「そなたから愛される以上の祝福があるだろうか」

疲れていたが、妙に抱き合いたい気分だった。

香油を垂らした湯で、リディルは念入りに身体を温めた。

女官に髪の手入れをしてもらい、ところどころゆるく編んだ金髪に、花を差して王を待つ。

同じく湯浴《ゆあ》みを済ませてきたグシオンが寝室に入ってきた。腰紐《こしひも》を解きながら寝台に上がってくる王の口づけを受ける。

「傷は痛みませんか？」

グシオンの身体にはまだ桃色の傷痕がある。リディルが魔法で治癒したが、新しい皮膚ができたらそれ以上魂が修復しようとしない。つまり治癒と見なされるのだが、できたばかりの皮膚はまだ傷の痛みを覚えていて、神経もまだ傷が治ったことに気づいていない。表向き治ってもしばらく痛みは残るのだ。

「いいや、まったく」

グシオンはたいがいそう言う。生傷に比べればと言うし、そう思うが痛いものは痛いはずだ。

「そなたの傷はどうなった」

グシオンはリディルの手を取り、指先に口づけ、膝や腿に口づける。

「治しました。まだわかりますか？」

洞窟で負った擦り傷だ。これも魔法で治癒させたが、身体に薄い色の花を描いたようになってしまった。数日たてば周りの皮膚の色に馴染《なじ》むのだが、肌が新しいから目立ってしまう。

「ああ。美しいようにも思うが、傷はないほうがいい」

そんな、甘い話をしながら、ゆっくりと褥《しとね》に押し込まれた。

グシオンの、肉厚の舌が、リディルの花弁のような唇を割る。口の中を舌で探られ、優しく撫でられると、背中がゾクゾクと震えた。グシオンの大きな手が身体を撫で、夜着を払ってゆくから、リディルは王の脇腹を撫でながら、鋼のような重く熱い肌を撫でた。

「洞窟で言ったことは嘘《うそ》ではない」

「王が、嘘をつかれたことがありますか……？」

くすぐったく囁く唇で、首筋を愛撫《あいぶ》されながらリディルは、吐息で問い返した。王は謀《はかりごと》はするが、嘘はつかない。特にリディルに対して心の嘘をつかれた記憶がない。

「いいや。本当の中の本当という意味でだ」

油を零した手に身体を撫でられながら、リディルは軽く喘《あえ》いだ。

「私を守るためなら何でもすると、仰《おっしゃ》った。私も同じです。あなたを守るためなら何でもする」

呪いを諦め、獣の姿に甘んじると言った。だがその辛《つら》さから守るために自分は戦うつもりだ。

なんでも差し出すつもりだった。

「ほどほどにな、我が妃よ」

すっかり慣れた身体の奥に、静かに指を指されてリディルは背を反らして喘ぐ。

「あなたこそ。王よ。あ……、あ、ん」

腹の中を指で擦られると、花が開くようにふわっと体温が上がる。見る見る溺《おぼ》れるような息になっていくのが怖くて、グシオンの首筋に縋《すが》りつくと、腕から止めどもなく魔法の花が零れ落ちる。

「王よ……。ずっと側に……いてください。どんなことがあっても、私の側に」

愛《いと》おしさと甘い欲望に腰をくねらせ、グシオンを欲しがるリディルを片腕に抱き、ひどく甘い声でグシオンは囁いた。

「ああ。そなたの祝福があれば、他には何も要らぬ」


「あっ、あ。あ――――！　ん。んあ！」

グシオンの腰に跨《また》がり、背中抱きにされたリディルは、擦り上げられる快楽に、大きく身体を跳ねさせた。

「あ、っ、うあ！」

中から突かれる下腹を、グシオンの手がぐっと押さえる。背中抱きにされて、ぐちぐちと水音がするくらい激しく掻き回されると、悲鳴のような甲高い声が上がった。

グシオンの濡《ぬ》れた唇が、汗に濡れたリディルの襟足に押しつけられた。暑いので飾りを兼ねて髪を編んできたのだが、王はこれがひどく気に入ったようだ。優しく手に摑み、横に除《の》けては現われる首筋に口づける。胸元に垂れた自分の髪が、乳首をくすぐるのにはリディルは少し後悔した。グシオンの指や、唇の愛撫を受け止めるのに精いっぱいなのに、編んだ毛先で敏感なところを急に擦られるたび、驚いて皮膚を震えさせるしかない。

「また、たまに髪を編んでくれ。魔法円もよく見える」

もう止めようと思っていたのに、グシオンに頼まれれば考えざるを得ない。

グシオンの肉槍《にくやり》で深く身体を開かれ、指で赤く尖った乳首を摘ままれて、身体がどうにかなりそうなくらいの快楽で波立った。蜜《みつ》が流れ続ける性器をグシオンの手が優しく擦ると、身体中の魂が沸騰するように喜び、もう何百回と契った魔法の王との契約を欲しがった。

「王よ……もう、零れ……ます」

汗に浸され、身体中から発情のにおいを立てて、リディルは身体の底から湧き上がる快楽を訴えた。

「許す。何度でも」

囁かれて、リディルは悶《もだ》えながら絶頂を迎えた。

身体の芯《しん》が痺れ、目の前に泡が弾けるような感覚を覚えながら、グシオンの硬い性器を震えながら絞り、滾《たぎ》る蜜を奥に受け止めた。

夜が明けた途端、城は祝福で溢れかえらんばかりだった。

「ヤエル皇太子に祝福あれ！　我がイル・ジャーナの未来に栄光あれ！」

誰かの掛け声のあとに歓声が沸く。爆竹が鳴り、喇叭《らっぱ》も吹き鳴らされて大騒動だ。

ヤエルは『神の心臓』を得た。小さな欠片だが剣に嵌《は》めれば魔法使いを従えるに等しいほどの雷を呼ぶ。一代の王が新しい『神の心臓』を得るなど奇跡以外の何物でもない。

ちなみに、どうしてキュリとヤエルが入れ替わったのか。

呪いの紋様が消えた今となってははっきりしないが、過去、入れ替わりの呪いがかかっていたのはキュリではないかと、リディルは推測している。

ヤエルは今まで呪いを受けたことがない。

入れ替わっていた間、キュリの身体のどこかに、ヤエルの尻にあったのと同じ呪いの紋様があったはずだ。羽の中だから気がつかなかった。ヤエルが言うには「キュリを抱いていたはずなのに、いつの間にかキュリが自分を抱いていた」ということだ。つまり、『王の第一子』に届くはずの余波が、キュリをヤエルの一部として作用してしまったために、キュリが受けた過去の呪いが再発し、一番側にいたヤエルと入れ替わったと考えるのが最も自然だった。だとしても、キュリがいつ誰に呪いをかけられ、どうやって元に戻ったのかは謎のままだ。グシオンも覚えがないと言っていた。

日が一番高くなる前に、『神の心臓』の披露が行われてからは、さらに祝いの雰囲気が城に満ちている。宴の準備でざわざわとしていて、街の方々から食材や飾りが集まってくる。周辺からは慌てて物売りや屋台が駆けつけている頃だろう。

小さな石を、ヤエルの剣に嵌めた。

ヤエルが雷を呼ぶと、途端に雷が大木を切り裂いたのだ。

人々のどよめきは大きかった。

刃を落としたままごとの剣であれだ。将来、ヤエルが大人になり、清められ、祈りを込められた、王のための正式な宝剣を手にしたとき、どれほどの威力を持ってイル・ジャーナを守るだろう。

ヤエルは、虹の神に認められた勇者となった。そして『神の心臓』は勇気を示したヤエルと神との契約だ。ヤエルが生きている間は剣を譲っても『神の心臓』は従わないのが普通だ。つまりヤエルは、自分とグシオンの実子と同等の魔力を持ったこととなる。アヒムをすげ替える必要性はこれでまったく消え去った。

「叔父上ももう、城に近づくまい」

窓辺に肩で凭れて、庭の喧噪《けんそう》を眺めているグシオンがそう言って微笑した。

見栄っ張りのデルケムのことだ。ヤエルのことはしばらくは知らんふりを決め込んで、立太式の頃に何食わぬ顔をして、ヤエルの大叔父として現われるだろう。

ヤエルも自分たちも、昨日と何も変わっていないが、静かな環境で過ごせるのはいい。グシオンとそっと微笑《ほほえ》みを交わすと、窓からキュリが戻ってきた。

あの出来事のあと、たくさんごちそうを与えて、怖がらせたお詫《わ》びをした。もうすっかり元気になったようだ。

「早かったね。もう見つかったの？」

おいで、と手を伸ばすと、キュリが腕に渡ってきた。キュリの足には手紙が結ばれている。出したときと同じ紙だが結び変えた跡がある。

開いてみると、リディルが書いた手紙の横に、文字が書き足されていた。

『つまみは、こないだ出た鳥の燻製《くんせい》にしておくれ』

8

飛び地で城に戻ってきたガレラントと、ずいぶん議論を交わした。

部屋が紙だらけになった。終《しま》いには広い謁見室を占領して、紙と巻物を広げた。『もうやめよう、これでもう間違っちゃいないよ』と横になりたがるガルーの手を引いて、何度も確かめてもらった。

グシオンの武器も、ガルーの助言を仰いだ。

リディルの思った通り、グシオンの武器は、剣ではなく、槍にしたほうがいいとガルーも言った。

『神の心臓』は割と大きく、槍と繭に使っても十分余る。

満月が近くなって、リディルは『神の心臓』を携え、ガルーとエウェストルムに移動した。

もうステラディアースの繭は三つほどしか残っておらず、だがどのみちこの繭は要らなくなるのでこれでいい。

海の方角から月が昇る。

銀色に輝く天体の月、そして、やわらかく光る小さめな魂の月。

ベランダに氷の粒が降るのが見えた。だんだんそれが結晶のように形を持ってゆく。ロシェレディアの顕現だ。

白いつま先が地に着いた。

「――まったく呆《あき》れたことだ。本当に虹の谷にゆくなんて」

ロシェレディアは当たり前の顔でベランダから、エウェストルムの二階の部屋に入ってきた。磨き上げられた木の卓の向こうで、ガルーがあくびをしている。

「それでは、ステラディアース兄様のところに行きましょうか」

リディルは二人を伴って、飛び地で、ステラディアースの部屋を訪れた。

花を背後に落としながら、リディルは一番最後に飛び地の鏡から出る。

言いつけ通り、ゼプトは、ほとんどの繭が潰《つい》えてすっかりがらんとした部屋の、ステラディアースの繭の前に卓と椅子を用意していた。

リディルは卓の上に、抱えてきた『神の心臓』と、たくさんの紙を重ねて置いた。

ロシェレディアは、卓に近づくと無造作に椅子に腰掛ける。その向かいにガレラント、ロシェレディアの隣向かいにリディルが座る。皆からステラディアースの顔が見え、声が聞こえる位置だ。ロシェレディアに説明かたがた、ステラディアースにも判断の材料を一から聞いてほしい。

リディルは静かに切り出した。

「ステラ兄様の繭のことで、一つ、考えがあるのです」

ひとりでは不安で、氷の大魔法使いロシェレディア、海の大魔法使いガレラントの助言を仰いだ。

ロシェレディアが早速紙を摘まむのを見ながら、リディルは説明を始める。

「初めは、『神の心臓』を使って、ステラ兄様の『ゆりかごの繭』を作り直すことを考えていました」

『神の心臓』の消費は少なく済むから、万が一失敗しても一度やりなおすくらいの余裕がある。そしてもしうまく『ゆりかごの繭』をつくり直せたら、今後一切、繭の劣化を心配せずに済むのだ。それが一番明快で、堅実な方法だ。

「でも、ゆりかごの繭をつくるということは、人の身体——魂の容れ物をつくるのと同じです。そうですよね？　ロシェ兄様」

「そうなるな。ステラが生まれたとき、あれはステラの身体の代わりにつくったのだ」

「だとすると」

緊張しながら、リディルはロシェレディアの手の下から、数枚の紙を抜き出して、横に広げた。

「『神の心臓』で『ゆりかごの繭』をつくるのではなく、ステラディアース兄様の身体の外郭自体を、『神の心臓』でつくってみてはどうかと思ったのです。『ゆりかごの繭』の生成と魂の器としての人の肉体は同じですので」

「確かにそうなるな。しかし、その論理は？」

ロシェレディアは興味深そうに紙を眺めている。

「我々で『ゆりかごの繭』に近い繭をつくり、『神の心臓』の力が最終的にステラ兄様を覆う形にすればいいのです」

「それは繭は必要か？」

「はい。ステラ兄様は、ご自身で『神の心臓』から『ゆりかごの繭』をつくることはできません。我々で新しく繭を編むにしても、ロシェレディア兄様が編んだ繭、あるいは紡いだ糸が、一番成功率が高いはずなのです」

「なるほど。『神の心臓』で繭をつくるのではなく、『神の心臓』を織り込んだ繭にステラを入れ、ステラの魂の殻として吸着させ、固定させるという訳か。そうすれば私は糸だけを紡げばいいことになるな？」

「そうです。『神の心臓』を材料にした糸をロシェ兄様が紡ぎ出せば、編むのはロシェ兄様でもステラ兄様でもいい」

「あんたよりも弟君のほうが手先が器用そうだからねえ」

「うるさいな」

何度も頷くロシェレディアの背後で、ステラディアースが不安そうな顔をした。

「……わからない」

「この『神の心臓』で、兄様の身体をつくろうということです」

「身体を……？」

「そう。繭の代わりになる、身体――魂の容れ物になる皮膚を」

何気ない閃《ひらめ》きは本当になった。いや、方法的には可能だと思っていたが、『神の心臓』という素材がなければ不可能だった。

ステラディアースの魂の一番外側を、『神の心臓』で覆う。属性に無関係で、形にも制限がない、魂と果てしなく馴染む、『神の心臓』という素材は、ステラディアースにとって奇跡的な外郭――彼の確固たる皮膚になり得る。

「また、上手く嵌ったものね」

リディルが書いたまとめの紙を摘まみながら、ガレラントが呆れたように言う。

「でも……でも上手く行きすぎではないでしょうか。ステラ兄様の無事を願うあまり、いい方向にばかり考えて、無意識に、悪いことに目を瞑《つむ》っているのではないかと、それが心配で」

計算はぴったり嵌まった。あらゆる失敗の可能性は何度も何度も確認して潰したつもりだ。確実に魂を覆って保持できる。耐用年数も何しろ『神の心臓』からつくられるものだから、十分在るはずだ。あとは器の中に溜めた魂を消費しながら、あるいは不完全とはいえ、背中にある魔法円から新たに魂を供給しつつ、普通の人と同じように生きればいい。

でも、あまりにもよくできすぎたのが不安で、ガレラントに助言を仰いだ。糸の生成自体は自分でも可能だが、ロシェレディアが行ったほうが確率が高いと思ったから、ロシェレディアの顕現を待った。

「正しい。見落としはないと思うがな」

ロシェレディアの意見はそうだ。ガレラントも、破綻《はたん》はないと言ってくれた。

「でも、誰も試したことがない――」

リディルは最後の不安を口にした。

『神の心臓』の力は、魔法機関の測定値を振り切るほどに十分だった。それでなくとも虹の谷の神は、神域として守られているので、残っている『神の心臓』の中でも、神だった頃の、古の力が安定したまま残っているはずだ。量も十分にある。

でも、剝き出しの魂を、『神の心臓』でつくった器に移し替えることなど、誰もしたことがない。

「実験はできません。やるか、やらないかです。もし、そうしなくても『ゆりかごの繭』は確実につくり直せますので――」

「やる」

小さな声が、繭の中から言った。

「……身体を、つくってみる」

「ステラディアース様」

　堪えかねたように声を上げたのはゼプトだ。頑《かたく》なそうなステラディアースの表情を見て、ゼプトは縋るようにこちらを振り返った。

「もし、失敗したらどうなるのですか？」

「一生繭のままだ。あるいは繭自体に魂が取り込まれて、繭と同化してしまうかも」

　繭にある『神の心臓』の力で、昆虫の蛹《さなぎ》が身体をつくるように、新しくステラディアースの身体をつくる。自然の法則に従う限り、この仕組みで絶対間違いはない。だがもし、繭のほうが力が強かったら、繭が肉体を主張し、その中身としてステラディアースの魂が溶けたままになってしまう可能性もわずかながらにある。

「やる。そうすれば、繭から出られるんだろう？」

「はい。身体が繭の力を持ちますので」

「じゃあ、やる」

「お待ちください、ステラディアース様。そんな危ない真似をしなくとも、『ゆりかごの繭』をつくり直していただいたほうがよいのではないでしょうか。わずかにでも失敗の可能性があるとしたら――」

　ステラディアースは弱々しく、細い首を打ち振った。

「いいや。私は、身体が欲しい。繭の外に出られる――あの庭に出られる身体が」

「ステラ様」

深刻に呼びかけるゼプトを、ステラディアースは睨《にら》み返した。

「おまえだって、私の言うことを聞かなかった。行かないでと言ったのに、私をおいて虹の谷に行った」

「それは――」

「……そしておまえはちゃんと帰ってきた」

「ステラ様……」

「だから、私も帰る。信じてほしい」

ステラディアースは少し困ったように笑った。

「たまにはがんばってって、言われてみたいんだ」

ステラディアースは、ロシェレディアを見つめ、そして、リディルをまっすぐ見据えた。

「繭のつくりかたを教えてもらえるだろうか」

「……はい。ステラ兄様」

間違いはないはずだと思っても、身体が震える。

「もう一度私が確かめる。安心しなさい、ステラ」

珍しく慎重にロシェレディアが言った。

「――お兄ちゃん」

口を覆ってガルーが笑うのに、ロシェレディアはすかさず雪玉を投げつけた。

† † †

ステラディアースの繭は、エウェストルム城の明るい窓辺に安置されている。

窓の半分にはレースがかかり、繭に直接陽が当たらないくらいの明るさだ。

ガルーとゼプトと自分の三人交代で見張り、すでに十五日が経過した。

ステラディアースは、ロシェレディアが『神の心臓』から紡ぎ出した細糸で、五日をかけて丹念に繭を編んだ。

ステラディアースが横になれるくらいの繭で、十五日間、眠って過ごすことになるだろうと自分たちは予想している。

白く、表面が虹色に光る繭だ。優しい楕円形《だえんけい》の、美しい繭だった。耳を当ててもさわさわという血液が流れるような音しかせず、動きはもちろんない。

繭は木漏れ日に当てたほうがいい。朝と夜が来ることで、繭に時間の流れを教えてやるためだ。

シャムシュが心配そうに周りをうろうろしている。卓の隅で、木彫りの鳥が見守っている。

そして、ステラディアースが置かれた繭の部屋は、今日は少し賑《にぎ》やかだった。

ガルーとゼプトがいる。そして自分とグシオンが。

『神の心臓』がどう分割されようとも、所有者はグシオンとして大陸に届けなければならない。

その欠片がどうなったかも、グシオンに管理の責任がある。ステラディアースの繭の結果も、当然見届けなければならないので、繭が熟する頃合いを見計らって、正式にエウェストルムとの外交招待として、グシオンに来てもらった。

部屋の外には、魔法機関が待機している。もしものときは、陽を通さない魔法の布で、ステラディアースの繭を包み、元の部屋へ駆け込むためだ。

「もうじきか」

「はい。多分、大丈夫です」

今朝くらいから、かさこそと音がするようになった。繭の中で溶けてしまっていたら、まったく音はしないはずなので、そろそろステラディアースが目覚めて、動き出したと予測すべきだ。

計算では繭が熟するのは十五日間。時期が来れば自然に繭が裂け、そこから破ってステラディアースが出てくるはずだ。

そしてとうとう先ほど、繭にヒビが入った。中を撫でるような乾いた音も聞こえてくる。今日中には出てくるはずだと皆に予想を告げた。

「あっ……！」

そう思っている最中にも、繭の割れ目から白く、細い指が覗《のぞ》いた。

「兄様。兄様だ……！」

リディルは繭に駆け寄った。

「がんばって。がんばってください、兄様！　外は明るいですよ、暖かい日です！」

繭に手を当て、声をかけて、ステラディアースを励ます。ゼプトも膝をついて何度もステラディアースを呼んだ。

ゼプトに庭の花を摘みに行くよう、リディルは命じた。リディルとグシオンからは、淡雪のように口の中で溶ける花の形の砂糖菓子を、アイデースからは宝石が嵌まった白い靴が届けられている。

誰もがステラディアースを待っている。兆しがあったことを父王に告げたせいか、外はそわそわとした特別に晴れやかな天気だ。

扉の外で文官が待っている。大臣たちが扉の隙間から様子を窺《うかが》う。

だが昼を過ぎても手首以上が出てこない。それもとうとう引っ込んでしまった。

繭の中から、たんたん、と叩《たた》くような音が聞こえてくる。

たまりかねたようにゼプトが言う。

「もう無理です。出しましょう。繭を切り裂いても構いませんか？」

制したのはグシオンだ。

「こういうものは自然に任せたほうがよい。小鳥の卵も、人が殻を剝《む》いたら死んでしまう」

リディルも知らずに前のめりになっていたが、グシオンの落ち着いた声を聞くと、そういえばそうだ、と理性を取り戻して息をつく。

「そうですよね。もう一息ですよ、兄さ……」

励まそうとすると、声が聞こえはじめた。くぐもっていてよく聞こえない。

近づいて耳を澄ます。

——……出して……！　出し……！

か細い声だ。たまごの中で小鳥が鳴きはじめるのと同じだ。息の仕方を覚えて、もうじき出てくるはずだ。そう思っていたが一向に裂け目は広がらない。

——……。

声も、中から叩く音も聞こえなくなった。

「ゼプト！」

リディルは真っ青になって、細い割れ目に手をかけた。

繭はすでに薄くなっていて、厚い紙くらいの硬さだ。破れたところに手をかければ、すぐにべりべりと剝がれる。

「兄様！」

白い腕が出てくる。そのうち頭が。

「兄様……！」

見知ったステラディアースの顔だ。

だが繭がなくても、薄日に温められても溶け出す気配はなく、必死に繭から這い出そうとした。

繭を破るのを手伝うと、肩が出てくる。身体にはまだ虹の魂の欠片がキラキラと纏わりつき、やや透明がかっている。身体が冷えないように、肩に薄絹をかけてやり、身体全部が這い出してくるのを待つ。

とうとうステラディアースは、繭を這い出て、用意されていた紅い絨毯の上にうずくまった。

肌は白いが世界とくっきりと分けられ、繭の中ではないのにステラディアースの輪郭を保っている。

「……ゼ……プト」

頼りない音だが、確かにステラディアースの声だ。

ゼプトは、目に溢れそうに涙を溜め、わなわなと震える手を握り合わせた。

「あ……あ――、あの、お待ちください、すぐに、すぐに手を洗ってまいります！」

部屋の入り口に置かれた桶《おけ》に手を浸しに行こうとするゼプトを、リディルが止めた。

長い髪を床に垂らし、ステラディアースが震える手を伸ばしている。涙を湛えた菫色の目がはっきりと開き、ゼプトを映している。

「ゼプト」

リディルがゼプトの手首を摑み、ステラディアースに近づけてやると、ステラディアースは恐る恐るゼプトに手で触れ、そしてゼプトの腕を摑んだ。

シャディア家の呪いを消化する血を持って、清廉な一族と呼ばれる。だが、最も清いのはゼプト自身の心だとリディルは思っている。

「ステラディアース様……」

「大丈夫みたい」

ステラは涙を浮かべて笑うと、ゼプトに腕を広げた。

涙を溢れさせるゼプトがステラディアースを受け止め、そして抱きしめる。

嬉《うれ》しくて、リディルの手からもたくさん花が零れた。シャムシュがぴょんぴょん跳ねている。

ガルーも腕を組んで自慢げに笑っている。

風がそよぐいい日だった。庭の緑は輝き、樹木は風に揺れて踊り、優しい日差しに見守られて、花たちは歌うように咲き誇っている。

9

季節が一つ移った。

むせかえるような夏の濃い緑は落ち着き、あちこちの葉陰に、赤くたわわな実を隠している。遥《はる》かカーメルアンの山を見やれば、虹の光が紅葉に照り返して、山全体が虹色に見えた。

もうすぐ収穫の季節がやってくる。そのあとは少しずつ寒くなるのだと、ステラディアースは聞いている。

鐘が鳴っている。

すっきりした肌寒い空に、どこまでも抜けるように鳴る鐘は、もの悲しげだ。

それでも壁越しではない、直に鼓膜を震わせる鐘の音は、ステラディアースにはとても美しく聞こえてならなかった。

鐘の塔を振り返って立ち止まる自分の側で、ゼプトが立ち止まった。ステラディアースは目を閉じて、鐘の音に耳を澄ます。

ひやりとした風が頬を撫でる。目を開くと、ちょうど鐘が揺れて輝くところだった。煉瓦《れんが》造りの塔に吊《つ》された鐘が、紐で引かれて鳴っている。

世界がこんなにも眩しいと、ステラディアースは知らなかった。

雨は身体を叩き、風はときどき枯れ葉を運んできて肌に貼りつけていくいたずらもする。葉ずれの音はくすぐったく、花はリディルのようないいにおいがする。

今日は、ステラディアースの家移りの日だ。

『第二王女』の喪が明け、城全体の引っ越しが許される日が訪れた。

「本当にいいのですか？」

最後の鞄《かばん》を携えたゼプトが言う。

「いいも何も、これ以上のことがあるだろうか」

ステラディアースは聖堂で、研究者として暮らしつつ、皇太子の助言者となることになった。王女ではなくなったが、実質王女が城の外に出て暮らすのと同じ扱いだ。聖堂の上位の者はいずれ、助言者として大臣以上の地位を得る。後々を考えると、ここが収まりどころではないかという、父や大臣たちの進言を受け入れた。元々身体は強くないので、肉体を得たからと言って王太子にはなれないし、末の王子が立派に育っていると言うから、それに越したことはない。

ゼプトは、王女の死により任を解かれて、聖堂に戻るという形だ。これもまた、収まりがよかった。

「俺は、あなたがいい。あなたの騎士の任を解かれても、一生、あなたをお守りするつもりです。でも、あなたはもう自由だ。外に出て、何だってできる」

「……ゼプトは私が嫌なのだろうか」

「まさか！」

大きく後ずさるほどに驚いて、ゼプトはこちらに手を翳した。

そしてゆっくり落ち着いた表情になると、自分を凝視していた視線をステラディアースの足元に落とした。

「けれど、あなたがお丈夫になった以上、あなたのお側に侍るのはもっと身分のある者であるはずです」

ゼプトの言いたいことはわかる。

本来王女の側仕えは、聖堂同様、代々勤める大臣家の家柄がある。

確かにシャディア家は、聖堂側では良家として真っ先に指に折られるが、王宮とはまた地位の理《ことわり》が違うのだ。

王家と聖堂は意図的に分断されている。信仰と政治が混じらないようにするためだ。

本来ならば、ゼプトは宮殿に上がれる身分ではない。父王たちが王宮住まいを許したのだって、ゼプトの他に自分の世話をしてくれる人がいなかったから、苦し紛れの地位までつくって自分の部屋に押し込んだにすぎない。簡単に言えば、身分差だ。大陸中の王が欲しがるエウェストルムの王女の側に、たかが聖堂の者がいていいはずがないと言う。

清いというか、真面目というか、十四年以上、誰よりも側にいたというのに他人行儀なことだと残念がればいいのか――。

ステラディアースは、相変わらずの銀髪で覆われた首を傾《かし》げて、ゼプトを見上げた。

「ねえ、知ってる？　ゼプト。本当にエウェストルムの第二王女は死んだそうだよ？」

元々ほとんど生死不明の扱いをされていた第二王女は亡くなったと、正式に大陸に布告が出たそうだ。おかしな気分だが、第二王女の死は本当なのでそれでいいと思う。

「私の名前はステラディアース。今日から魔法の解析と、城の建築をする研究者になるんだ」

王女の肩書きは、あの白く幼い繭と共に脱いだ。

今日から、頼りなくもはっきりとした肉体を持って、自分は生きてゆく。このゼプトといっしょに。

涙ぐむゼプトの前を通って、ステラディアースはよく手入れされた小径《こみち》に踏み出した。

「いこう。ゼプト。まずはどこに行けばいいんだろうね」

そう言うステラディアースの手には、木彫りの鳥が持たれている。ゼプトの肩には、シャムシュが纏わりついていた。

「わかりました。着いて少しお休みになったら、聖堂の庭をご案内いたしましょう」

「そうだね。楽しみだ」

城の周りもずいぶん散歩した。池も見に行った。落ち葉も拾った。泉に手を浸《つ》けてもみた。

緑の香りを乗せた風が頬を撫でてゆく。

乱れ落ちた銀色の髪を指で後ろに払いながら、ステラディアースは菫色の目を細めた。

「ねえゼプト」

「はい」

「今度は本物のお城を見に行こう」

「わかりました。行きましょう。どこまでも、馬に乗って」

ずっとずっと憧《あこが》れていた風景を、ゼプトと二人で見に行こう。

■　余章

リディルは、イル・ジャーナの王妃の執務室の机の上で、広げていた手紙を巻きなおして紐で縛った。

エウェストルムからの手紙だ。ステラディアースは元気らしい。

こうしてゼプトがまめに手紙で様子を知らせてくれるから、忙しくてエウェストルムに様子を見に行けなくても、あまり心配せずにいられる。

ステラディアースは、すでに城の設計者として素晴らしい作品をつくり上げつつあるらしい。

元々、一度だけ垣間見たエウェストルム城の外観を元に、ほとんど絵でしか知らないあちこちの城の構造を、思考だけで分析し尽くすような人だ。誰も建築の基礎など教えていないのに、考えて、考え抜いて理解してしまうような人だった。それが実際の設計図を見て、城の中を歩いたとたん、彼の理解は溢れるように現実に繋がったらしいのだ。

リディルから見ても、ものすごい設計図を引くようになった。次のエウェストルム城の改修のときには、ステラディアースの案が採用されるだろうと書いてきたから、くれぐれも無理はしないようにと、リディルは返事を書いた。身体は得たが、元々病弱で、健康な人ほどは丈夫ではない。ましてや鋼鉄の身体を手に入れたわけでもないのだから、興奮して頑張りすぎると普通の人のように倒れてしまう。

ヤエルもあれから特に変化はなく、いよいよ未来が約束されたからには良い王にならねばと、イドとカルカが一層教育熱心になっていて、苦労しているくらいだった。

グシオンの武器は、結局槍となった。

虹の神の名前は、『アヴロラ・イ・プシェトガ』。

エウェストルムの文献から、虹の神の名が『アヴロラ』であることがわかっていた。『プシェトガ』というのは、あの欠片の名だ。

そこから切り出した武器が一つの場合、そのまま神の名をつけるのが慣例だ。それに従い、槍の名は『プシェトガ』となった。

プシェトガはリディルの全力の魔力を通してもびくともせず、グシオン自身の雷さえ、何百倍にもして通す優れた槍となった。ヤエルが貰《もら》った欠片は、ヤエルの立太子の折りに正式に名付けることになるだろう。

そして『神の心臓』の分配に関しては実質的にリディルが管理をして来た。大陸向けの書類もようやく一段落つき、これを送ったら『神の心臓』にまつわる諸々も一息つく。

あとは大陸での式典と、国内で式典が行われる。それはカルカたちに用意を任せられるので、大きな負担ではないだろう。

そして秋のグシオンの忙しさが落ち着いたら、雪が積もる前に、余った『神の心臓』を虹の谷に返しに行こうということになっていた。

イスハン王のような大ぶりな偃月刀《えんげつとう》ではなく槍だったし、ステラディアースに使った分も、身体の表面をつくっただけだから思ったより消費が少なく済んだ。

もう一つ武器をつくってはどうかという案も出たが、『神の心臓』の呪いの範囲や伝わりかたは、詳しくわかっていない。必要のない危険は持たないほうがいいだろうとしてその案も退けられた。

余った欠片は、欲を張らずに虹の谷に返したほうがいい。グシオンの版図に対する考えかたと同じだ。有るものを大切にして、手に余るものは持たない。それがいい。

それまでの短い間、聖堂に安置し、各方面からの感謝を受けながら、最高のもてなしをする。

虹の神は気に入ってくれたのか、部屋中に光が散らばるくらい、キラキラと輝いている。

元々エウェストルムに恵みをもたらす神だ。自分の膝元で生きる人々を目の当たりにすれば、嬉しく思うのかもしれない。

精査のためにここに持ち出していた『神の心臓』を聖堂に戻そうと、特別に誂えた、最も上質で清浄な箱に入れようとした。

塗装がなくても白い、美しい木箱で聖堂の祈りを受けている。中には紺色の天鵞絨《ビロード》が敷かれ、虹色がよりきらめいて見えるようになっていた。

元々の半量近くになった『神の心臓』の欠片に手を伸ばしたときふと、リディルの脳裏を閃きが過《よぎ》った。

静かに息が止まる。

なぜ今まで気づかなかったか不思議なくらいだ。

もしかしたら、これがあれば（しかもこれほどの量があれば）――人の外郭をつくれる。――ステラディアースの皮膚の表面をつくれたということはもしかして、もっと奥まで――肉体を――失ったロシェレディアの身体を、新しくつくれるのではないか――？

イル・ジャーナの午後は和やかだった。窓の外で、鳥が歌い、遠くの庭から喇叭の音が聞こえている。

リディルは一度、しっかりと目を閉じ、深呼吸をしてから静かに翡翠《ひすい》色に潤んだ目を開けた。

昼下がりのやわらかい日差しに、『神の心臓』は一層虹色にきらめいている。

この本を読んでのご意見、ご感想を編集部までお寄せください。

《あて先》〒141-8202 東京都品川区上大崎3-1-1 徳間書店 キャラ編集部気付
「虹色の石と赤腕の騎士」係

【読者アンケートフォーム】
QRコードより作品の感想・アンケートをお送り頂けます。
Chara公式サイト http://www.chara-info.net/

■初出一覧

虹色の石と赤腕の騎士……書き下ろし

虹色の石と赤腕の騎士

【キャラ文庫】

2023年11月30日　初刷

著　者　尾上与一

発行者　松下俊也

発行所　株式会社徳間書店

〒141-8202　東京都品川区上大崎3-1-1

電話　049-293-5521（販売部）

03-5403-4348（編集部）

振替　00140-0-44392

印刷・製本　図書印刷株式会社

カバー・口絵　近代美術株式会社

デザイン　おおの蛍（ムシカゴグラフィクス）

ISBN978-4-19-901118-4

尾上与一の本

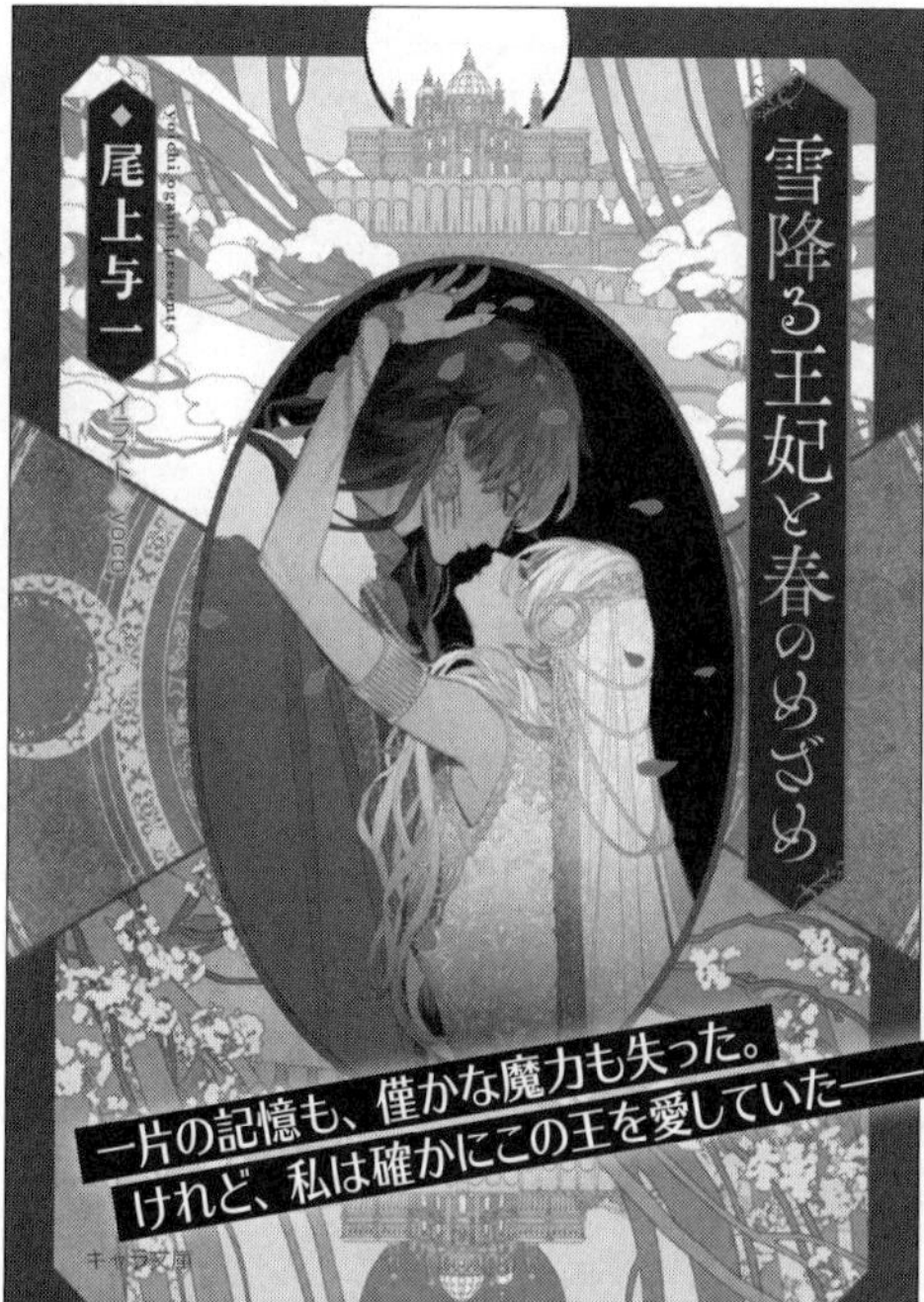

好評発売中

「雪降る王妃と春のめざめ」

花降る王子の婚礼2

イラスト✦yoco

帝国皇帝となるグシオンを助けるため、大魔法使いになりたい――。それなのに魔力が不安定で悩んでいたリディル。そんな折、帝国ガルイエトが大軍勢で攻め込んできた!! 戦場のグシオンは瀕死の重傷、リディルも落馬して記憶喪失になってしまう。不安定だった魔力も、ほとんど失ってしまった…。リディルはグシオンを助けたい一心で、大魔法使いと名高い姉皇妃のいる雪国アイデースを目指し!?

尾上与一の本

好評発売中

「氷雪の王子と神の心臓」

イラスト✦yoco

大魔法使いとして生まれ、政治の道具として隣国に嫁ぐ重い定め――強大な魔力のため塔に幽閉されていた王子ロシェレディア。そこにある夜、現れたのは帝国アイデースの第五皇子イスハン。野心もないのに兄皇帝から命を狙われる身だ。「俺が皇太子ならそなたを攫えるのに」互いに運命に抗えず、あり得ない夢を語り逢瀬を重ねていたが!?　選んだ未来は茨の道――比類なき苦難と愛の奇跡!!